AF236533

Urs W. Käser

Hoffmanns Tode

Kriminalroman

Impressum

Bibliografische Information der Deutschen Nationalbibliothek:
Die Deutsche Nationalbibliothek verzeichnet diese Publikation in der
Deutschen Nationalbibliografie; detaillierte bibliografische Daten sind
im Internet über http://dnb.dnb.de abrufbar.

Zweite Auflage (erste Auflage: Libros Anaconda 2015)

Herstellung und Verlag: BoD – Books on Demand, Norderstedt

ISBN: 978-3-7526-8767-5

Alle Personen in diesem Buch sind frei erfunden. Ähnlichkeiten mit re-
alen Personen sind zufällig und nicht beabsichtigt.

Da die Geschichte in der Schweiz spielt und man hierzulande den
Buchstaben ß nicht verwendet, wird stattdessen immer die Buchsta-
benfolge ss gebraucht.

Dienstag, 14. August 2012

»Es ist jetzt genau acht Uhr, guten Morgen, Sie hören die neuesten Nachrichten von Radio Oberwallis, am Mikrophon sitzt Raphael Imstepf.

Wie soeben unsere Korrespondentin gemeldet hat, war die Bar des Hotels Castor in Zermatt Schauplatz dramatischer Momente. Um Mitternacht starb ein Tourist an einem vergifteten Getränk. Vor den Augen von über fünfzig Barbesuchern kippte er um, und eine befreundete Ärztin konnte nur noch seinen Tod feststellen.

Unterdessen konnte bestätigt werden, dass es sich bei dem Gift um Zyankali handelt. Die Zermatter Polizei hat mit den Ermittlungen begonnen ... «

Sonntag, 12. August 2012

Auf dem Bahnhofplatz angekommen, stellten sie das Gepäck neben sich ab und blickten, wie auf geheimen Befehl, gleichzeitig alle in dieselbe Richtung. »Es ist jedes Jahr wieder ein neues Wunder … «, schwärmte Maria Maier, und alle anderen pflichteten ihr bei.

Hinter den Häusern, an der südlichen Seite des Bahnhofplatzes, da stand es, ragte wie ein riesiger Eckzahn in den blauen Himmel. Eine Pyramide göttlicher Dimension, eine Inkarnation des Schönen schlechthin, unglaublich steil, unglaublich hoch, der frische Schnee im Gipfelbereich glitzerte im Sonnenlicht, die bereits wieder schneefreien Felsen der Ostwand schimmerten feucht, während sich die Nordwand eisstarrend im Schatten verlor. Ein beinahe magisches Wort: Das Matterhorn!
»Familie Maier zum Hotel Castor?«, fragte der Portier in dunkelblauer Uniform, der unvermittelt neben ihnen aufgetaucht war.

»Oh, wie nett, man wird immer noch abgeholt«, freute sich Max Maier, und der Portier begann, die zehn Gepäckstücke auf der Ladefläche des Elektromobils zu verstauen. Mindestens ein Dutzend weitere solche Fahrzeuge, die meisten mit Hotelschild, standen auf dem Platz.

»Schaut mal dort drüben!«, rief Tochter Monika Maier, »das Mont Cervin Palace hält weiterhin an seiner Tradition fest!«

Soeben kam eine zweispännige Pferdekutsche auf den Platz gefahren. Die Pferde wussten den richtigen Weg von selbst und reihten sich brav und exakt neben die Elektromobile ein, während der Kutscher nach Hotelgästen ausschaute. Der Kutschenwagen war auffallend gross, knallrot angestrichen und hatte auf jeder Seite drei Fenster. Oberhalb derselben prangte der Schriftzug *Seiler's Hotel – Mont Cervin*.

»Na ja, ist ja ganz hübsch nostalgisch«, meinte Sohn Martin Maier, »aber wir brauchen nicht gerade ein Fünfsternhotel. Unser gutes *Castor* mit seinen vier Sternen passt uns doch bestens, nicht wahr?«

Vater Max war derselben Meinung. »Absolut. Mit seinem perfekten Service würde ich ihm sogar viereinhalb Sternchen geben.«

Der Portier gab Gas, und mit seinem charakteristischen Surren des Elektromotors zwängte sich das Fahrzeug zwischen den vielen Touristen die enge Dorfstrasse hoch.

»Herzlich willkommen zu Ihrem wohlverdienten Urlaub!« Anna Aufdenblatten, Chefin der Rezeption, stand in der Eingangstüre des Hotels Castor und schüttelte den neu Angekommenen die Hand.

»Uns vier Maiers kennen Sie ja schon ewig lange«, sagte Vater Max zu ihr, »aber dieses Jahr ist auch noch Rolf Reimer mitgekommen, der Freund unserer Tochter Monika.«

»Sehr erfreut«, erwiderte Anna. In diesem Moment kam von rechts der Hoteldirektor Bruno Biner mit schnellen Schritten herbei.

»Hallo, meine Lieben, seid willkommen! Jetzt hätte ich ja beinahe eure Ankunft verpasst! Unser schönes Hotel Castor steht noch, wie ihr seht, und ist innen und aussen zum Wohl unserer lieben Stammgäste frisch verputzt worden. Aber jetzt kommt herein und macht es euch bequem.« Er winkte einen Bediensteten herbei. «Giuseppe, du bringst bitte das Gepäck der Herrschaften auf ihre Zimmer. Darf ich euch einen Kaffee im Wintergarten offerieren? Ich seid sicher müde von der langen Reise.«

Die grosse, alte Standuhr, die sich gegenüber der Rezeption befand, schlug soeben mit dumpfem Ton die dritte Nachmittagsstunde.

»Sehr gerne«, antwortete Max Maier, »in der Tat sind wir ziemlich geschafft.«

»Also kommt. Und, Belinda, bitte sechs Tassen Kaffee in den Wintergarten!« Belinda, seine Tochter, nickte beflissen.

Als Prunkstück des Hauses war der grosse Wintergarten vor sechs Jahren an der Westfassade angebaut worden. Er mass fast sechzig Quadratmeter und war auf drei Seiten von mächtigen Schiebefenstern begrenzt, die jetzt offen standen. Auf dem riesigen Glasdach hatte man eine automatische Markise montiert, die bei Bedarf Schatten spendete.

Ein Dutzend Tischchen mit je vier Korbstühlen lud zum Verweilen ein. In sechs grossen Kübeln standen jeweils unterschiedliche, rund drei Meter hohe, palmenähnliche Grünpflanzen und sorgten für die echte Wintergarten-Atmosphäre.

Hoteldirektor Biner holte zwei zusätzliche Stühle, so dass alle sechs bequem an einem Tisch Platz nehmen konnten. Dann sagte er, beinahe feierlich:

»Nun, das freut mich sehr, dass es wieder geklappt hat. Wenn ich richtig gerechnet habe, kommen Sie jetzt den zwanzigsten Sommer nach Zermatt ins Castor, ein kleines Jubiläum. Und wie ich Ihnen ansehe, sind alle gesund und munter!«

Max Maier nickte. »Ja, Gott sei Dank geht es uns allen gut, und wir freuen uns riesig auf den Urlaub.«

Max Maier war dreiundsechzig Jahre alt, eher gross und hatte einen leichten Bauchansatz. Sein schwarzes Haupthaar war mässig gelichtet, sein Gesicht rundlich und etwas fett. Er führte in München ein erfolgreiches Geschäft im Lebensmittelhandel.

›Aber eigentlich‹, dachte Direktor Biner, ›sieht er wie ein typischer Lehrer aus‹.

Seine Frau Maria befand sich im gleichen Alter wie ihr Mann, war aber fast zwei Köpfe kleiner und dazu ziemlich schlank, hatte kurze graue Haare, trug eine Brille mit runden Gläsern und kleidete sich eher bieder. Sie gab Privatunterricht in Englisch und sah, wie Direktor Biner dachte, tatsächlich wie eine Lehrerin aus.

›Und Sohn Martin‹, überlegte Biner, ›aus dem werde ich am wenigsten klug! Hat Germanistik studiert und sogar doktoriert, aber was macht er jetzt? Angeblich Kriminalromane schreiben, aber dabei kann bis jetzt noch nicht viel herausgekommen sein. Hat er eine Anstellung? Wäre mit dem reichen Vater nicht mal nötig … Eine Freundin? Er sieht ja eigentlich nicht schlecht aus, mit seinem Schnurrbart und dem erst ganz wenig gelichteten dunklen Kopfhaar. Aber manchmal habe ich das Gefühl, er fresse etwas in sich hinein.

Tochter Monika hingegen ist ganz anders, steht mit beiden Beinen im Leben. Sie müsste jetzt knapp dreissig sein, ist gross und eher robust, mit dunklem Teint und ebensolchen langen Haaren, arbeitet als Assistenzärztin in einem Krankenhaus.

Was wohl ihr Freund Rolf Reimer von Beruf ist? Gross, schlaksig, lange, aber gepflegte Haare. Vielleicht Informatiker?‹ Direktor Biner schaute seine Gäste intensiv, aber unaufdringlich an.

»Nun wünsche ich Ihnen einen erholsamen und sonnigen Urlaub.« Maiers bedankten sich und Biner ging zurück in sein Büro.

›Eigentlich erstaunlich‹, dachte er sich, ›diese Maiers aus München und Hoffmanns aus Hamburg. Begonnen hat es damals als jährlich wiederkehrender Familienurlaub mit den schulpflichtigen Kindern, und jetzt, wo die Kinder um die dreissig sind, fahren diese immer noch mit den Eltern hierher zum Urlaub. Tolle Sache ‹

Maria Maier schaute sich im Wintergarten um. »Ob wohl die Hoffmanns schon angekommen sind?«

»Wohl kaum!«, erwiderte Sohn Martin, »von Hamburg aus fährt man ja fast doppelt so lange wie wir von München aus.«

Maria stutzte. »Aber das sind ja … !«, rief sie und wandte sich dem Tisch an der linken Ecke zu.

»Ja genau«, tönte es lachend von dort zurück, »wir sind es tatsächlich!«

»Kommt mal her«, rief Maria, »unsere Freunde aus Basel sind auch da!«

Barbara und Benno Braun erhoben sich, gingen Maiers entgegen und umarmten sie nacheinander. »Oh, Familienzuwachs?«, scherzte Benno.

Maria erwiderte lächelnd: »Ja, sozusagen … äh … unser vielleicht zukünftiger Schwiegersohn, Rolf Reimer. Und wie geht es euch? Gut schaut ihr aus!«

»Kein Wunder«, sagte Barbara Braun, »nach einer Woche Zermatt fühlt man sich schon wie neugeboren.«

Ihr Mann Benno nickte eifrig dazu. »So ist es! Wie nennt man uns Alte heute in Neudeutsch: Jungsenioren?«

Alle lachten. Barbara und Benno Braun verbrachten seit sechsundzwanzig Jahren jeden Sommer mindestens drei Wochen im Castor. Benno hatte bis vor sieben Jahren eine gutgehende Apotheke in der Basler Innenstadt geführt. Jetzt war er zweiundsiebzig, wirkte aber deutlich jünger. Der schmale Haarkranz um die Glatze herum war immer noch beinahe schwarz, sein Gesicht mit der markanten Hakennase braungebrannt. Dunkelbraune Augen blickten unter den ziemlich buschigen Brauen klug und interessiert umher, sein schlanker, langer Körper wirkte drahtig und voller Energie.

Seine Ehefrau Barbara war fünf Jahre jünger als er und ebenfalls noch voller Elan und Lebensfreude. Obwohl mittelgross, wirkte sie neben Benno eher klein. Ihre diskret blond gefärbten

Haare fielen ihr nicht ganz bis zu den Schultern, den Blickfang in ihrem Gesicht bildeten eindeutig die leuchtend blauen Augen. Nase, Mund und Kinn waren wohlproportioniert und hübsch. Da die Brauns keine Kinder bekommen hatten, war Barbara immer vollzeitig als Grundstufenlehrerin tätig gewesen.

›Oh, das muss früher einmal eine bildhübsche Schönheit gewesen sein‹, dachte Rolf Reimer und betrachtete Barbara ziemlich lange.

»Ja, wer ist denn da noch mitgekommen?« Monika Maier schlenderte zum Tisch von Brauns und beugte sich hinunter. »Blacky, kennst du mich noch?«

Eine schwarz-weisse Hundeschnauze wurde sichtbar und schnupperte vorsichtig um Monikas Hand herum. Jetzt war der Groschen gefallen! Blacky erhob sich, wedelte heftig mit dem Schwanz und liess sich von Monika am Ohr kraulen.

Nun hatte der Hund auch die anderen Familienmitglieder bemerkt und näherte sich ihnen, immer noch streng wedelnd. Um Rolf Reimer machte er zunächst einen Bogen, und erst als Monika Rolfs Hand nahm und sich Blacky langsam näherte, wurde auch Rolf als *Rudelmitglied* akzeptiert.

»Verzeihung … ich kenne mich mit Hunden überhaupt nicht aus! Welche Rasse ist das?«, fragte Rolf.

»Ein Appenzeller Sennenhund-Rüde«, erwiderte Benno Braun, »er ist nun seit zehn Jahren bei uns und mittlerweile etwas altersschwach. Aber unsere kleinen, äh, Jungsenioren-Wanderungen macht er noch brav mit.«

Gelächter. Seine Frau Barbara umfasste mit beiden Händen zärtlich den Kopf des Hundes. »Unser braver Blacky hat schon so manches mitgemacht. Ja, ich weiss, bald ist's Zeit zum Fressen. Wisst ihr, während des Abendessens muss er dann im Zimmer bleiben, sonst haben wir und die Kellner keine Ruhe!«

»Also dann, bis später!«, verabschiedete sich Maria Maier und kehrte wieder zu ihrem Tisch zurück.

Martin Maier rührte Zucker in seinen zweiten Kaffee und fragte: »Welche Zimmer haben wir eigentlich bekommen, Papa? Dieselben wie letztes Jahr?«

»Selbstverständlich, mein Sohn! Dieselben – und die besten! Als Uralt-Stammgast kann ich das bequem steuern. Du beziehst das Westzimmer mit den Wänden in Blau, Monika und Rolf erhalten das Südzimmer in Lachsrosa, und wir beide logieren nebendran im Blassgelben. Natürlich haben alle ihren eigenen Balkon. Rolf wird staunen über den Luxus in unserer Residenz.«

Rolf blickte auf und nickte. »Allerdings, schon die Eingangshalle und der Wintergarten liegen meilenhoch über dem Niveau, das ich mir gewohnt bin. Ich trau mich fast nicht, in unser Zimmer zu gehen.«

»Jetzt übertreib mal nicht!«, meinte Monika und strich ihm eine Haarsträhne aus der Stirn. ›Eigentlich‹, dachte sie, ›sieht Rolf immer noch wie ein Student aus: Lang und schlaksig, mit Lausbubengesicht, die schulterlangen blonden Haare zu einem Pferdeschwanz gebunden. Dabei ist er einunddreissig, hat seinen Doktor in Physik und forscht jetzt an irgendwelchen unverständlichen Formeln herum. Ach, wie sehr liebe ich ihn so, wie er ist! Aber es stimmt schon, so bescheiden, wie er aufgewachsen ist, hat er bisher allerhöchstens ein Dreisternhotel von innen gesehen. Ich mit meinem doch ziemlich reichen Papa hingegen … ‹

Maria Maier hatte ihren Kaffee ausgetrunken und erhob sich. »So, ich gehe jetzt in unser blassgelbes Zimmer hinauf, packe aus und lege mich vor dem Abendessen noch etwas hin.«

Zwei Stunden später hatten sie im Speisesaal Platz genommen. »Guten Abend, die Herrschaften Maier! Küss' die Hand, gnädige Frau. Freue mich, dass Sie einmal mehr bei uns zu Gast sind! Gut gereist, Zimmer in Ordnung, Appetit auf unser Abendmenu?«

Zeno Zurbriggen, seit vielen Jahren Chef de Service im Castor, schüttelte allen die Hand. Er hatte buchstäblich immer die Übersicht im Speisesaal, war er doch fast zwei Meter gross. Als einfacher Bauernbub im Nachbartal aufgewachsen, hatte er sich mit Fleiss, Freundlichkeit, unbeirrter Beharrlichkeit und tadellosem

Auftreten nach und nach hochgearbeitet. Er musste weit jenseits der Vierzig sein, gab aber in seinem schwarzen Anzug mit weissem Hemd und schwarzer Fliege immer noch eine jugendliche Erscheinung ab.

»Alles bestens, wie immer«, antwortete Vater Max Maier, »wir freuen uns sehr auf unseren Urlaub – und speziell auf Ihren tollen Service. Ach, wissen Sie übrigens, ob die Hoffmanns noch heute eintreffen werden?«

»Da muss ich beim Chef nachfragen. Geniesst einstweilen schon mal unsere leckere Vorspeise.« Zeno gab einem der Kellner einen Wink und entfernte sich.

»Unglaublich, was da alles auf den Tisch kommt!«, meinte Rolf Reimer, als er seinen Teller erhielt. »Vier Sorten Fischfilet, Muscheln, ein Häufchen Kaviar, Meerrettichschaum, diverses Grünzeug und dazu knuspriges Toastbrot – und das alles nennt sich erst Vorspeise!«

Seine Freundin Monika flüsterte ihm ins Ohr: »Pass auf, ich weiss schon, was Papa jetzt gleich sagen wird … «

Max Maier räusperte sich, schluckte ein erstes Stück Fisch hinunter und meinte: »Auf jeden Fall essen wir heute mit diesem Fisch genügend von den gesunden Omega-3-Fettsäuren, haha!«

Monika konnte sich nicht halten und prustete los. »Was habe ich gesagt … ?« Ihr Vater blickte sie nur verständnislos an.

Plötzlich verstummte Monika, da sie bemerkte, dass Direktorin Brigitte Biner auf ihren Tisch zusteuerte.

›Eigentlich interessant‹, ging ihr durch den Kopf, ›dieses Direktorenpaar. Von weitem wirken sie total unscheinbar und bieder. Beide ziemlich klein, wohl gut fünfzigjährig, weder dünn noch dick, immer langweilig gekleidet, er mit Bürstenhaarschnitt und Brille, sie mit kurzen grauen Haaren. Aber von nahem … da haben sie's drauf! Bei der Leitung eines grossen Hotels kann ihnen wohl kaum jemand das Wasser reichen. Freundlich, aber bestimmt, wird das Personal geführt, und immer klappt alles wie am Schnürchen.‹

»Guten Abend, Frau Direktorin!«, rief Max Maier als Erster.

»Ach was, Direktorin … ich heisse immer noch Frau Biner! Auch in meinem Namen seid herzlich willkommen in unserer schönen Bergwelt! Von den Hoffmanns habe ich soeben eine Nachricht erhalten. Sie hatten bedauerlicherweise bei Karlsruhe eine Panne und werden erst gegen Mitternacht hier eintreffen.

Hat übrigens die Vorspeise geschmeckt? Ja? Dann lassen wir jetzt Zeno die Regie führen für die weiteren Gänge … «

Nach einer Boullion wurde als Hauptgang ein Entrecote mit Pommes frites und gemischtem Gemüse serviert. »Toll«, kommentierte Maria, »den ganzen Tag im Auto sitzen und dann so ein üppiges Essen, das kann ja heiter werden!«

Martin steckte sich genüsslich ein Stück des zarten Fleisches in den Mund und meinte pragmatisch: »Sieh' es doch von der anderen Seite her an, Mama. Wir geniessen jetzt unser Essen und haben danach den ganzen Urlaub Zeit, die Kalorien auf dem Tennisplatz wieder abzuarbeiten.«

»Sehr gute Idee«, lachte Max und klopfte seinem Sohn auf die Schulter.

…Darauf beugte sich Rolf zu Monika hin und flüsterte ihr etwas ins Ohr. Sie nickte stumm, worauf Rolf das Wort ergriff.

»Liebe Maria, lieber Max, es ist mir ein grosses Anliegen, euch einmal von ganzem Herzen zu danken. Noch ist kein Jahr vergangen, seit ich Monika kennenlernen durfte, und schon jetzt fühle ich mich wunderbar aufgehoben im Kreise der Familie Maier und darf heuer sogar beim traditionellen Sommerurlaub in Zermatt dabei sein. Vielen Dank für alles!«

Maria war ganz gerührt von Rolfs Worten und gab ihm einen Kuss auf die Wange. Max drückte ihm kräftig die Hand und sagte: »Ich weiss aus eigener Erfahrung, wie schön es ist, willkommen zu sein. Maria, darf ich es erzählen?« Maria nickte, und Max fuhr fort:

»Aufgewachsen bin ich damals in einem winzigen Dorf in Oberbayern. Wir waren sieben Kinder, und in den fünfziger Jahren lebte man noch sehr bescheiden. Auf Empfehlung des Lehrers durfte ich, als einziger im Dorf, das Gymnasium im nächsten

Städtchen besuchen. Ich lernte gerne und brachte immer anständige Noten nach Hause. Deshalb bot man mir ein Stipendium für die Universität an. Natürlich wählte ich München für mein Studium der Betriebswirtschaft.

Was man sich heutzutage nicht mehr vorstellen kann: Da reiste ich, als Neunzehnjähriger, zum ersten Mal im Leben in eine grosse Stadt! Das Stipendium fiel damals natürlich bescheiden aus, und die wenigen billigen Studentenhäuser, die es gab, waren voll belegt. So suchte ich mir ein Zimmer bei einer ›Schlummermutter‹.

Am ersten Ort gefiel es mir nicht besonders, ich fühlte mich im ersten Semester auch ziemlich verlassen in der grossen Stadt. Aber bei der zweiten Zimmersuche zog ich tatsächlich das grosse Los!«

Maria lächelte und schickte ihrem Mann einen Handkuss.

»Frau Strauss war die beste Schlummermutter, die man sich vorstellen kann. Sie war Witwe, und drei ihrer vier Kinder wohnten noch bei ihr zuhause. Buchstäblich vom allererste Tag an kam ich mir bei Straussens als Familienmitglied vor, ich gehörte einfach dazu und fühlte mich aufgehoben. Den Rest der Geschichte kann man sich jetzt selbst zusammenreimen … «

»Klar«, bestätigte Rolf, »offen ist aber noch, welches dieser Kinder die Maria ist.«

»Genau. Maria, die ältere Tochter, war damals zwanzig, wie ich, und hatte ein Studium in Geschichte, Englisch und Philosophie begonnen. Zu Beginn mochten wir uns gar nicht so besonders. Ständig neckten wir einander mit unseren Studienfächern, manchmal sogar ziemlich bösartig. Nicht, Maria?

Für mich war Wirtschaft das einzig vernünftige Fach, ich wollte schliesslich bald eine Firma aufziehen und beruflich weiterkommen. Geschichte, Englisch und dann erst noch Philosophie? Da konnte man im besten Fall Lehrerin werden … Maria sah das selbstverständlich genau umgekehrt! Jedenfalls, das Sprichwort *Was sich neckt, das liebt sich* erwies sich erst nach mehreren Jahren als gültig. Aber von da an hat's gehalten!«

»Eine schöne Geschichte, die könnte ich tausend Mal hören, Papa«, meinte Monika schwärmerisch.

Dienstag, 14. August 2012

»Es ist zwanzig Uhr, Sie hören die Kurznachrichten von Radio Oberwallis, am Mikrophon Raphael Imstepf. Zum zweiten Mal am heutigen Tag erreicht uns aus dem Hotel Castor in Zermatt eine schlechte Nachricht.

Am frühen Abend wurde eine Touristin tot in ihrem Zimmer aufgefunden. Wie ein im Hotel anwesender Arzt bestätigt, gibt es zurzeit keine plausible Erklärung für diesen Todesfall.

Auch zum Vergiftungsfall von letzter Nacht liegen keine neuen Erkenntnisse vor. Die Ermittlungen der Zermatter Polizei gehen weiter … «

Montag, 13. August 2012

Punkt sieben Uhr kam Martin Maier herunter. Der Speisesaal war noch vollkommen leer, aber das grosse Frühstücksbuffet stand schon bereit. Martin bediente sich ausgiebig und setzte sich dann an einen Sechsertisch. Notizbuch und Bleistift legte er griffbereit neben seinen Teller. Frühmorgens allein am Tisch, kamen ihm oft die besten Ideen, und die wollte er sich sofort notieren können. Langsam trank er die erste Tasse Kaffee und geriet dabei wie üblich ins Grübeln. Bilder aus der Vergangenheit tauchten auf. Die Studienzeit in München.

›Ja, damals habe ich noch geglaubt, das Leben sei einfach! Bequem im Hotel Mama eingenistet, jeden Tag ein paar Vorlesungen Germanistik an der Uni, ab und zu eine Seminararbeit schreiben oder ein Referat halten. Abends Literaturstudium zuhause, samstags mit Kollegen im Ausgang, rasch wechselnde Freundinnen; eben das Leben im Jetzt, ohne grossartig Gedanken daran zu verschwenden, wie es später einmal werden soll.

Dann der grosse Sprung nach Hamburg, zum Doktorat bei Professor Klein. Auch dort winkte mir eigentlich ein sorgloses Leben. Eigene Wohnung, neuer Freundeskreis und vor allem die legendären Partys bei den Hoffmanns zuhause – da ging jedes Mal die Post ab!

Ich kannte die Hoffmanns ja von Zermatt her, und sie freuten sich, als ich an die Uni Hamburg wechselte. Von Beginn weg war ich regelmässiger Gast auf ihren Partys. Hilde und Horst könnten meine Eltern sein, benahmen sich aber immer so locker und ungezwungen wie wir Studenten. Welch ein Gegensatz zu meinen eigenen Eltern! Die sind ja völlig in Ordnung, aber einfach allzu bürgerlich-konservativ.

Na ja, Hoffmanns Sohn Heinz mochte ich von Anfang an überhaupt nicht, der war schon als Gymnasiast so ein eingebildeter Schnösel. Am liebsten hört der sich selbst sprechen! Dass er später Jurist wurde, passt daher genau zu ihm. Aber Tochter Hanna, das ist ein feines Mädchen, sensibel und zurückhaltend. Eigentlich merkwürdig, sie schlägt überhaupt nicht ihren Eltern nach.

Oh je, die Hoffmanns könnten ja jeden Augenblick hier zum Frühstück erscheinen! Soll ich mich jetzt darauf freuen – oder nicht? Es ist eben beides, nach dieser unglücklichen Sache ... ‹

Martins Magen krampfte sich zusammen, sein Puls beschleunigte sich. Gefühle von Wut und Ohnmacht stiegen in ihm hoch, sein Kopf wurde siedend heiss. Das war so gemein von ihr gewesen!

»He, Bruderherz, was ist los? Du sitzt ja ganz verkrampft da!« Martin hatte gar nicht bemerkt, dass Monika an den Tisch getreten war.

»Ach, entschuldige, Schwesterherz, ich war in Gedanken versunken. Habt ihr gut geschlafen?«

»Bestens, trotz der Zimmerwände in Lachsrosa … «, frotzelte Rolf, der eben hinzugekommen war. »Aha, du machst dir wohl Notizen für deinen nächsten Roman?«

Martin klappte sein Notizbuch zu. Er wollte zu einer Antwort ansetzen, wurde aber von Monika unterbrochen.

»He, schaut mal, die Hoffmanns aus Hamburg sind tatsächlich bereits im Anmarsch!« Alle drei sahen zur Tür des Speisesaals.

Ja, das waren sie! Zuvorderst Horst und Hilde, beide in Jeans, Turnschuhen und karierten Hemden. ›Immer noch eine seltsame Mischung aus Alt-Achtundsechzigern und Neureichen‹, dachte Martin, und sein Magen begann sich erneut zu verkrampfen, als er Hildes Blick erhaschte.

Hilde war vierundfünfzig, mittelgross, schlank, beweglich, hatte halblange blonde Haare und meist knallrot geschminkte Lippen. Horst war ziemlich gross, schlank und wirkte ausgesprochen sportlich. Niemand hätte ihm seine Achtundfünfzig gegeben. Seine lockigen, blonden, nur leicht angegrauten Haare trug er eher lang.

›Na, wenn das kein Schürzenjäger ist‹, dachte Rolf bei sich, ›fresse ich einen Besen … ‹

Dahinter kam Sohn Heinz Hoffmann, in weissen Hosen, offenem hellblauem Hemd und leichter beiger Sommerjacke. ›Was für ein Snob!‹, dachte Martin erneut. Mit einigen Metern Abstand betrat jetzt auch Tochter Hanna den Speisesaal und folgte den anderen in Richtung Buffet.

›Aha‹, stellte Monika Maier für sich fest, ›Hanna hat doch nicht abgenommen! Dabei wollte sie doch unbedingt ein paar Kilos loswerden. Schade … mit ihrem gleichmässigen, jugendlich hübschen Gesicht und den blonden Haaren sieht sie doch sehr attraktiv aus, da stören einzig die zu vollen Hüften und Oberschenkel.‹

Hanna Hoffmann nahm plötzlich wahr, dass die jungen Maiers bereits da waren und begann zu winken und zu rufen. Sogleich setzte ein grosses Hallo auf beiden Seiten ein. Auch die Eltern Maier betraten jetzt den Saal und begrüssten ihre langjährigen

Freunde mit einer Umarmung. Spontan wurde beschlossen, nach dem Frühstück den Tag gemeinsam zu planen. Horst Hoffmann stand lässig da, die Daumen in die Taschen seiner Jeans eingehängt, und blickte in die Runde.

»Na, ihr Lieben, gut gereist? War ärgerlich, unsere Panne gestern, wir mussten in Karlsruhe vier Stunden auf das Ersatzteil warten. Aber wir haben's dann in Täsch doch noch auf den letzten Zug nach Zermatt geschafft.«

»Also Glück im Unglück!«, erwiderte Max Maier. »Wie du siehst, sind wir neuerdings zu fünft unterwegs. Das ist Rolf Reimer, die neueste Eroberung unserer Monika. Übrigens ist er Physiker, könnte vielleicht für deine Firma interessant sein?«
Horst verdrehte die Augen. »Bitte kein Wort von meiner Firma. Ich bin hier im Urlaub, um meine Sorgen wenigstens für drei Wochen zu verdrängen. Ich weiss schon, dass sie dadurch nicht kleiner werden. Aber wenigstens sehe ich hier in Zermatt keinen Konkursbeamten.«

Max machte ein bestürztes Gesicht. »Oh, steht es so schlimm? Das tut mir sehr leid!«

Horst Hoffmann hatte Medizin studiert, sich aber nach der Assistentenzeit vom Spitalbetrieb verabschiedet und dann nach und nach eine Firma für Medizintechnik aufgebaut. Nach über zwanzig erfolgreichen Geschäftsjahren war die Konkurrenz aber in letzter Zeit so stark geworden, dass der Umsatz stetig sank und mittlerweile sogar der Konkurs drohte.

Kurz nach neun Uhr standen alle vier Hamburger um den Münchner Tisch herum.

»Also, Leute, was unternehmen wir heute?«, fragte Hilde Hoffmann in die Runde. »Das Wetter scheint gut zu bleiben. Ich nehme an, Max, Maria, Martin und Horst werden sich, wie es am ersten Ferientag Tradition ist, nachher auf dem Tennisplatz vergnügen?«

Alle vier nickten lebhaft.

»Und wie ich meinen Sohn Heinz kenne, wird er irgendwo allein auf Fotopirsch gehen?«

»Du kennst mich offenbar tatsächlich!«, erwiderte Heinz amüsiert, und Hilde fuhr fort: »Ich selbst würde gerne eine Wanderung in der Höhe machen. Wer kommt mit?«

»Da wäre ich gerne dabei«, sagte Rolf. «Schliesslich bin ich zum ersten Mal in Zermatt und möchte die Berge kennenlernen. Was meinst du, Monika?«

»Einverstanden, und ich hoffe, Hanna kommt auch mit!«

Hanna lächelte dankbar: »Gerne!«

Hilde schlug vor, sich jetzt umzukleiden und in einer halben Stunde loszuziehen.

…Pünktlich um viertel vor zehn standen sie dann am Hotelausgang bereit. Die erste Wegstrecke führte zum Bahnhof hinunter, der gleichzeitig Abfahrtsort des knallroten Gornergrat-Bähnchens war. Diese Zahnradbahn brachte Hilde und Hanna Hoffmann, Monika Maier und Rolf Reimer innerhalb einer Viertelstunde auf die 2200 Meter hoch gelegene Riffelalp.

Als sie ausstiegen, war der Himmel nicht mehr ganz so wolkenlos wie am frühen Morgen. Über allen Gipfeln hatten sich kleine Quellwolken gebildet, aber diese bedeuteten vorläufig eher Dekoration als Bedrohung, wie Hilde Hoffmann fachmännisch feststellte.

Die Aussicht von der Riffelalp war überwältigend. Dominiert wurde sie natürlich vom Matterhorn, das sich gerade gegenüber majestätisch in den Himmel erhob. Nur sein Gipfelbereich war durch eine kleine Wolke verdeckt. Rechts vom Matterhorn folgten weitere, schnee- und eisbedeckte Viertausender. Gekonnt zählte Hilde Hoffmann die Wichtigsten auf:

»Dent Blanche, Obergabelhorn, Zinalrothorn, Weisshorn, Täschhorn.«

Rolf Reimer konnte sich kaum sattsehen. Immer wieder drückte er Monikas Hand, um seiner echten Begeisterung Ausdruck zu geben.

»So, meine Lieben, Zeit zum Aufbruch!«, verkündete Hilde jetzt und stellte sich neben dem Wanderwegweiser auf. »Seht hier, wir wandern jetzt zum Grünsee, von dort weiter zum Grindjesee und dann über den romantischen Weiler Findeln wieder hinunter nach Zermatt. Das schaffen wir locker, wir sind ja alle noch jung.«

Rolf blickte zu Hilde. ›Tatsächlich, sie sieht so jung und fit aus. Dabei ist sie vierundfünfzig und Mutter von zwei längst erwachsenen Kindern! Mit ihren engen Wanderhosen, der Bluse, welche die nicht grossen, aber festen Brüste betont, den halblangen blonden Haaren, den dunklen, ausdrucksstarken Augen, den vollen, knallrot geschminkten Lippen … ja, es könnte schon stimmen, was Monika neulich mal angedeutet hat: dass da noch andere Männer als Horst im Spiel seien…‹

Von der Riffelalp aus führt ein breiter, nur wenig ansteigender Weg entlang des nach Norden orientierten Berghangs bis zum Grünsee. Unterwegs weitet sich das Panorama gegen Osten immer mehr. Als weitere Viertausender erscheinen Rimpfischhorn und Strahlhorn, zu deren Füssen sich ein mächtiger Gletscher ins Tal ergiesst.

›Oh, wie herrlich vertraut mir das doch alles ist‹, dachte Hilde, in sich hinein lächelnd, ›wie oft sind wir mit unseren Kindern diesen Weg gegangen, haben am Grünsee gepicknickt und manchmal gebadet. Ja, meine beiden so unterschiedlichen Kinder! Der Heinz rannte immer weit voraus, ihn interessierte eigentlich nur, möglichst schnell ans Ziel zu kommen. Was es unterwegs zu sehen gab, berührte ihn scheinbar gar nicht. Nur die Länge der Wanderstrecke und die Namen der Berggipfel wollte er immer wissen.

Und wir Eltern kamen, weit hinter ihm, kaum vorwärts, weil Hanna alle fünf Meter vom Weg ausscherte, um eine Blume oder einen Schmetterling zu betrachten. Ihre Liebe zur Natur ist bestimmt hier in den Bergen erwacht. Und ständig fragte sie, wie diese Pflanze oder jene Heuschrecke denn heisse. Meist wusste ich es ja selber auch nicht. Aber Hanna wünschte sich immer mehr Bücher und begann bald darauf, sich alles selber beizubringen. Und jetzt macht sie schon ihre Doktorarbeit über Schmetterlinge!‹

»Mama, bist du noch da?« Hanna stupste sie lachend an.

»Ehm, ja, ich war in Gedanken kurz weg … Oh, wir sind ja schon am See angekommen!«

Der Grünsee, 2300 Meter hoch gelegen und knapp 200 Meter lang, lag dekorativ vor ihnen ausgebreitet, dunkelgrün und glatt die Wasseroberfläche, von keinem Hauch gekräuselt, die Schneeberge auf der anderen Talseite sanft spiegelnd. Der See lag gerade an der Waldgrenze und war, äusserst idyllisch, von einem lockeren Bestand niedriger Lärchen und Arven umgeben. Ein feiner Duft nach Baumharz lag in der Luft. Ab und zu flog krächzend ein Tannenhäher von einer Arve zur nächsten, und auf den Lärchen sangen die Meisen um die Wette.

Überwältigt vom Eindruck dieser grossartigen Landschaft, blieben die vier eine Weile am Ufer stehen, ohne dass ein Wort die majestätische Stille störte.

»Es ist ja erst viertel nach elf«, sagte Hilde schliesslich, »ich schlage vor, wir laufen weiter und nehmen unser Picknick erst am Grindjesee ein.«

Niemand opponierte, und nach einem Erinnerungsfoto mit Selbstauslöser wanderten sie weiter.

*

Horst Hoffmann war zufrieden mit sich. Die Matches gegen Max und Maria Maier hatte er locker gewonnen. Denjenigen gegen Martin Maier, 26 Jahre jünger als er, würde er verlieren, aber das war kein Minuspunkt für ihn. Horst steckte seinen Schläger in die Hülle und verkündete: »Mittagspause!«

Das kleine Restaurant des Tennisclubs Zermatt war heute nur schwach besetzt. Horst und Martin holten sich an der Selbstbedienungstheke einen Teller Spaghetti Bolognese, Max und Maria wählten Apfelkuchen mit Schlagsahne.

Nach dem Essen lehnten sich alle in den bequemen Gartenstühlen auf der Terrasse zurück.

»Ist das doch herrlich«, sagte Maria Maier, «unser erster gemeinsamer Ferientag, traditionell auf dem Tennisplatz, sportlich und erholsam zugleich. Ach, ich könnte stundenlang auf diesen Sesseln dösen. Wisst ihr, Max und ich hatten ein strenges Jahr. Ich wollte eigentlich meine Stunden reduzieren, aber das war nicht zu realisieren. Die Nachfrage nach privaten Englischlektionen steigt stetig an. Und Max war ja kaum jemals zuhause … «

»Jetzt übertreib' mal nicht!«, erwiderte dieser. »Aber sie hat schon Recht, meine Firma hat mich stark beansprucht. Die Konkurrenz im Lebensmittelhandel ist riesig, die Margen müssen wir ständig zurückfahren und da braucht es, haha, schon einen studierten Ökonomen wie mich, um am Jahresende noch einen kleinen Gewinn zu finden.«

»Gewinn sagst du? Dieses schöne Wort kenne ich überhaupt nicht mehr!«, erwiderte Horst betrübt, »aber wie schon erwähnt, das Thema Firma ist tabu für die nächsten drei Wochen.«

Maria gähnte und schloss genüsslich ihre Augen. »Dann wechseln wir schleunigst zu etwas Angenehmerem. Mein Gedächtnis wird leider immer mehr zum Sieb. Vermutlich frage ich dich jedes Jahr wieder dasselbe, Horst. Aber wie war das noch mal, als du und Hilde euch kennenlerntet?«

Horst gähnte ebenfalls und streckte sich wohlig. »Ja, war das damals eine aufregende Zeit! Ich hatte soeben das Medizinstudium abgeschlossen und meine erste Stelle als Assistenzarzt im Wilhelmsburger Krankenhaus, in der Inneren Medizin, angetreten. Ein regelrechter Sprung ins eiskalte Wasser war das gewesen! Zwar hatten wir schon als Studenten immer wieder stundenweise im Krankenhaus Unterricht gehabt und an Fallbeispielen lernen können, aber diese Einsätze waren viel zu kurz gewesen, um sich eine Praxiserfahrung anzueignen.

Und jetzt hast du statt Lehrbüchern plötzlich lauter reale Patienten vor Augen, musst reagieren, Fragen stellen, entscheiden, mit Kollegen diskutieren. Du schiebst eine Sechzigstundenwoche mit Schichtdienst, kommst um ein Uhr morgens hundemüde nach Hause, und um acht musst du schon wieder antreten.

Aber natürlich lernt man in kurzer Zeit unheimlich viel. Unter anderem durften wir Assistenten auch dabei sein, wenn die Studentengruppen kamen und der Oberarzt mit ihnen die Fallbeispiele besprach. Wie ihr vielleicht wisst, war schon damals mehr als die Hälfte der Medizinstudierenden weiblich. So hatte ich also nicht nur die medizinischen Fallbeispiele vor mir, sondern sozusagen, haha, auch immer genügend ›Anschauungsmaterial‹ beim anderen Geschlecht.

Die Hilde ist mir gleich beim ersten Mal aufgefallen, und schon bei der nächsten Lektion bekam ich meine Augen nicht mehr von ihr los. Wie sie dastand, sich nie vordrängte, aber sehr konzentriert dabei war, ab und zu eine präzise Frage stellte. Ihre dunklen, ausdrucksstarken Augen, mit dem blonden Haar kontrastierend … ihre noch fast jugendlichen, regelmässigen Gesichtszüge, ihre sinnlichen Lippen, ihre kleinen festen Brüste, ihre schlanke Gestalt, alles zog mich einfach in ihren Bann.

Zum Glück traf es sich, dass ihre Gruppe noch mehrere Male auf unserer Station erschien. Jedes Mal war ich aufs Neue fasziniert von ihr, fand aber keine Gelegenheit, sie anzusprechen. Erst einige Monate später traf ich sie zufällig in der Kantine. Sie erkannte mich gleich und lächelte mir kurz zu. Da war es vollends um mich geschehen! Ich folgte ihr und fragte sie, ob ich an ihrem Tisch Platz nehmen dürfe. Ja, so hat es angefangen, vor zweiunddreissig Jahren … «

»Wie romantisch!« Marias blaue Augen leuchteten.

»Und dann ging alles ziemlich schnell«, fuhr Horst fort. »Hilde war damals im siebten Semester, hatte also noch zwei Jahre Studium vor sich. Wir sahen uns fast täglich. Es war mir eigentlich bewusst, dass ich sie zu stark beanspruchte, ihr zu viel Zeit vom Lernen wegnahm. Aber sie wollte es ja genauso. So geriet sie zusehends in Rückstand mit ihrem Lernpensum, die Noten der Zwischenprüfungen wurden immer knapper. Schliesslich gestand sie mir eines Abends, sie sei schwanger und wolle das Studium aufgeben.

Mir gefiel das gar nicht. Und nicht etwa deswegen, weil ich kein Kind gewollt oder zu wenig verdient hätte! Nein, ich wollte einfach, dass sie ihre Ausbildung beendete und notfalls auch auf eigenen Füssen stehen könnte.

Doch alles Zureden half nichts. Sie wollte das Kind und keinesfalls weiterstudieren. Sechs Wochen später haben wir geheiratet, und nach weiteren fünf Monaten kam unser Heinz zur Welt, drei Jahre später dann Hanna. Ich arbeitete weiter im Krankenhaus und Hilde war vorerst Hausfrau und Mutter.

Dann starben kurz nacheinander ihre Eltern. Ihr Erbteil bildete den Grundstock für den Kauf unseres Hauses und den Start meiner eigenen Firma. Nein, ich muss eher sagen, unserer Firma, denn Hildes intensive Mitarbeit hat ganz wesentlich zum Erfolg beigetragen. Und einige Jahre später fuhren wir erstmals nach Zermatt und trafen dort eine gewisse Familie Maier aus München … «

»Ja, ich erinnere mich gut daran«, sagte Martin Maier, »das war vor neunzehn Jahren. Ich war dreizehn und nicht unbedingt begeistert von der Idee meiner Eltern, in die Schweizer Berge zu fahren. Zwar war ich als aktiver Pfadfinder oft draussen in der Natur, aber wir durchstreiften eben gern die Wälder rund um München. Im Sommerlager ging's vielleicht mal zum Starnberger See. Das Hochgebirge war mir also nicht vertraut und von weitem eher unheimlich. Aber schon nach zwei Tagen in Zermatt hatte mich das Bergfieber angesteckt. Und, wie ihr seht, es ist geblieben.«

»Uns ging es ganz ähnlich«, sagte Horst. »Als Hamburger dachten wir ja beim Wort Berge eher an die Wellenberge der Nordsee als an Felsen und Gletscher. Aber auch Hilde und mich hat hier, in dieser grossartigen Landschaft, sofort die Leidenschaft für die Schweizer Bergwelt gepackt.

Die Kinder waren damals noch nicht so gross – Heinz elf und Hanna acht – und zu unserem Glück kamen sie gerne auf die Wanderungen in die Höhe mit. Ja, Heinz lief immer weit voraus, er wollte so viele Kilometer wie möglich machen, während man mit Hanna kaum vorwärts kam, da sie jede Blüte und jeden Schmetterling von nahem anschauen musste.«

»Wie war das eigentlich«, fragte Martin, »haben wir Kinder uns gut vertragen? Ich weiss es echt nicht mehr!«

Maria lächelte ihren Sohn an. »Ich erinnere mich noch gut daran. Die zwei Mädchen hatten sich sofort gefunden. Tagsüber waren wir beiden Familien ja immer getrennt unterwegs, aber morgens und abends haben Monika und Hanna andauernd zusammengesteckt und sich wunderbar verstanden. Entweder waren sie in einem der Zimmer oder im Garten anzutreffen.

Monika, als die um zwei Jahre ältere, gab in der Regel den Ton an und bestimmte, was gemacht wurde, aber Hanna hat einen so lieben und gutmütigen Charakter, dass sie der älteren meistens willig folgte.

Ganz anders lief es bei den Jungs. Unser Martin war immer schon eher der Einzelgänger gewesen, er hatte nie sehr viele Spielkameraden. Abends, nach unseren Wanderungen, las er am liebsten in einem dicken Buch. Und, ehrlich gesagt: Ich glaube, Martin und Heinz mochten sich nicht besonders. Oder täusche ich mich?«

»Gar nicht!«, erwiderte Horst, »ich habe das genauso erlebt. Heinz ist eben auch ein spezieller Charakter. Wenn er in Gesellschaft ist, redet er sehr viel und will möglichst im Mittelpunkt stehen. Andererseits geht er auch gerne seine eigenen Wege. Genauso wie heute, wo er den ganzen Tag irgendwo allein mit der Kamera unterwegs ist.«

Martin erhob sich von seinem Korbstuhl. »So, Horst, bist du bereit für unser Match?«

»Ja – los geht's!«

*

Hilde und Hanna Hoffmann, Monika Maier und ihr Freund Rolf erreichten vom Grünsee aus, auf fast ebenem Weg, bald das Vorfeld des Findelngletschers in der Talsohle.

Der Gletscher selbst endete gute zwei Kilometer weiter hinten im Tal. Um so viel hatte er sich in den letzten 150 Jahren zurückgezogen, weil das Klima immer wärmer geworden war. Jetzt war da, auf beiden Seiten des Baches, nur noch eine grossflächige, steinige Ebene mit spärlichem Pflanzenwuchs zu sehen. Einzelne junge Lärchen versuchten allmählich hochzukommen, aber hier im Bereich der Baumgrenze verlief das Wachstum äusserst langsam. Die meisten Bäumchen vermochten keinen geraden Stamm auszubilden, sondern wuchsen mehr strauchförmig.

Dort, wo sich im Laufe der Zeit zwischen den Steinen etwas Humus angesammelt hatte, leuchteten gelb das Habichtskraut und lila die Weidenröschen. Einige Steine waren bereits dicht von Zwergwacholder und Preiselbeersträuchern überwachsen.

Unterdessen stand die Sonne hoch am Himmel und brannte heiss auf die Köpfe. Vor der kleinen Brücke über den Bach blieb Rolf stehen, zog seine grosse Wasserflasche hervor und liess alle daraus trinken, bevor sie weitergingen.

Am Gegenhang leicht ansteigend, war eine halbe Stunde später der Grindjesee erreicht, ein hübscher kleiner Bergsee mit einer phänomenalen Aussicht auf das Matterhorn. Ein jeder suchte sich einen schönen Sitzplatz in Ufernähe. Nach dem überaus reichlichen Frühstück hatten die Wanderer nur eine Kleinigkeit zum Essen mitgenommen, und schon bald legten sich alle zurück zu einem Mittagsschläfchen.

Monika und Rolf hatten sich etwas abseits niedergelassen und kuschelten sich eng aneinander. »Ach, ich bin so glücklich«, flüsterte Monika, »mit dir hier zu sein, dir alles zeigen zu können, was mir von Jugend her lieb ist. Darauf habe ich mich seit langem gefreut.«

Rolf küsste sie sanft. »Ich bin genauso glücklich, mein Liebling, es ist wunderschön hier. Könnten wir doch ewig so liegenbleiben!«

Sie nahm seinen Kopf, drückte ihn gegen ihre Brust und spielte mit seinen langen, blonden Haaren. »Hörst du die vielen Heuschrecken zirpen?«, fragte sie leise.

»Ja, wirklich, es klingt wie ein kleines Konzert im Gras.« Unvermittelt streckte Rolf seinen langen Arm über dem Boden aus. Das Zirpen hörte augenblicklich auf und ein halbes Dutzend kleine Grashüpfer sausten durch die Luft.

»Aber, aber!«, tadelte Monika, »immer nur Unsinn im Kopf.« Schon setzte wieder rundherum das Gezirpe ein.

»Stillhalten«, flüsterte Rolf. »Da, auf deinem rechten Arm!«

Langsam drehte Monika ihren Kopf. Ein grosser Schmetterling, schwarz-gelb gemustert, dazu mit roten und blauen Flecken verziert, hatte sich auf ihrem nackten Unterarm niedergelassen und leckte mit seinem langen Rüssel die Haut ab. »Oh, wie schön, ein Schwalbenschwanz!«

Lange konnten die beiden den prächtigen Sommervogel beobachten, bevor er schliesslich abhob und sanft davon gaukelte. Rolf hob seinen Kopf, beschattete die Augen mit der Handfläche, blickte eine Weile in die Ferne und wies dann mit dem ausgestreckten Arm auf einen grösseren Felsblock hin.

»Was ist denn das für ein Vogel, der dort zuoberst auf dem Felsen steht und immerzu pfeift?«

… Monika sah ihn sofort auch. »Hm, ich tippe auf einen Steinschmätzer. Hanna, stimmt das?«

»Genau richtig!«, tönte es von hinten. Hanna hatte, aus respektvoller Distanz von vielleicht fünfzehn Metern, den beiden Verliebten zugeschaut.

Sie seufzte. ›Ach, wann habe ich wohl zum letzten Mal einen Mann geküsst? Ja, das war im vorletzten Sommer, die Affäre mit Peter. Leider muss ich Affäre sagen, da Peter ja bereits in festen Händen war. Ich dumme Kuh wusste alles und habe mich trotzdem so sehr in ihn verliebt! Nie wieder soll mir so etwas passieren!

Ja … vorher mit Holger, das war wirklich eine schöne Freundschaft gewesen, ich junge Studentin glaubte schon an die ganz grosse Liebe. Aber dann zog er nach Berlin, und nach und nach verlief das Ganze im Sande. Und jetzt?

Ich wäre ja mittlerweile reif für eine neue Beziehung. Wenn ich doch nur diesen blöden Komplex loswürde, ich sei wegen meiner zehn Kilos Übergewicht unattraktiv! Ach, und wenn ich dann jeweils meine Mutter anschaue, wie sie schlank und sexy einhergeht und sich alle Männer nach ihr umdrehen ... ‹

Hilde war kurz eingeschlafen, wieder aufgewacht und döste jetzt vor sich hin. Erneut wanderten ihre Gedanken in die Vergangenheit.

›Unglaublich, wie doch die Zeit vergeht! Unsere Ferienbekanntschaft mit den Maiers ist schon neunzehn Jahre alt! Bis vor sechs Jahren, als Martin damals schliesslich nach Hamburg zog, sahen wir uns immer nur im Urlaub und hatten sonst keinerlei Kontakt. Hanna und Monika waren ja während der Zermatter Wochen immer beinahe unzertrennlich, jeden Abend verbrachten sie zusammen mit Spielen, Lesen und Klatschen. Die beiden litten sicher am stärksten unter den langen Trennungen.

Seit Martin in Hamburg lebt, kommen die Maiers wenigstens ein- oder zweimal pro Jahr zu Besuch. Alles lief doch immer so gut, bis dann letztes Jahr die verflixte Sache mit Martin begann. Wenn er mir nur hier in Zermatt kein Theater macht … !‹

Hilde rappelte sich auf. »So, meine Lieben, wollen wir weitergehen? In einer dreiviertel Stunde schaffen wir es nach Findeln zu einem ganz gemütlichen Restaurant.«

»Oh ja, nichts wie hin!«, rief Rolf und zog Monika auf die Füsse.

Martin Maier warf seinen Tennisschläger hoch in die Luft und fing ihn nach drei Umdrehungen gekonnt wieder auf.

»So, genug für heute! Ich möchte im Hotel noch ein wenig an meiner neuen Geschichte herum studieren. Mama, darf ich mich empfehlen?«

»Sehr gerne«, lachte diese, »ich bin ebenfalls froh, aufhören zu können. Die Matches mit dir sind wahrlich kein Zuckerschlecken für mich.«

»Immerhin bist du ein paar wenige Jährchen älter als ich«, gab Martin höflich zurück und packte seine Sachen zusammen.

Eine Stunde später hatte er sich umgezogen und betrat den Wintergarten des Castor. Er bestellte ein grosses Bier und holte seine Papiere hervor. Mit dem Grobkonzept für seinen neuen Roman war er zufrieden, auch die Hauptfiguren sah er, sowohl vom Äusseren wie vom Charakter her, plastisch vor seinem inneren Auge.

Verschiedene Handlungsstränge waren konzipiert, aber irgendwie ging das Ganze noch nicht richtig auf. ›Woran liegt es denn‹, überlegte er seit Wochen immer wieder, und war doch nicht weitergekommen.

Rund dreissig Seiten waren nun aufgezeichnet, aber solange er keine Klarheit über sein Problem gewonnen hatte, wollte er nicht weiterschreiben. Er nahm ein leeres Blatt Papier zur Hand und skizzierte darauf die Beziehungen zwischen seinen Figuren sowie die geplante Abfolge der Szenen.

Diese Skizzen vor Augen, lehnte er sich zurück und dachte nach. Irgendwann würde ihm die Lösung schon einfallen! Wie er es schon mehrmals erlebt hatte, brauchte es einfach Geduld, viel Geduld.

»Oh, wir stören beim Nachdenken!« Martin blickte auf. Barbara und Benno Braun standen grinsend vor ihm.

»In der Tat«, murmelte Martin verwirrt, »nein, im Ernst, setzt euch ruhig zu mir. Ich wollte noch ein paar Knacknüsse lösen – für meinen neuen Roman.«

Brauns nahmen Platz, und Barbara fragte: »Sag mal, Martin, wie hat sich deine schriftstellerische Karriere seit letztem Sommer entwickelt?«

Martin zuckte mit den Schultern. »Na ja, der Ausdruck Karriere ist reichlich übertrieben. Mit Müh und Not habe ich bisher zwei längere Kriminalgeschichten in einem kleinen Verlag platzieren können. Zurzeit arbeite ich an einem dritten, etwas längeren Roman – aber man kann leider nie wissen, ob sich dann schlussendlich jemand dafür interessiert.«

Benno ergänzte: »Das ist tatsächlich so, das Leben bleibt unberechenbar. Lass dich bloss nicht entmutigen! Bleib dran, versuch es immer wieder!«

Barbara erhob sich. »Wir lassen dich jetzt in Ruhe nachdenken und gehen lieber vor dem Essen mit Blacky eine Runde drehen.«

»Also bis später!«, sagte Martin, lehnte sich zurück und schloss wieder die Augen.

*

In gemächlichem Tempo spazierten Max Maier und Horst Hoffmann, immer noch im Tennisdress, zum Hotel zurück. Maria Maier war schon eine Stunde früher gegangen.

»Ach, hat das gut getan«, meinte Horst, »so ein paar ausgiebige Runden Tennisspiel. Alle Muskeln durften tüchtig arbeiten, der Kopf ist wieder durchgelüftet. Und die klare, trockene Luft hier oben – einfach herrlich!«

Max liess einen kleinen Seufzer vernehmen.

»Sicher, aber wenn nur meine Kondition besser wäre! Ich weiss ja, ich tue viel zu wenig das Jahr über. Und zehn Kilos abnehmen wollte ich auch schon lange, aber das ist eben nicht so einfach … So werde ich sicher morgen mit einem veritablen Muskelkater gestraft sein. Sogar Maria hat mehr Ausdauer beim Spiel als ich. Doch jetzt freue ich mich auf die heisse Dusche! Wir sehen uns dann spätestens beim Abendessen.«

Sie hatten zwischenzeitlich die Hotelhalle betreten. Max wandte sich zur Treppe, während Horst geradeaus auf die Rezeption zuging. Hinter dem Tresen stand Anna Aufdenblatten, die Chefin der Rezeption, während ihre Assistentin Belinda Biner, die Tochter des Direktorenpaares, am Computer sass.

›Unglaublich‹, dachte Horst und fühlte einen leichten Schauder aufsteigen, ›allein die Rezeption mit diesen zwei hübschen Frauen wäre schon die Reise nach Zermatt wert! Hier die Anna, gross und schlank, halblange blonde Haare, gekonnt geschminkt. Sie ist bestimmt über vierzig, wirkt aber ganz klar jünger.

Auch Belinda hat sich zu einer bildhübschen Frau entwickelt. Ihre dunklen Augen werden wohl noch viele Männer betören. Wie ist das überhaupt möglich, so viel Schönheit bei solch biederen Eltern? Ich kenne Belinda ja fast seit ihrer Geburt. Als wir vor neunzehn Jahren zum ersten Mal hier logierten, wurde sie gerade zwei … ‹

»Guten Tag, ihr beiden Hübschen, wie geht es euch?«

Anna lächelte zurück. »Hallo Herr Hoffmann! Und danke, es geht gut. Ich bin aber heilfroh, dass die Hochsaison langsam zu Ende geht, es war schon hektisch in den letzten Wochen. Belinda kennen Sie ja. Sie hat im Frühjahr ihre kaufmännische Lehre abgeschlossen und arbeitet seitdem hier im Hotel. Und Sie, offenbar immer noch sportlich wie eh und je?«

»Na ja, man tut, was man kann. Übrigens… Beim Hoteleingang hängt ein Zettel, auf dem die Teilnehmer eines medizinischen Kurses willkommen geheissen werden. Offenbar sind auch Leute aus Hamburg dabei, und die müsste ich ja von meinem Beruf her kennen. Darf ich Sie fragen, um wen es sich handelt?«

»Also, normalerweise geben wir keine Auskunft über die Identität unserer Gäste, aber wenn Sie die Leute sowieso kennen … ich schaue mal auf meiner Liste nach. Aha, hier! Aus Hamburg kommen Dr. Armin Auer sowie die Kursleiterin, Frau Dr. Frauke Fenner.«

Horst zuckte merklich zusammen, murmelte einen Dank und entfernte sich rasch. Sein Puls begann zu rasen, der Schweiss brach ihm aus allen Poren. ›Das darf doch alles nicht wahr sein! Ausgerechnet Frauke muss jetzt hier auftauchen! Was soll ich bloss machen? Niemand darf merken, dass wir uns kennen! Jedenfalls nicht, bevor ich ihre Antwort habe und weiss, wie es weitergeht. Ist das doch unangenehm!‹ Horsts Miene erstarrte.

Zeno Zurbriggen war wieder einmal in seinem Element. Alle übrigen Kellner um mindestens eine Kopflänge überragend, behielt er stets die Übersicht im Speisesaal, dirigierte seine Truppe hierhin und dorthin, bemerkte sofort, wenn an einem Tisch die Weingläser wieder zu füllen waren, auf einem anderen Tisch leere Teller abgeräumt werden mussten oder, irgendwo im Saal, ein Gast mit einem schüchternen Handzeichen seinen Wunsch zu erkennen gab. Alle neu angekommenen Gäste begrüsste er persönlich, so auch heute die Familie Hoffmann.

»Willkommen im schönen Zermatt«, sprach er mit einer perfekten kleinen Verbeugung. Hilde Hoffmann sah zu ihm auf und lächelte.

»Ja, geschätzter Zeno, das gestrige Abendmenu haben wir wegen unserer Panne leider verpasst. Aber heute lassen wir uns gerne verwöhnen.«

Zeno überreichte die Weinkarte und gab einer Kellnerin einen Wink, sie könne jetzt die Suppe auftragen. Die drei befreundeten Familien – Maiers, Hoffmanns und Brauns – hatten erfolgreich insistiert, heute nebeneinanderliegende Tische zu erhalten. Sie waren fast gleichzeitig im Speisesaal eingetroffen, deshalb hatten sie jeweils den gleichen Gang des Menus vor sich stehen.

Nach der aromatischen Tomatensuppe wurde ein schön garniertes Kichererbsen-Püree serviert und danach eine Tranche Rauchlachs mit Zwiebeln, Kapern und Meerrettichschaum. Zum Hauptgang gab es Lammschulterbraten mit Kartoffelscheiben, grünen Bohnen und Möhren.

Die Stimmung an den drei Tischen war locker und fröhlich. Immer wieder flogen spassige Bemerkungen, sozusagen zwischen München, Hamburg und Basel, hin und her.

Horst Hoffmann aber war während des gesamten Essens schweigsam gewesen. Zum Glück hatte ihn niemand darauf angesprochen. Würde Frauke heute noch kommen? Wusste sie, dass er hier war, und wie würde sie darauf reagieren? Aber sie war bislang noch nirgends zu sehen.

Schliesslich hielt er es nicht mehr aus. Er gab vor, auf die Toilette zu müssen, erhob sich und steuerte die Rezeption an, wo Anna Aufdenblatten vor dem Bildschirm sass.

»Entschuldigung, Anna«, sagte Horst mit gedämpfter und deutlich unsicherer Stimme, »sind die Teilnehmer des Medizinkurses überhaupt schon eingetroffen?«

Anna schaute auf. »Ja, sie sind da, aber heute Abend essen sie nicht hier bei uns, sondern im Hotel Metropole. Vermutlich werden sie erst sehr spät ins Castor zurückkehren.«

»Vielen Dank«, murmelte Horst und trottete zurück zum Speisesaal.

›Was ist denn mit dem los?‹, dachte Anna nachdenklich, ›so nervös habe ich den Hoffmann noch niemals erlebt. Irgendetwas stimmt da nicht!‹

Als Horst sich wieder gesetzt hatte, erschien Zeno Zurbriggen, um die Bestellung des Nachtisches aufzunehmen. »Lieber Zeno«, lobte Hilde, »das Abendessen war einmal mehr erstklassig und hat uns hervorragend geschmeckt. Bitte richten Sie doch in der Küche unser ganz grosses Kompliment aus.«

»Bitte sehr, mache ich sofort.«

Als der Nachtisch aufgegessen und der Kaffee getrunken war, und alle sich am Tisch gemütlich zurücklehnten, meinte Hilde: »Und jetzt, liebe Freunde? Wollen wir nicht unseren ersten Abend in Zermatt noch etwas feiern? Also schlage ich vor: Ab in die Bar!« Hildes Appell war von durchschlagendem Erfolg gekrönt. Niemand schützte Müdigkeit oder sonst etwas vor.

Die Bar des Hotels Castor grenzte direkt an den Speisesaal und war, entsprechend dem Charakter des Hotels, einfach und gleichzeitig hochelegant eingerichtet. Ein langer Tresen mit Barhockern, zehn runde Tischchen mit je vier Stühlen, dezente Musik im Hintergrund.

»Ich spendiere eine Runde!«, rief Horst launig, als alle Platz genommen hatten, »Bestellt, was immer ihr wollt!«

Applaus und zustimmende Rufe von allen Seiten brandeten auf. Es war noch nicht mal zehn Uhr, und die Bar an diesem

Montagabend erst schwach besetzt. Jens Jespersen, der Barkeeper, hatte deshalb nicht viel zu tun und schlenderte hinter dem Tresen hin und her. Heinz Hoffmann hatte sich zu Benno und Barbara an den Tisch gesetzt.

»Und, Heinz, wie läuft's in Hamburg?«, fragte Barbara.

Heinz seufzte tief. »Na ja, es ist streng, wenn man auf der Karriereleiter einigermassen beständig in die Höhe klimmen will. Zurzeit strample ich mich in meiner Bank leider noch auf der zweituntersten Stufe ab. Juristische Gutachten, Verträge, Stellungnahmen und Verhandlungsunterlagen zuhauf. Ihr wisst ja, alles muss einwandfrei erledigt werden und sollte immer schon gestern fertig sein.

Katharina ist noch mehr im Stress. Sie macht ein Praktikum am Strafgericht und bereitet sich nebenbei auf die Anwaltsprüfung vor. Deshalb musste sie sogar den Urlaub absagen. Und ich selber bleibe auch nur eine Woche in Zermatt.«

»Immer noch mit dem Fotoapparat unterwegs?«, fragte Benno.

»Ja, ich war heute auf einem langen Rundgang im Dorf. Es hat so viele interessante Sujets hier an Landschaften, Gebäuden, Menschen, Stimmungen. Morgen möchte ich etwas weiter in der Höhe auf Fotopirsch gehen.«

Gegen elf Uhr füllte sich die Bar immer mehr. Einheimische und Hotelgäste standen oder sassen vor ihren Drinks und unterhielten sich angeregt. Sogar Max und Maria Maier, sonst höchst selten in Partylaune, standen am Tresen, amüsierten sich und scherzten herum. Doch unvermittelt fragte Maria:

»Sag mal, Max, was ist eigentlich mit dem Martin los? Er scheint so abwesend, spricht kaum ein Wort! Und ständig schielt er zu Hilde und Horst hinüber, als ob er etwas von ihnen wollte. Und auch den Barkeeper fixiert er immer wieder so merkwürdig. Was geht da vor?«

»Wenn ich das nur wüsste!« sinnierte Max zerstreut und winkte Benno und Barbara freundlich zu, die am anderen Ende des Tresens standen.

Es war jetzt kurz vor Mitternacht. Martin Maier stellte sich vor dem Barkeeper auf.

»Na, sieh mal an, Kollege Jens ist immer noch hier. Na, mix mir mal einen coolen Drink, ich habe heute den Blues erwischt.«

»N' Abend … das ist doch Martin, der Schriftsteller aus Hamburg? Den Blues vom vielen Schreiben?«

»Ach, lass mich in Ruhe und gib mir zu trinken!«

«Mensch, ist der mürrisch! Wohl eins auf die Birne gekriegt?»

Martin beugte sich über den Tresen und packte Jens am Jackett. »Wird's wohl mit meinem Drink?«

Hilde hatte von weitem mit halbem Ohr zugehört und kam jetzt näher. »Also, jetzt reicht es, ihr Streithähne! Was ist denn mit euch los?«

Martin lies Jens los, schaute auf und fixierte Hilde mit starrem Blick. Ihre Abendkleidung – schwarze Bluse, enger roter Jupe, schwarze Strümpfe und rote Lackschuhe – brachte ihn beinahe um den Verstand. Langsam wandte er sich ab und ging einige Schritte weg.

Hilde ihrerseits wandte sich zu Jens, blickte ihn bohrend an und sagte ganz leise: »Lass ihn in Ruhe … bitte, auch mir zuliebe.«

Jens nickte und drehte sich von ihr weg.

Die grosse Wanduhr in der Bar schlug Mitternacht. Horst Hoffmann nahm einen Löffel und klopfte damit solange an sein Glas, bis alle im Raum verstummt waren.

»Prosit allerseits, und ich wünsche allen viel Glück!«, rief er und hob sein Whiskyglas in alle Richtungen. Rundherum wurden die Gläser erhoben und gute Wünsche ausgesprochen. Horst leerte sein Glas recht zügig, verzog zwar zunächst den Mund, nahm aber die angefangene Unterhaltung mit seinem Nachbarn wieder auf. Nach etwa einer Minute griff er sich an den Magen und stöhnte:

»Ah, dieser Whisky hat aber schon recht merkwürdig geschmeckt! Da stimmt doch irgendetwas nicht, mir ist so furchtbar schlecht … !«

»He«, boxte ihn sein Gegenüber an, »aber du hast doch noch gar nicht so viel getrunken!«

Horst griff sich an den Hals und riss seinen Kragen auf, so als ob er keine Luft mehr bekäme. Bald begann er laut zu würgen, stöhnend schnappte er nach Atem. Plötzlich streckte er seinen rechten Arm waagrecht aus, so als ob er auf jemanden Bestimmten im Raum zeigen wollte, und lallte:

»Da, da, Rena … «

Weiter kam er nicht. Er keuchte, würgte und stöhnte immer mehr, begann zu taumeln, und plötzlich kippte sein Körper nach hinten um. Hart schlug er auf dem Fliesenboden auf. Er röchelte noch, ein letztes Zucken durchlief ihn, bevor er bewegungslos liegenblieb.

Hilde stürzte als Erste zu ihm, schüttelte ihn, schrie in einem fort: »Horst, Horst … !«

Unterdessen hatte sich Monika Maier durch die Menge gekämpft, kniete neben Horst nieder und fühlte ihm Puls und Atem. Ihr Gesichtsausdruck war starr, als sie sich zu Hilde wandte und flüsterte: »Tot … !«

Heinz Hoffmann, der inzwischen ebenfalls hinzugetreten war, stürzte zur Bar hinaus und rannte in Richtung der Rezeption. Wenige Sekunden später erschien Heinz wieder, zusammen mit Hoteldirektor Biner. Monika Maier wandte sich sofort an ihn.

»Sie wissen es ja, Herr Biner, ich bin Ärztin. Horst Hoffmann ist soeben tot zusammengebrochen. Hier ist sein leeres Whiskyglas. Es riecht auffallend nach Bittermandeln. Ich habe deshalb den Verdacht auf eine Vergiftung mit Zyankali. Es sollte so schnell wie möglich eine Autopsie gemacht werden. Und ich empfehle Ihnen, die Polizei einzuschalten.«

Direktor Biner nickte, gebot Ruhe im Saal und verkündete mit fester Stimme: »Meine lieben Gäste! Wie Sie sehen können, ist soeben etwas Schreckliches passiert. Ich bitte Sie alle, Ruhe zu bewahren und hierzubleiben, bis Sanität und Polizei eingetroffen sind.«

Die Gäste der Bar standen jetzt in einem grossen Kreis um die Leiche herum. Nur Hilde und Hanna sassen an einem der Tische und hielten sich an den Händen, Tränen verschleierten ihren Blick. Die Stimmung im Raum war gespenstisch, gesprochen wurde nur im Flüsterton. Knapp zehn Minuten später erschienen zwei Polizisten in Uniform.

»Darf ich vorstellen«, sagte Biner, »Polizeivorsteher Gregor Guntern und Polizist Paul Pfammatter. Und dies ist Monika Maier. Sie ist Ärztin und hat bereits einen Totenschein ausgefüllt. Wir müssen den Toten gleich zur Autopsie bringen.«

»Gut«, erwiderte Guntern, »dann machen wir es so: Du, Paul, organisierst den Transport ins Regionalspital Brig, während ich die Indizien und die Personalien aller anwesenden Gäste aufnehme.«

Während Paul Pfammatter telefonierte, begann Guntern, sorgfältig den ganzen Raum zu inspizieren. Er ging mit gespannter Aufmerksamkeit von Tisch zu Tisch, umrundete langsam den Tresen, öffnete alle Schubladen, begutachtete die Reihe der Schnapsflaschen.

Hinter dem Tresen stand ein kleiner Abfalleimer. Darin lagen zerknüllte Papierservietten, Kunststoffbecher, Glasscherben, Orangenschalen. Guntern langte vorsichtig hinein, fingerte ein winziges Glasfläschchen hervor und steckte es in ein mitgebrachtes Plastikröhrchen.

Den kleinen Rest Flüssigkeit im Whiskyglas des Opfers kippte er vorsichtig in ein anderes Röhrchen. Er fragte den Barkeeper, aus welcher Flasche er dem kurz darauf Verstorbenen eingeschenkt habe und nahm eine Probe davon in einem dritten Röhrchen mit. Dann bat er der Reihe nach alle Anwesenden um ihre Personalien.

Als die letzten Gäste die Bar verlassen durften, war es bereits ein Uhr morgens. Maiers, Hoffmanns und Brauns hatten sich in den Wintergarten verzogen. Niemand hatte Lust, schlafen zu gehen, man sass trübsinnig herum. Nur ab und zu fielen ein paar tröstende oder klagende Worte; jeder versuchte, das Geschehene für sich einzuordnen, das Unbegreifliche zu begreifen.

Unvermittelt schluchzte Hilde laut auf. »Aber Horst war doch völlig gesund … !«

Hanna umarmte sie. »Komm, Mama, wir gehen nach oben und versuchen, etwas zu ruhen.«

Dies war auch für alle anderen das Zeichen zum Aufbruch in die Zimmer.

Dienstag, 14. August 2012

Kurz vor halb neun traten Max und Maria Maier den Gang zum Frühstücksbuffet an. »Ach, wie schade, die vielen leckeren Sachen da«, seufzte Maria, »aber mir hat es komplett den Appetit verschlagen. Die ganze Nacht habe ich mich herumgewälzt und dachte an unsere armen Freunde. Ich nehme nur einen Tee.«

»Merkwürdig, mir geht es gerade umgekehrt«, erwiderte Max, »auch ich habe zwar kaum geschlafen und immerzu an Hoffmanns denken müssen, aber jetzt habe ich einen Riesenhunger.« Er begann, Käse und Schinken auf seinen Teller zu häufen. Als er zum Brotkorb weitergehen wollte, stiess er beinahe mit jemandem zusammen.

»Oh, Verzeihung, werte Dame! Aber … das gibt's ja gar nicht … wie kommen Sie denn hierher?«

Susanne Strobel lachte laut auf. »Ja, Herr Maier, die Welt ist eben recht klein. Ich wusste ja, dass Sie zum Urlaub nach Zermatt fahren. Aber Sie konnten nicht wissen, dass ich zur selben Zeit hier eine Weiterbildung besuche.«

»Ach so … was für ein Zufall, und noch im selben Hotel! Maria, Maria, schau mal, wer hier ist: unsere Hausärztin aus München!«

»Übrigens«, fuhr diese fort, »ich habe schon vom tragischen Todesfall Ihres Freundes gehört. Das tut mir ja sehr leid! Wir kamen gestern Nacht erst um halb eins zum Hotel zurück, und da wurde der Tote gerade in ein Krankenauto verladen.«

Maria war inzwischen auch hinzugetreten. »Freut mich, Frau Strobel. Machen Sie ebenfalls Urlaub?«

»Nein, ich besuche einen Weiterbildungskurs über Magen-Darm-Diagnostik. Die Teilnehmer sind auf mehrere Hotels verteilt. Wir sind hier im Castor zu viert, darunter die Kursleiterin, Frau Dr. Fenner aus Hamburg. Und falls Sie im Urlaub mal ein Wehwehchen haben sollten, können Sie mich gerne aufsuchen.«

»Vielen Dank«, erwiderte Maria, »und Ihnen wünschen wir einen erfolgreichen und kurzweiligen Kurs.«

»Sachen gibt's«, sagte Max, als er sich am Frühstückstisch niederliess, »und sag mal, Maria – hast du schon jemanden von Hoffmanns gesehen?«

»Nein, noch nicht. Ob die wohl gleich abreisen wollen? Aber man wird sie bestimmt nicht gehen lassen, wegen der laufenden Ermittlungen. Unsere Jungmannschaft ist übrigens auch noch nicht auf. Martin ist doch sonst immer der erste. Schon gestern hat er sich so merkwürdig benommen! Oh, da kommt wenigstens Monika herunter. Morgen, meine Liebe! Auch keinen Hunger?«

Monika hielt nur eine Tasse Kaffee in der Hand. »Nein, kein bisschen; im Gegensatz zu Rolf, der noch da hinten am Buffet steht. Ach, es ist so schrecklich! Soeben habe ich mit Polizeivorsteher Guntern telefoniert. Horst ist tatsächlich an einer Zyankali-Vergiftung gestorben.«

Maria machte grosse Augen. »Aber … wie kann bloss so eine schreckliche Verwechslung passieren?«

»Wenn es denn eine solche war … «, entgegnete Monika.

Soeben war auch Martin an den Tisch getreten. »Mensch, habe ich mies geschlafen! Und natürlich die halbe Nacht an meinem neuen Krimi rumstudiert. Aber die Realität ist ja noch viel brutaler als jedes Buch! Müssen wir eigentlich nochmals zur Polizei heute?«

»Guntern wird um neun ins Hotel kommen«, antwortete Monika, »aber ich nehme an, er wird zuerst mit Hoffmanns sprechen wollen. Jedenfalls sollen wir vorläufig das Haus nicht verlassen.«

Maria schaute ihre Tochter nachdenklich an. »Sag mal, wie wirkt denn eigentlich dieses Gift?«

»Nun, Zyankali, auch Kaliumcyanid genannt, ist ein äusserst starkes und schnell wirkendes Gift. Schon ein fünftel Gramm kann tödlich sein. Wenn das Zyankali in den Magen gelangt, bildet sich daraus Blausäure. Diese wird resorbiert, gelangt in die Körperzellen und blockiert dort die Zellatmung. Das heisst im Klartext, der aufgenommene Sauerstoff kann nicht mehr verarbeitet werden und man erstickt sozusagen innerlich, wobei Atemnot, Übelkeit und Krämpfe auftreten. Von der Einnahme der Substanz bis zum Tod kann es einige Minuten dauern.«

»Furchtbar«, murmelte Maria und bedeckte ihr Gesicht mit den Händen.

*

Die grosse, alte Standuhr gegenüber der Rezeption hatte eben neun Uhr geschlagen.

»Guten Morgen, Gregor«, begrüsste Anna Aufdenblatten den Polizeivorsteher. In einem Bergdorf wie Zermatt waren, auch wenn das Dorf inzwischen sehr gross geworden war, die meisten Einheimischen per Du miteinander.

Gregor Guntern war vierundfünfzig, schlank, kräftig, war verheiratet und hatte drei fast erwachsene Töchter. Er leitete seit dreizehn Jahren den kleinen Polizeiposten von Zermatt.

Anna fuhr fort: »Die vergangene Nacht hätten wir uns ruhiger gewünscht hier im Castor. Schreckliche Sache das! Zum Glück musste ich wenigstens nicht direkt mit ansehen, wie unser Stammgast zu Tode kam.«

Gregor seufzte. »Stimmt, einen Tod durch Zyankali mitzuerleben, gehört zu den ganz unerfreulichen Erlebnissen. Du, Anna, hättet ihr wohl einen kleinen Raum, wo ich in Ruhe meine Befragungen machen könnte?«

»Ja, sicher! Ich habe schon Bruno Biner gefragt deswegen, du kannst gerne das Sekretariatsbüro benützen. Und ich habe dafür gesorgt, dass alle Hausgäste und das Personal bis auf weiteres verfügbar sind.«

»Danke Anna! Ich schätze Leute, die mitdenken, sehr. Und als Erste hätte ich gerne die Frau des Verstorbenen gesprochen.« Anna führte ihn ins Sekretariatsbüro und ging anschliessend Hilde Hoffmann holen.

»Nehmen Sie bitte Platz, Frau Hoffmann«, sagte Guntern. »Es tut mir ausserordentlich leid, dass Sie vergangene Nacht Ihren Mann verlieren mussten. Aber leider bin ich gezwungen, Ihnen einige Fragen zu stellen, da die Todesursache doch sehr ungewöhnlich ist.«

»Selbstverständlich«, antwortete Hilde Hoffmann bedrückt. Sie trug heute schwarze Jeans und einen grauen Pullover, war ungeschminkt und wirkte mit ihrer schlanken Figur sehr zerbrechlich. Ihre Miene wirkte etwas steif, ihre dunklen Augen blickten starr geradeaus.

»Also, wir wissen jetzt mit Sicherheit, dass Horst Hoffmann an einer Vergiftung durch Zyankali gestorben ist. Dieses Gift beginnt schon innerhalb einer Minute zu wirken; deshalb müssen wir davon ausgehen, dass es sich in dem Getränk befand, das er unmittelbar vor seinem Tod an der Hotelbar zu sich genommen hat. Zudem hatte ja der Rest im Glas diesen typischen Geruch nach Bittermandeln. Nun, ich muss Sie jetzt fragen: Könnten Sie sich vorstellen, dass Ihr Mann sich selber umgebracht hat?«

Hilde Hoffmann nickte ganz langsam. »Natürlich habe ich mich das schon die ganze Nacht hindurch gefragt. Und ich muss sagen: Ja, es wäre durchaus möglich! Wissen Sie, Horst hatte eine eigene kleine Firma, die ihm fast alles bedeutete. Beinahe aus dem Nichts hatte er vor über zwanzig Jahren einen Betrieb aufgebaut, der ganz spezialisierte medizinische Geräte herstellt und vertreibt. Sogenannte Gastroskope und ähnliches, um damit Magen und Darm von innen mit kleinen Kameras zu untersuchen.

Am Anfang war dies eine grosse Marktlücke gewesen und das Geschäft lief prächtig, aber inzwischen hat die Konkurrenz aus dem Osten mächtig aufgeholt. In den letzten Jahren ging der Umsatz stetig zurück, wir rutschten tief in die roten Zahlen, und Kredite waren überhaupt nicht mehr zu bekommen.

Horst machte sich grosse Sorgen, und einige Male meinte er, wenn das nicht bald besser würde, könne er sich auch gleich umbringen. Ich nahm solche Bemerkungen leider nicht allzu ernst. Im Gegenteil überredete ich ihn, wenigstens den traditionellen Zermatter Urlaub nicht fallenzulassen.«

Guntern nickte. »Ein mögliches Motiv für eine Selbsttötung wäre also vorhanden. Aber, wenn ich mir die Bemerkung erlauben darf: Die Art der Ausführung, in einer vollbesetzten Bar, um Mitternacht vor allen Leuten, mit einem so dramatisch wirkenden Gift, wäre schon ziemlich ungewöhnlich für solch ein Vorhaben.«

Hilde Hoffmann senkte ihren Kopf und überlegte kurz. »Das würde ich nicht unbedingt sagen. Wissen Sie, Horst war immer schon der Schauspieler, stand am liebsten im Mittelpunkt, brauchte interessierte Blicke von allen Seiten. Ich denke, so ein – wie soll ich sagen – hochdramatischer Abgang wäre irgendwie sehr typisch für ihn gewesen.«

Guntern hatte sich einige Notizen gemacht. »Theoretisch ist jedoch auch ein Tötungsdelikt denkbar. Im Trubel der überfüllten Bar wäre es ein Leichtes für jemanden gewesen, in Hoffmanns Glas unauffällig etwas Giftiges hineinzutun. Wissen Sie, ob Ihr Mann Feinde hatte? Und ist Ihnen gestern Abend irgendetwas Ungewöhnliches aufgefallen?«

Hilde schüttelte den Kopf. »Von Feinden wüsste ich gar nichts. Ich habe auch nichts Spezielles bemerkt. Sein Tod kam wirklich wie aus heiterem Himmel.«

Gregor Guntern erhob sich. »Ich danke Ihnen für Ihre wertvolle Mitarbeit und werde möglicherweise nochmals auf Sie zukommen müssen.« Mit einem kräftigen Händedruck wurde Hilde Hoffmann entlassen.

Als nächste wurden Heinz und Hanna Hoffmann gemeinsam zum Polizeivorsteher gebeten. Sie waren beim tragischen Vorfall dabei gewesen, vermochten aber nicht viele ergänzende Angaben zu machen. Lediglich Heinz hatte die merkwürdige Armbewegung seines Vaters gesehen, bevor dieser umgekippt war.

»Es war, als ob er mit dem Finger auf jemanden zeigen wollte. Und er versuchte einen Namen auszusprechen, war aber schlecht zu verstehen. Etwas wie *Rena* hörte ich. Ich habe keine Ahnung, wen er damit meinen könnte.«

Guntern notierte es. Ein Suizid ihres Vaters hätte sie sehr überrascht, meinten Heinz und Hanna übereinstimmend, allerdings waren sie über die finanziellen Verhältnisse der Eltern nur recht wenig im Bilde. Guntern entliess sie, und schweigend gingen sie danach einige Male in der Hotelhalle hin und her. Schliesslich sagte Hanna:

»Was sollen wir denn jetzt machen? Ach, ich bin ganz durcheinander!«

Heinz vollführte noch einige langsame Schritte und erwiderte dann: »Also, ich mache dir folgenden Vorschlag: Ich kümmere mich um alle Formalitäten. Ein Todesfall im Ausland ist immer heikel, es gibt Vieles zu organisieren: Schweizer Behörden, Deutsche Behörden, Heimtransport des Verstorbenen, Leidzirkulare, Beerdigung und so weiter. Zum Glück weiss ich als Jurist Bescheid. Und du kümmerst dich derweil hier um Mama, du kannst das viel besser als ich.«

»Einverstanden, Heinz. Danke!«

»Tja, dann mache ich mich jetzt auf den Weg zur Gemeindeverwaltung, und nachher werde ich mich wohl ein wenig ablenken müssen; vielleicht gehe ich im Dorf fotografieren«, sagte Heinz und strebte in Richtung Ausgang.

Unterdessen befragte Guntern der Reihe nach auch das Personal und die übrigen Hotelgäste, die am Vorabend in der Bar gewesen waren. Die meisten hatten nichts Ungewöhnliches festgestellt; alles war wie immer verlaufen – bis zu dem Moment, als Horst Hoffmann umkippte.

Immerhin, zwei Gäste berichteten, übereinstimmend mit Heinz Hoffmann, von der auffälligen Geste des Verstorbenen und von dem Ausruf »*Rena* ... !«

Zudem erzählten drei Gäste von einem kurzen Handgemenge zwischen Martin Maier und dem Barkeeper, wussten aber nicht, worum es dabei gegangen war. Nach Aussage des Personals hatte zwischen Mitternacht und dem Eintreffen der Polizei auch niemand die Bar verlassen.

*

Hanna fühlte sich erleichtert. Sie war froh, nun eine Zeitlang mit ihrer Mutter allein zu sein. ›Heinz mag ja ein guter Jurist sein‹, dachte sie, ›aber wenn ich mir vorstelle, dass er mit menschlicher Wärme Mama beistehen müsste ... aber wo ist Mama eigentlich?‹

Hanna stieg in den zweiten Stock, klopfte an Mutters Zimmer, ohne Antwort zu erhalten. Daher ging sie wieder hinunter und fand sie im Wintergarten, vor einer dampfenden Tasse Tee sitzend. Mutter und Tochter umarmten sich lange schweigend, setzten sich dann nebeneinander und hielten sich an der Hand.

»Weisst du«, erklärte Hanna, »Heinz kümmert sich um alles, wir zwei können einfach in Ruhe hier sitzen bleiben und miteinander traurig sein.«

»Ach, Hanna, ich danke dir. Ich habe dich so gern.«

Hanna liefen zwei grosse Tränen über die blassen Wangen. »Glaubst du wirklich, dass Papa sich selbst ... ?«

Hilde zuckte mit den Achseln. »Ach, was weiss ich schon? Und was hilft es letztlich – tot ist tot!«

Schweigend sassen die beiden Frauen noch längere Zeit beisammen. Endlich erhob sich Hilde.

»Komm, Hanna, wir gehen jetzt besser eine Kleinigkeit essen, das wird uns gut tun.«

Für die Gäste, die nicht den ganzen Tag auswärts verbrachten, stand im Hotel Castor täglich ab halb eins ein kleines Lunch-Buffet bereit, an dem man sich selber mit Suppe, Salaten, Käse, kaltem Fleisch und Brot bedienen konnte. Zum Trinken gab es Mineralwasser, Apfelsaft, Tee und Kaffee. Als Hilde und Hanna aus dem Wintergarten hereinkamen, hatten gerade die Maiers aus München an einem grossen Tisch Platz genommen.

»Hallo, setzt euch doch zu uns!«, rief ihnen Maria zu, »und wo ist denn Heinz?«

»Noch unterwegs«, erwiderte Hanna, »er erledigt die Formalitäten mit den Behörden. Ein Todesfall im Ausland sei ziemlich kompliziert, hat er gemeint. Gott sei Dank muss ich das nicht machen!«

Schliesslich sassen alle vor ihren gefüllten Tellern, doch niemand verspürte wirklich Hunger. Das Essen war bloss eine Möglichkeit, durch mechanisches Kauen die trüben Gedanken etwas fernzuhalten. Kein richtiges Gespräch kam dabei in Gang, jeder war tief in seine eigene Trauer versunken. Schliesslich war es Martin, der sich erhob.

»Ich kann nicht länger hier herumsitzen, ich muss mal raus aus der Bude!«

»Du hast völlig recht«, stimmte Max zu, »wir sollten unsere aufgestauten Emotionen irgendwie abreagieren. Es hilft dem armen Horst gar nichts, wenn wir uns hier zermürben. Wer schlägt etwas vor?«

»Ich habe eine Idee!«, rief Monika. »Wir könnten eine kurze Wanderung nach Zmutt, dem kleinen Sommerweiler hinten im Tal, machen. Das ist ein sehr schöner Weg mit prächtiger Aussicht und wir können dabei kräftig unsere Köpfe durchlüften. Kommt doch alle mit!«

»Geht ihr nur«, erwiderte Hilde, »ich habe Kopfschmerzen und bleibe hier.«

Hanna wollte protestieren. »Aber nein, Mama. Ich lasse dich nicht allein!«

»Doch, mein Liebling, du musst unbedingt mit, das tut dir gut. Ich lege mich einfach etwas aufs Ohr.«

»Also gut«, gab Hanna nach und drückte ihrer Mutter einen Kuss auf die Stirne, »bis später dann!«

Man ging auf die Zimmer, um sich für die Wanderung umzuziehen. Hilde blieb mit einer Tasse Tee im Speisesaal sitzen und schaute sich um. Immer noch bedienten sich einige Gäste, die sie nicht kannte, am Buffet. Irgendwie fühlte sich Hilde todmüde und leicht schwindlig, fast war ihr, als sähe sie alles doppelt. ›Ich habe doch gar nichts Alkoholisches getrunken!‹, wunderte sie sich. Da kam eine Frau auf sie zu.

»Verzeihen Sie … ist Ihnen etwa nicht gut? Ihr Gesicht ist ja weiss wie ein Leintuch!«

»Ehm, ja, mir ist etwas schwindlig.«

»Kommen Sie, ich begleite Sie auf Ihr Zimmer. Ich bin Ärztin. Gestatten, Dr. Frauke Fenner aus Hamburg.«

Hilde liess sich aufhelfen, und Arm in Arm durchquerten die beiden Frauen den Saal. »So, aus Hamburg sind Sie – wie ich auch … «

»Umso besser! Landsleute müssen sich doch gegenseitig helfen!«

In ihrem Zimmer angekommen, liess sich Hilde sofort aufs Bett fallen. Sie fühlte sich unendlich müde. Dr. Fenner ging kurz weg, um ihren Arztkoffer zu holen. Sie mass anschliessend Hildes Puls, Blutdruck, Temperatur und prüfte einige Muskelreaktionen.

»Es ist garantiert nichts Ernstes«, meinte sie danach beruhigend, »vielleicht nur eine verspätete Reaktion auf die schrecklichen Ereignisse der Nacht. Ich gebe Ihnen eine leichte Beruhigungsspritze, in zwei oder drei Stunden sind Sie wieder fit.«

»Vielen Dank«, murmelte Hilde, die schon längst am Einschlafen war. Frauke Fenner verliess das Zimmer, ging die Treppe hinunter und kreuzte dabei Belinda Biner, die ihr freundlich zulächelte.

Sanft und gleichmässig ansteigend verlief der Wanderweg in Richtung Zmutt. Die sechs Urlaubsgäste aus Deutschland schritten merklich schneller aus, als es sonst ihrer Gewohnheit entsprach. Alle fühlten sich angespannt und unruhig. Es tat gut, sich bewegen zu können.

Die Trauer um Horst, die Sorge um seine Angehörigen, das ungelöste Warum lasteten wie eine zähe Decke über der kleinen Gruppe, hüllten sie ein wie ein Netz, sonderten sie ab von der übrigen Welt.

Rolf und Monika gingen zuvorderst, meist sich bei der Hand haltend, und unterhielten sich leise über dies und jenes. Ab und zu blieb Rolf, für den die Gegend neu war, stehen und bewunderte etwas: eine Alphütte, einen Felsen, einen Baum oder eine ihm unbekannte Blume. Monika war dankbar, ihm alles erklären zu können. Nur nicht zu viel an gestern Abend denken müssen!

In der Mitte gingen Hanna und Martin, meist stumm in ihre persönlichen Gedanken versunken. Mit einigem Abstand folgten Maria und Max, die vom ungewohnt hohen Tempo ins Schnaufen gerieten.

Nach einer guten Stunde erreichte die Gruppe den Weiler Zmutt. Etwa zwanzig dunkle Holzhäuser scharten sich eng um eine kleine Kapelle. Nur wenige der Häuser wurden im Sommer noch traditionell genutzt, als Unterstand für Mensch, Vieh und Heu. Einige waren mittlerweile zu Ferienwohnungen umgebaut worden, und zwei beherbergten kleine, hübsche Gaststätten.

»Ich gebe eine Runde aus. Nehmt, was ihr wollt!«, verkündete Max Maier, setzte sich an einen der langen Tische und bestellte ein grosses Bier.

»Mensch, habe ich jetzt geschwitzt!«, rief er aus, «Meine Kondition ist noch schlechter als letztes Jahr, und da war ich schon am Limit auf dem Allalinhorn. Was meinst du, Maria, ob wir diesen Sommer überhaupt noch eine richtige Bergtour schaffen?«

Maria schaute ihren Mann liebevoll an. »Interessant! Du fragtest, ob *wir* es schaffen. Ich selbst fühle mich genügend fit. Hattest du nicht mal was von Abspecken gesagt?«

Max blickte schuldbewusst sein Bierglas an. »Ja, ja, ja! Aber ehrlich, ich will unbedingt auf eine Tour. Mit dem richtigen Bergführer, der sein Tempo meinem Bauchumfang anpasst ... «

Zum ersten Mal am heutigen Tag konnten alle herzhaft lachen, und der Rückweg nach Zermatt verlief in ziemlich entspannter Atmosphäre.

*

Wie vom Teufel verfolgt, rannte Hanna die breite Treppe hinunter. Sie nahm stets zwei Stufen auf einmal und stiess immer wieder gellende Schreie aus.

»Nein, nein, nein, das kann einfach nicht wahr sein!« Vor der Rezeption blieb sie, nach Atem ringend, stehen.

Anna Aufdenblatten hatte sich sofort erhoben. »Um Himmels Willen, Hanna! Was ist denn los?«

Hanna bog sich über den Tresen, schlug die Hände vor das gerötete Gesicht und begann zu wimmern. »Tot ist sie, tot ... !«

Anna sprang erschrocken hinter ihrem Tresen vor, rannte durch den jetzt leeren Speisesaal in den Wintergarten, wo gerade etliche Gäste beim Aperitif sassen, und schrie: »Hilfe! Ist hier eventuell ein Arzt anwesend?«

Sofort kam ein Mann auf sie zu. Gleichzeitig rannte von hinten die aufgelöste Hanna heran und gestikulierte wild: »Kommen Sie schnell, da oben, meine Mutter! Oh, wäre ich doch nur bei ihr geblieben!«

Zu dritt hasteten sie die Treppe hinauf. Im Zimmer angekommen, beugte sich der Arzt kurz über die regungslos auf dem Bett liegende Frau und erhob sich sogleich wieder.

»Leider kann ich ihr nicht mehr helfen.« Er blickte in Hannas tränenverschleierte Augen. »Kommen Sie, setzen Sie sich erst einmal hierhin. Oh, Verzeihung, ich habe mich noch nicht mal vorgestellt! Dr. Armin Auer aus Hamburg.«

Hanna nickte schwach. »Danke. Könnten Sie nicht noch etwas hierbleiben, bitte?«

»Sicher, ich bleibe fürs Erste bei Ihnen. Frau Aufdenblatten, verständigen Sie bitte sofort die Direktion. Sind denn noch weitere Verwandte der Verstorbenen in Zermatt?«

»Ja, der Sohn Heinz! Ich sehe sogleich nach, ob er sich im Hotel aufhält!«

Fünf Minuten später betrat Heinz das Zimmer. Hanna sass jetzt auf dem Bettrand und streichelte die Haare ihrer toten Mutter. Heinz sprach kein Wort, setzte sich neben seine Schwester und weinte still vor sich hin. So erschüttert hatte Hanna ihren Bruder noch nie gesehen. Sie spürte ein Gefühl von Zusammengehörigkeit, das ganz neu für sie war, und drückte Heinz lange die Hand.

Kurz darauf erschien Direktorin Brigitte Biner im Zimmer. »Meine lieben Gäste, ich kondoliere Ihnen von ganzem Herzen zu Ihrem Verlust. Sie haben beide Eltern hier in unserem Hotel verloren, und ich bin völlig ratlos, wie es dazu kommen konnte. Aber ich versichere Ihnen: Wir vom Personal werden alles tun, um Ihnen mit Rat und Tat beizustehen.«

»Vielen Dank, Frau Biner!«, sagte Heinz. »Mit den Formalitäten werden wir gut zu Wege kommen, ich bin ja vom Fach. Jedoch … was die Hintergründe dieser mysteriösen Todesfälle betrifft, stelle ich mir schon einige Fragen! Das kann doch niemals ein Zufall sein. Unsere Eltern waren ja überhaupt nicht krank!«

Jetzt schaltete sich Dr. Auer ein. »Auch für mich ist die Todesursache von Frau Hoffmann ganz unklar. Von aussen lassen sich keine Hinweise finden. Den Totenschein habe ich bereits ausgefüllt. Der Tod dürfte vor rund drei Stunden, also zwischen vierzehn und fünfzehn Uhr, eingetreten sein. Aber ich muss eine Autopsie beantragen.«

»Gut«, erwiderte Frau Biner und ging zur Türe, »ich benachrichtige sofort die Polizei und organisiere den Transport nach Brig.«

Dr. Auer ging im Zimmer auf und ab und schien in analytischen Gedanken versunken. Er war von eher kleiner Gestalt, etwas untersetzt, wirkte sehr jung, fast noch knabenhaft, aber er strahlte unerschütterliche Ruhe und Gelassenheit aus.

»Also – Sie sagten, Ihre Mutter habe keinerlei Krankheiten gehabt. Vielleicht denken Sie noch mal kurz darüber nach. Hatte sie nie Herzbeschwerden? Zuckerkrankheit? Hohen Blutdruck? Eine Thrombose? Schwere Allergien?«

»Überhaupt nichts von alledem«, antwortete Heinz, beinahe ungehalten, »ich könnte mir keine gesündere und sportlichere Frau in ihrem Alter vorstellen. Nicht wahr, Hanna?«

Hanna nickte zustimmend.

»Das ist schon seltsam«, sprach Dr. Auer leise.

In diesem Augenblick traf Polizist Paul Pfammatter ein. Er erledigte rasch die notwendigen Formalitäten, durchsuchte den Raum gründlich und verabschiedete sich dann zusammen mit Dr. Auer.

Hanna und Heinz blieben allein im Zimmer zurück. Immer wieder stand Hanna auf, trat ans Bett und sah ihre leblose Mutter an.

»Tot? Tot? Ich glaube es nicht! Es kann doch gar nicht sein, dass Papa und Mama nicht mehr da sind! Warum, warum nur? Ach, ist das ein Albtraum! Du, Heinz, glaubst du, dass sie sich selber… aus Trauer um Papa?«

Heinz schüttelte den Kopf. »Das kann ich mir nicht vorstellen. Nicht bei Mama! Dafür hat sie doch zu gern gelebt.«

»Aber dann müsste sie ja irgendjemand vorsätzlich getötet haben, das kann doch erst recht nicht möglich sein!«, rief Hanna verzweifelt und strich ihrer toten Mutter zärtlich über die Stirn.

»Ja, es ist unvorstellbar«, pflichtete ihr Heinz bei. »Aber irgendwann werden wir dieses Rätsel mithilfe der Behörden bestimmt lösen. Wir müssen herausfinden, warum unsere Eltern gestorben sind!«

Hanna hatte sich wieder auf das Bett gesetzt und weinte leise vor sich hin. Da klopfte es an der Türe. Zwei Sanitäter erschienen, betteten die Leiche auf eine Bahre und trugen sie hinaus. Hanna und Heinz blickten ihnen nach. Dann umarmten sie sich kurz und gingen verstört auf ihre Zimmer.

Mittwoch, 15. August 2012

Walter Werlen freute sich gar nicht. Meldungen über ungeklärte Todesfälle waren nie gut für das Geschäft. Und Zermatt lebte nun mal fast zu hundert Prozent vom Tourismus.

Polizeivorsteher Guntern war gestern zweimal kurz vorbeigekommen und hatte ihn über die Todesfälle im Castor informiert. Für das Geschäft jedoch war entscheidend, was die Presse daraus machte.

Als Gemeindepräsident sah es Walter Werlen als seine Pflicht an, beim Frühstück die Tagespresse zu studieren. Zu Beginn nahm er immer, bei seiner ersten Tasse Kaffee, den Walliser Boten zur Hand. Wie erwartet, brachte dieser nur eine winzige Meldung im Lokalteil. Die grosse Schweizer Boulevard-Zeitung hingegen schrieb mit riesigen Lettern auf der Frontseite:

ZWEIFACHER TOD IM HOTEL!

Na ja, das allein würde die Touristen noch nicht abschrecken! Es gab ja immer noch Hoffnung, dass sich die Fälle bald klären liessen. Danach prüfte Walter Werlen noch schnell im Internet die aktuellen Schlagzeilen einiger anderer Zeitungen. Zum Glück Fehlanzeige!

Um acht Uhr verliess Werlen sein Haus. Dieses stand etwas oberhalb des Dorfes, am Südwesthang, direkt unterhalb des grossen Waldes, umgeben von einem schönen Garten und – selbstverständlich – mit Blick zum Matterhorn.

›Zum Glück habe ich mein Haus schon vor zwanzig Jahren hier gebaut‹, dachte er selbstzufrieden, während er den schmalen Fussweg zum Dorf hinunterging. ›Heutzutage könnte ich mir so etwas, sogar als Gemeindepräsident, niemals mehr leisten. Die Grundstückspreise in Zermatt sind mittlerweile auf solch schwindelerregende Höhe geklettert. Eine ungesunde Entwicklung, aber der Boden ist eben ein Gut, das sich nicht vermehren lässt. Auch wenn unser Zermatter Talkessel viermal so gross wäre, man hätte ihn garantiert schon zugebaut.‹

Werlen durchquerte die Hotelzone, die sich zu beiden Seiten der Geleise der Gornergratbahn erstreckte. An diesem Hang waren die meisten Hotels im traditionellen Chalet-Stil errichtet, das heisst, oberhalb eines steinernen Erdgeschosses war alles aus Holz gebaut.

›Wunderschön sieht das doch aus‹, dachte Werlen jeden Tag beim Vorbeigehen, ›diese grossen, mit zahllosen leuchtend roten Geranien geschmückten, hölzernen Balkone auf den breiten Südseiten der Hotels‹.

Ausnahmsweise war heute die Morgensonne von Wolken verdeckt, aber Werlen konnte zufrieden sein mit der diesjährigen Sommersaison. Ein Plus von satten fünf Prozent gegenüber dem Vorjahr, bei den Gästen aus Übersee sogar zwölf Prozent, und dank des schönen Wetters auch mehr Tagestouristen als üblich.

Trotzdem machte sich Werlen zunehmend Sorgen. Alle Welt schrie immer nur nach weiterem Wachstum; aber, realistisch betrachtet, hatte die Ortschaft Zermatt ihre Kapazitätsgrenze praktisch erreicht. Ein weiterer Ausbau von Bergbahnen und Skipisten in grossem Stil war kaum mehr zu realisieren. Das Bauland ging schnell zu Ende, und in der Hochsaison war das Dorf so überfüllt, dass sich die Touristen gegenseitig fast auf die Füsse traten. Das konnte doch nicht endlos so weitergehen mit dieser Wachstumseuphorie!

Werlen kam auf seinem Weg zur Gemeindeverwaltung am Tourismusbüro vorbei, und wie meistens schaute er kurz hinein. Das Büro war offiziell noch geschlossen, Werlen klopfte an die Glastür. Klara Kalbermatten, die Direktorin von Zermatt Tourismus, schaute von ihrem Bildschirm auf, erhob sich und kam öffnen.

»Tag, Walter!«

»Morgen, Klara. Unerfreuliche Geschichte, diese Todesfälle im Hotel Castor. Aber ich denke, wir halten uns vorläufig zurück und warten ab, was die Polizei rauskriegt.«

»Der Meinung bin ich auch«, erwiderte Klara, »obwohl natürlich die Boulevard-Presse schon gross eingestiegen ist. Und wie immer werden uns heute die besonders neugierigen Touristen mit ihren Fragen die Bude einrennen. Aber da wissen wir ja souverän zu reagieren.«

Klara lachte und steckte den Gemeindepräsidenten damit an. Mit einem Händedruck verabschiedete er sich. ›Ein Juwel für Zermatt, diese Klara‹, dachte er einmal mehr. ›Gross und robust wie sie ist, mit ihren kurzen, grauen Haaren, ihrer lauten, tragenden Stimme und ihrem eisernen Willen zum Erfolg ist sie die unangefochtene Herrin des lokalen Tourismus‹.

Zum Glück waren sie meistens gleicher Meinung, die stramme Klara und er, andernfalls hätte das böse Kämpfe abgegeben. Sie kannten sich schon von der Schule her, waren bereits damals beide als starke Persönlichkeiten aufgefallen. Als Frau hatte sie ihn nie im Geringsten angezogen, da waren ihm zierliche Figuren lieber, aber als zuverlässiger Kumpel war Klara einfach genial!

›Na, auch als Chefin möchte ich Klara nicht unbedingt ausgesetzt sein‹, sagte er sich. ›Sie führt zwar fair, aber streng, und wer nicht spurt, bekommt bald eins auf den Deckel. Aber wie gesagt – ein Juwel für unseren Tourismus. Wenn sie nur nicht von der Konkurrenz abgeworben wird! Aber nein, da kann ich bestimmt auf ihre Heimatliebe vertrauen.‹

Schmunzelnd betrat Walter Werlen die Gemeindeverwaltung und machte sich an sein Tagesgeschäft.

*

»Ja, leider, Anna. Ich muss schon wieder hier in dieses Unglückshotel kommen«, begrüsste Polizeivorsteher Gregor Guntern die Chefin der Rezeption im Castor. Der kleine Scherz wirkte unaufrichtig, niemandem war zum Lachen zumute.

Die Stimmung im ganzen Hotel war sehr gedrückt an diesem Morgen. Im Laufe des gestrigen Abendessens hatte Direktor Bruno Biner in einer kurzen Ansprache die Gäste und das Personal offiziell über den zweiten Todesfall informiert und den Hinterbliebenen sein Beileid ausgesprochen. Die Betroffenheit der Anwesenden war enorm gewesen. Wie ein dunkler Schleier legte sie sich über den gesamten Hotelbetrieb. Gespräche wurden fast nur noch im Flüsterton geführt, alle Bewegungen schienen verlangsamt abzulaufen; das Licht in den Räumen schien trübe geworden.

Kurz nach dem Abendessen waren alle Gäste in ihren Zimmern verschwunden, und das Haus war in unheimlicher Stille versunken. Auch beim Frühstück lief alles in gedämpften Tönen ab. Alle gaben sich grösste Mühe, nur ja nicht mit dem Teller oder dem Messer zu klappern. Die wenigen Kinder im Raum wurden ständig ermahnt, leiser zu sein.

Die meisten Gäste beendeten das Frühstück schneller als üblich und verschwanden dann rasch wieder. Sogar das Wetter hatte ein klein wenig Trauer aufgelegt. Eine dunkle Wolkendecke schob sich langsam von Süden her über den Talkessel, und die Eingeweihten wussten, dass bald Regen nahen würde.

Anna Aufdenblatten schaute auf. »Ach ja, Gregor, eine Frau Dr. Fenner hat sich bei mir gemeldet. Sie möchte gern eine Aussage zu Protokoll geben. Und zwar möglichst sofort, weil sie um zehn Uhr zu ihrem Kurs muss.«

»Gut, dann befrage ich die Angehörigen eben nachher.«

Anna nickte. »Ich schicke sie dir gleich. Du kennst ja den Weg zum Sekretariatsbüro schon.«

Guntern machte sich auf den Weg.

»Oh la la!«, entfuhr es ihm beinahe in hörbarer Lautstärke, als die angekündigte Frau das Büro betrat. Sie trug eine lilafarbene, kurzärmelige Bluse, einen violettblauen, hautengen, knielangen Jupe, schwarze Strümpfe und ziemlich hochhackige violette Pumps. All das brachte ihre schlanke, aber wohlgerundete Figur perfekt zur Geltung. Ihr Gesicht war etwas spitz, aber gut proportioniert, Augen und Lippen gekonnt, eher etwas zu stark geschminkt. Ihre rotgefärbten, stark gekrausten Haare trug sie ziemlich kurz, nur knapp die Ohren bedeckend.

›Alles an dieser Frau strahlt eine grosse Selbstsicherheit aus‹, dachte Guntern instinktiv. ›Auf den ersten Blick sieht sie aus wie dreissig, der zweite Blick – auf die Handrücken – sagt mir: doch eher um die vierzig‹.

»Dr. Frauke Fenner«, stellte sie sich vor. Sie hatte offenbar Gunterns bewundernde Blicke bemerkt. »So, Sie denken wohl, mein Aufzug sei etwas übertrieben für den Urlaub? Wissen Sie, ich leite hier einen Weiterbildungskurs für Mediziner, und in einer Stunde beginnt mein nächstes Referat.«

»Kein Problem, wir werden nicht lange brauchen! Übrigens, mein Kompliment für Ihren eleganten Aufzug. Aber bitte erzählen Sie mir jetzt einfach von gestern.«

»Also, ich hatte am Vormittag mein erstes Referat gehalten. Es dauerte von elf bis eins, und danach diskutierten wir noch eine Weile zusammen. So gegen halb zwei kam ich zum Lunch hinunter. Es waren nur noch wenige Gäste im Speisesaal. Während des Essens blickte ich mich um, und eine allein sitzende Dame fiel mir auf. Sie war sehr bleich, nervös und blickte wie abwesend im Saal herum. Ich ging zu ihrem Tisch hinüber, fragte sie, ob ihr etwas fehle und bot ihr an, sie auf ihr Zimmer zu begleiten. Ich glaube, sie war dankbar dafür. Hilde Hoffmann, stellte sie sich vor.

In ihrem Zimmer habe ich sie kurz untersucht, konnte aber nichts Ernstes feststellen. Ich gab ihr eine Beruhigungsspritze und liess sie allein. Ich hatte dann noch ziemlich viel Arbeit zu erledigen, deshalb vergass ich, nochmals bei ihr vorbeizuschauen. Als ich dann abends von ihrem Hinschied erfuhr, packten mich die Gewissensbisse. Hatte ich sie vernachlässigt, etwas übersehen? Aber es hatte doch so harmlos gewirkt, die Frau machte sonst einen robusten, gesunden Eindruck. Es ist mir völlig unerklärlich, was da passiert ist! Kennt man denn die Todesursache schon?« Ihre Stimme war lauter geworden.

Guntern beschwichtigte einfühlsam: »Machen Sie sich bitte kein schlechtes Gewissen! Es trifft Sie keine Schuld, wir alle stehen vor einem Rätsel. Frau Hoffmann scheint tatsächlich kerngesund gewesen zu sein. Aber noch eine Frage: Haben Sie die Türe abgeschlossen, als Sie das Zimmer von Hilde Hoffmann verliessen?«

»Oh je … daran habe ich überhaupt nicht gedacht! Frau Hoffmann war am Einschlafen und von aussen hätte ich ja gar nicht abschliessen können. Bei diesen Zimmern, die ganz im nostalgischen Stil eingerichtet sind, hat man noch keine Schnappschlösser eingebaut. Oh Gott … das heisst ja, jedermann hätte später ins Zimmer gehen können, um der Frau etwas anzutun! Mein Gewissen wird immer schwärzer… «

»Bitte beruhigen Sie sich, wir werfen Ihnen gar nichts vor. Jedenfalls vielen Dank für Ihre Aussage, Frau Fenner.«

*

Gregor Guntern reichte Hanna Hoffmann die Hand.

»Frau Hoffmann, es tut mir ausserordentlich leid für Sie, dass Sie nun, noch dazu unter dermassen tragischen Umständen, beide Eltern verlieren mussten. Ich werde Sie so wenig wie möglich belästigen. Erzählen Sie mir nur kurz von gestern Nachmittag.«

Hanna stand auf und ging ruhelos im Zimmer hin und her. »Verzeihen Sie, ich bin zu nervös, um sitzen zu bleiben. Meine Mutter hatte sich nach dem Lunch, als wir anderen zu einer Wanderung aufbrechen wollten, nicht wohl gefühlt und gesagt, sie würde sich in ihrem Zimmer etwas hinlegen. Kurz nach siebzehn Uhr kamen wir von unserer kleinen Wanderung ins Hotel zurück. Sofort eilte ich zum Zimmer meiner Mutter. Ihr Zimmer war unverschlossen, und da lag sie, tot … «

Hanna konnte nicht weitersprechen und verdeckte ihr Gesicht mit den Händen.

Guntern reagierte sofort. »Das genügt mir im Moment. Sie dürfen gehen. Alles Gute, Frau Hoffmann.«
Der Polizist musste für einen Augenblick Atem schöpfen. Einen solch traurigen Fall hatte er in seiner ganzen Karriere noch nie erleben müssen. Er dachte an seine drei lebenslustigen Teenager zuhause. Wie wäre es wohl für sie, wenn … ? Guntern drückte auf die Gegensprechanlage und liess Heinz Hoffmann kommen. Auch er wirkte sehr nervös und fahrig.

»Herr Hoffmann, zuerst mein herzliches Beileid zum Tod Ihrer Eltern. Ihre Schwester hat mir soeben berichtet, wie sie ihre Mutter tot aufgefunden hat. Was wissen Sie darüber?«

Heinz starrte betreten zum Fussboden. »Ich war wegen Vaters Tod bis gegen Mittag in der Gemeindeverwaltung, habe mir dann ein Sandwich gekauft und bin bis etwa um 15 Uhr fotografieren gegangen. Danach ging ich auf mein Zimmer und blieb dort, bis mich etwa viertel nach fünf Frau Aufdenblatten holen kam und wir zu Mutters Zimmer eilten. Dort fanden wir Hanna und den Doktor Auer, der bereits den Tod festgestellt hatte.«

»Ist Ihnen etwas aufgefallen im Zimmer? Unordnung, ungewöhnliche Gegenstände, irgendetwas?«

»Überhaupt nicht! Es schien mir alles ganz normal zu sein. Ich wunderte mich nur, dass Mutter, wie mir Hanna erzählte, die Zimmertüre nicht abgeschlossen hatte, als sie nach dem Lunch hinaufgegangen war, um sich hinzulegen.«

»In der Tat, das hat Ihre Schwester auch erwähnt. Und haben Sie irgendeine Vorstellung, warum Frau Hoffmann gestorben sein könnte?«

Heinz erhob seine Stimme. »Eben nicht, nicht die geringste! Sie war völlig gesund! Das kann nicht mit rechten Dingen zugegangen sein!«

»Ja, auch der Arzt hat sich ziemlich gewundert. Befinden sich denn im Hotel noch weitere Personen, die gegebenenfalls Angaben zum gestrigen Tag machen könnten, vielleicht Freunde oder Verwandte?«

»Befragen Sie doch Familie Maier aus München oder die Brauns aus Basel.«

»Vielen Dank und Ihnen alles Gute, Herr Hoffmann.«

Gregor Guntern ging zurück zur Rezeption und bat Anna, die Direktorenfamilie kommen zu lassen. Zu fünft zwängten diese sich kurz darauf im kleinen Nebenraum zusammen, und Gregor liess sich von allen den Ablauf des gestrigen Tages schildern.

Er spürte jedoch bald, dass er wohl heute nicht mehr viel weiterkommen würde. Gregor war sehr erstaunt darüber, dass Menschen, die sonst derart professionell einen grossen Betrieb führten, durch diese Todesfälle so massiv aus ihrer Bahn geworfen worden waren. Der Schock über das Geschehene war ihnen dermassen tief eingefahren, dass er ihre Erinnerungen durcheinanderbrachte und sie an ihren eigenen Aussagen zweifeln liess; sie unsicher machte, was Realität und was Fiktion war.

Da wurden sogar Montag und Dienstag verwechselt, es tauchten widersprüchliche Zeitangaben auf; und je mehr Mühe sie sich gaben, ihre Erinnerungen zu ordnen, desto unklarer wurden am Ende ihre Aussagen. Gregor wurde zunehmend nervös. Nach zwanzig Minuten gab er es auf, dankte allen und verabschiedete sich.

Als Guntern das Hotel verliess, fühlte er sich ausgelaugt, nervös, enttäuscht, ratlos. Es gab keine brauchbaren Zeugenaussagen, keine richtigen Indizien. Wo sollte er denn angesichts dessen noch nachforschen?

Auch die kurzen Gespräche mit Dr. Auer, mit den Maiers und den Brauns hatten keine weiteren Erkenntnisse gebracht. Alle hatten die Hoffmanns als gesunde, lebensfrohe Menschen beschrieben, und niemand hatte die geringsten Anhaltspunkte für einen möglichen Todesfall beobachtet. Was würden wohl die Auswertungen des Labors und die Autopsie ergeben? Kurz nach elf Uhr betrat Guntern frustriert die Polizeiwache.

»Na, wie steht's?«, fragte Paul Pfammatter sofort.

Gregor brummelte vor sich hin. »Nichts als Rätsel. Zwei ungeklärte Todesfälle innerhalb einiger Stunden, das kann ja kein Zufall sein.«

Das Faxgerät begann zu piepsen, beide Polizisten wendeten sofort ihre Köpfe zu ihm hin. Ganz langsam und mit leisem Surren schob sich ein Blatt Papier aus dem Schlitz heraus. Pfammatter holte es und warf einen Blick darauf.

»Oh, sehr interessant! Vom Kantonslabor in Sion.«

Guntern fauchte: »So gib schon endlich her!«

»Nur mit der Ruhe, Chef! Dass im Whiskyglas des Verstorbenen Zyankali gefunden wurde, dürfte keine Überraschung für dich sein. Aber … «

Guntern verlor die Geduld und riss seinem Kollegen unwirsch das Blatt aus der Hand. »Aha … auch Zyankali in dem Fläschchen, das ich aus dem Abfalleimer hinter dem Tresen gefischt habe. Na, wenigstens mal eine konkrete Spur!«

Der Chef nahm ein Blatt Papier aus der Schreibtischschublade. »Wie hiess noch dieser dubiose Barkeeper im Castor? Wir haben ja hier sämtliche Personalien aufgenommen. Ah da, Jens Jespersen. Den müssen wir uns unbedingt mal vorknöpfen!«

Das Telefon klingelte, und Guntern nahm ab. »Grüss dich, Pirmin. Ja, logisch brenne ich auf eure Resultate! Selbstverständlich, ich notiere. Autopsie der weiblichen Leiche weitgehend negativ. Tod wahrscheinlich durch Herzstillstand oder Atemlähmung, aber mit unbekannter Ursache. Reste eines Schlafmittels und eines schwachen Giftes gefunden. Aber Dosis viel zu klein, um tödlich zu sein.

Wie heisst das Gift noch mal? Soso, Atropin, habe ich notiert. Eine Einstichstelle am Gesäss, sonst äusserlich keine Auffälligkeiten. Tja, das bringt mich nicht gerade weiter, aber das ist ja nicht deine Schuld. Jedenfalls vielen Dank, Pirmin!«

Guntern schmiss entnervt den Hörer auf die Gabel. »Mist!«, entfuhr es ihm. »Das sieht ja immer mehr nach Mord und Totschlag in unserem friedlichen Zermatt aus. Ich fürchte, wir kommen da in unserer bescheidenen Polizeiwache nicht weiter. Was meinst du, Paul?«

Pfammatter nickte zustimmend und sprach nur ein einziges Wort: »Elena?«

»Genau, die holt uns bestimmt raus aus diesem Sumpf!« Guntern nahm kurzentschlossen den Telefonhörer wieder auf und wählte die Nummer des Kriminalkommissariats in Brig.

*

Niemand hatte am Tag nach Hilde Hoffmans Tod Lust auf einen Ausflug gehabt. Nachdem die Befragung durch den Polizeivorsteher überstanden war, zogen sich Maiers und Brauns bis zur Lunchzeit in ihre jeweiligen Zimmer zurück. Hanna und Heinz trafen sich im Wintergarten wieder. Hanna fasste ihren Bruder am Unterarm.

»Ach, Heinz, ich bin ganz verzweifelt. Wie ein Blitz hat uns das Unglück getroffen. Womit haben wir das verdient? Erst jetzt wird mir bewusst, wie unendlich gern ich Mama und Papa gehabt habe!«

»Allerdings, es ist hart«, bestätigte Heinz, »aber wir beide müssen vorwärts schauen. Ich werde mich heute wieder um sämtliche Formalitäten kümmern. Ich hoffe, bis heute Abend alles erledigt zu haben, dann könnte ich morgen früh nach Hamburg abfahren. Auch dort gibt es noch genug zu tun. Und du, kommst du mit mir zurück? Nein, das wird wohl nicht gehen… ich nehme an, du musst wegen der Ermittlungen noch ein oder zwei Tage bleiben.«

»Geh jetzt nur«, flüsterte Hanna, die ihre Tränen kaum zurückhalten konnte, »ich komme schon zurecht.«

Kaum war Heinz gegangen, erschien auf einmal Martin Maier im Wintergarten. Er umarmte Hanna kurz und setzte sich zu ihr. »Ach, Hanna, es tut mir so schrecklich leid, was passiert ist. Kann ich dir irgendwie helfen?«

»Danke, es geht schon einigermassen. Wenn nur die Polizei bald die Schuldigen findet!«

»Ja, glaubst du denn, es seien keine Suizide gewesen?«

»Da bin ich mir ganz sicher. Nicht bei Papa und Mama! Und jetzt, Martin, lass mich bitte allein.«

»Selbstverständlich. Und Kopf hoch, Hanna!«

*

Das Referat des Kurses in Magen-Darm-Diagnostik hatte lange gedauert, viel zu lange. Frauke Fenner war beim Referieren gross in Fahrt gekommen, wie immer, wenn es um ihr Spezialgebiet ging. Sie hatte vor zwei Jahren mit einer grossen wissenschaftlichen Studie an der Uni Hamburg habilitiert und einige neue Diagnosekriterien eingeführt.

Das Referat war zwar ausgezeichnet, doch als die geplanten eineinhalb Stunden um waren und sich immer noch kein Ende abzeichnete, machten sich im Publikum Ermüdungserscheinungen bemerkbar. Die Frauen gähnten hinter vorgehaltener Hand, und die Männer blickten immer häufiger auf den engen Jupe der Referentin statt auf die Leinwand.

Endlich, um Viertel nach eins, wurde die Mittagspause ausgerufen, und alle Zuhörer strömten eilig hinaus in Richtung Speisesaal. Auch Dr. Armin Auer füllte am Buffet seinen Teller und schaute sich nach einem Platz um. Da sah er Hanna Hoffmann ganz allein im Wintergarten sitzen. Zögernd blieb er stehen.

›Darf ich sie wohl ansprechen? Oder möchte sie in ihrer Trauer in Ruhe gelassen werden?‹ Er realisierte plötzlich, dass ihn etwas zu ihr hinzog und gab sich einen Ruck.

»Verzeihung, Frau Hoffmann … wären Sie sehr ungehalten, wenn ich mich zu Ihnen setzte?«

Hanna blickte auf und lächelte. »Im Gegenteil, kommen Sie nur. Ich vermochte nichts zu essen, habe nur einen Tee getrunken. Aber ich schaue Ihnen gerne beim Essen zu.«

Mit grosser Erleichterung setzte sich Armin Auer und begann zu essen. »Wissen Sie», sagte er zwischendurch, «die Referentin in unserem Kurs wollte fast nicht mehr aufhören, und ich bin beinahe gestorben vor Hunger. Aber, Verzeihung, ich wollte ja nicht von mir reden, sondern von Ihnen. Wie geht es Ihnen denn jetzt, Frau Hoffmann? Es muss furchtbar sein, so plötzlich beide Elternteile zu verlieren. Haben Sie etwas schlafen können? Sie sind doch hoffentlich nicht die ganze Zeit allein?«

Hanna lächelte wieder. »Ach, es geht schon! Zum Glück kümmert sich mein Bruder um alle Formalitäten. Und eigentlich bin ich zurzeit ganz gern ein wenig mit mir allein.«

»Das kann ich sehr gut verstehen. Wenn ich Ihnen aber in irgendeiner Form helfen kann, wäre es mir eine grosse Ehre. Ich hoffe doch, Sie bleiben trotz allem noch ein wenig in Zermatt?«

»Ach, ich weiss noch gar nichts. Aber jedenfalls danke ich Ihnen für Ihr Angebot.«

Armin Auer hatte seinen Teller leergegessen. »Also dann, ich muss zum nächsten Referat. Machen Sie's gut, und hoffentlich auf bald.«

*

Kurz nach halb fünf klopfte es an Gregor Gunterns Bürotür. »Darf ich reinkommen?« Und schon stand Elena Eyer mitten im Zimmer.

»Hallo, Gregor! Wie freue ich mich, endlich wieder mal nach Zermatt hinauf zu kommen. Du kannst dir gar nicht vorstellen, welche Hitze wir unten im Tal haben. Seit einer Woche jeden Tag über dreissig Grad im Schatten! Hier oben ist die Luft ja paradiesisch frisch!«

Gregor kam sich plötzlich deplatziert vor, in seiner blöden Polizeiuniform, während Elena im sommerlichen Zivil dastand: Weisses T-Shirt, knielanger roter Jupe, Sandalen mit halbhohen Absätzen.

›Eigentlich sieht sie hinreissend aus‹, dachte Gregor, ›fast wie ein italienisches Model. Wer würde hinter dieser Hülle schon eine strenge Kommissarin vermuten?‹

Er begrüsste seine Kollegin mit einem Wangenküsschen.

»Na ja, frische Luft, aber auch sehr dicke Luft hier … Ehrlich, Elena, ich komme nicht weiter, ich brauche dich. Diese Toten im Hotel Castor rauben mir den letzten Nerv. Und dazu sind es noch Ausländer, das macht die Sache immer dreimal komplizierter… «

Elena lachte. »Nur mit der Ruhe, Gregor, dazu bin ich ja da. Jetzt setzen wir uns gemütlich hin und du schilderst mir die Sache haargenau. Und Paul soll auch gleich dabei sein.«

Gregor atmete sichtlich erleichtert auf und holte Paul Pfammatter herbei.

›Ja, Elena wird es schon richten‹, dachte Gregor. ›Überhaupt bewundernswert, diese Frau! In einem kleinen Bergdorf im Goms aufgewachsen, hat sie vor zwanzig Jahren die Polizeischule absolviert und sich dank Intelligenz, Fleiss und starkem Charakter nach und nach hochgearbeitet. Seit fünf Jahren ist sie Leiterin des Kriminalkommissariats in Brig. Ich mag sie sehr als tolle, kompetente Kollegin, die immer auch selbst mit anpackt. Nur schade, dass sie sich kürzlich von ihrem Freund Thomas getrennt hat, einem Kollegen aus Brig. Aber sie war wohl zu stark für ihn.‹

»Gregor, bist du noch da?«

»Ehm, ja, natürlich … !« Gregor fühlte sich ertappt und bekam einen roten Kopf. ›Ach, dass meine Gedanken auch immer so schnell abschweifen müssen!‹

Wieder konzentriert, fing er an zu erzählen, was passiert war, und Elena machte sich Notizen. Nachdem Paul noch ein paar

Ergänzungen angebracht hatte, fasste Elena die Sachlage noch einmal kurz zusammen und sagte dann:

»Also ich bin derselben Meinung wie ihr, da ist wohl etwas faul. Aber wir wissen noch viel zu wenig über das Umfeld dieser Familie Hoffmann. Und hierbei werden wir in Zermatt kaum allzu weit kommen. In der Tat sind länderübergreifende Fälle immer etwas aufwändig, aber ich finde sie auch enorm spannend. Zum Glück habe ich gerade in Hamburg einen sehr guten Kollegen, den Stefan Schroeder. Ich werde ihn gleich morgen früh anrufen. Aber jetzt gehe ich schnell im Hotel Castor vorbei und informiere mich über diesen Barkeeper.«

*

Hoteldirektor Bruno Biner kam die Treppe herunter und ging zur Rezeption.

»Guten Abend, mein Schatz«, begrüsste er seine Tochter Belinda, die gerade am Computer die Buchungen überprüfte. »Alles in Ordnung?«

Belinda nickte. »Soeben hat Kriminalkommissarin Elena Eyer angerufen, sie möchte kurz vorbeikommen.«

»Gut, schick sie dann in mein Büro.«

Schon drei Minuten später konnte der Direktor besagte Kommissarin begrüssen. »Ich bin froh, Frau Eyer, dass Sie gekommen sind. Bei uns geht es ja leider drunter und drüber.«

Eyer nickte. »Ja, ich werde tun, was ich kann, um diese Todesfälle aufzuklären. Morgen werde ich meinen Kollegen in Hamburg kontaktieren und das weitere Vorgehen veranlassen. Heute wollte ich Sie nur um einige Angaben zu ihrem Barkeeper, Jens Jespersen, bitten.«

Biner sah erstaunt auf. »Unser Jens? Der arbeitet während der Sommersaison hier in der Bar und im Winter als Skilehrer auf den Pisten. Er ist jetzt die dritte Sommersaison im Castor.«

»Aha … und woher stammt er, und wo hat er früher gearbeitet?«

»Da muss ich in seiner Personalakte nachsehen.«

Biner schloss einen Schrank auf und nahm ein Mäppchen heraus. »Hier habe ich sie. Jens Jespersen, 45 Jahre alt, bis vor zweieinhalb Jahren in Hamburg wohnhaft, seither in Zermatt. Seine letzte Stelle war bei Schmidt Optik, die vorletzte bei einer Firma Hoffmann Medizintechnik, beide in Hamburg ansässig. Ist das etwa gar *unser* Hoffmann, der hier im Castor abgestiegen ist?«

»Das werden wir herausfinden«, sagte Elena, »und, sind denn noch andere Gäste aus Hamburg in Ihrem Hotel?«

Das wusste Biner auf Anhieb. »Ja, zwei Teilnehmer der ärztlichen Weiterbildung, Dr. Frauke Fenner und Dr. Armin Auer. Sonst wüsste ich von niemandem.«

Elena nickte. »Und übrigens – wissen Sie, was die Kinder der Verstorbenen jetzt zu tun gedenken?«

»Das trifft sich gut, denn ich habe gerade vor einer halben Stunde mit Heinz Hoffmann, dem Sohn, gesprochen. Er sagte mir, die in der Schweiz notwendigen Formalitäten seien erledigt, deshalb werde er morgen früh nach Hamburg abfahren, um zuhause das Weitere zu organisieren. Die Tochter, Hanna Hoffmann, werde aber vorläufig in Zermatt bleiben.«

»Ausgezeichnet, das erleichtert die Durchführung meiner Pläne. Ich danke Ihnen!«

»Gern geschehen. Und viel Glück, Frau Kommissarin!«

*

Hanna und Heinz Hoffmann hatten die Brauns gebeten, das Abendessen gemeinsam an ihrem Tisch einzunehmen. Einen kurzen Moment lang war Barbara erschrocken. ›Wir sollen dort Platz nehmen, wo noch vorgestern Hilde und Horst gesessen hatten?‹ Aber sie liess sich nichts anmerken und war dankbar, dass Benno sofort zusagte.

Als sie zu Hoffmanns Tisch kamen, stand Hanna auf und umarmte beide schweigend. Heinz begnügte sich mit einem kräftigen Handschlag. Beim Essen wurde kaum geredet, und auch bei

Maiers am Nebentisch wurde nur sehr leise gesprochen. Erst beim Nachtisch traute sich Barbara, das Thema wieder anzusprechen.

»Ich bin unendlich traurig, dass eure lieben Eltern – unsere langjährigen Freunde – so überaus tragisch aus dem Leben scheiden mussten. Wenn wir euch unterstützen könnten, sagt es ungeniert. Ich wäre sehr dankbar, wenn ich nur irgendwo helfen könnte.« Hanna nickte ihr zu.

Benno ergänzte: »Es ist mir auch völlig unerklärlich, wie es überhaupt dazu kommen konnte. Meines Wissens waren die beiden doch vollkommen gesund?«

»Ja, es ist ein einziges Rätsel!«, erwiderte Heinz. »Doch es muss ja eine Antwort geben, und die Polizei wird sie sicher finden. Von Belinda Biner weiss ich, dass man jetzt extra eine Kriminalkommissarin aus Brig hat kommen lassen. Die Dorfpolizei war sicher überfordert mit diesem seltsamen Fall. Übrigens, ich konnte heute bereits alle Formalitäten mit den Behörden erledigen und werde morgen nach Hamburg zurückfahren, um dort den ganzen Kram rund um die Beerdigung zu organisieren.«

Hanna hatte bisher schweigend zugehört. Jetzt merkte sie, wie sich der Schmerz wieder in ihr auszubreiten begann. Ihr Magen zog sich zusammen, ihre Brust wurde eng und enger, ihr Atem ging stossweise, die Kehle fühlte sich an wie zugeschnürt. Eine heisse Welle brandete unaufhaltsam durch ihren Kopf, der jähe Schmerz aufsteigender Tränen wuchs beinahe ins Unendliche. Unvermittelt stand sie auf, stammelte eine Entschuldigung, legte ihre rechte Hand auf den Mund und rannte aus dem Saal.

Barbara reagierte sofort und erhob sich. »Ich begleite sie besser auf ihr Zimmer. Bleibt ihr nur hier.«

Benno legte Heinz die Hand auf die Schulter. »Toll, wie ihr zwei diese furchtbare Situation meistert! Du wirst froh sein, zuhause wieder Katharina um dich zu haben, und wir werden uns derweil hier so gut wie möglich um Hanna kümmern.«

Heinz dankte seinem väterlichen Freund mit einem kräftigen Händedruck.

Donnerstag, 16. August 2012

Die Wetterverschlechterung vom Vortag erwies sich zum Glück nur als ein kurzes Intermezzo. Gestern, kurz nach Mittag, hatte Regen eingesetzt, aber gegen Abend hatte sich die Sonne schon wieder zaghaft zwischen den dicken Wolken hindurch gewagt. Nach Sonnenuntergang war der Himmel rasch klar geworden.

Der neue Morgen zeigte sich jetzt von seiner schönsten Seite. Kurz vor sechs Uhr begann die oberste Partie der Ostwand des Matterhorns im rötlichen Morgenlicht zu strahlen. Minute für Minute wurde die sonnenbeschienene Fläche grösser und grösser, bis schliesslich die ganze felsige Wand wie ein riesiger Kristall leuchtete. Rasch schob sich die Lichtfront weiter talabwärts, erreichte die Waldgrenze, liess die Bäume frischgrün werden und erreichte eine Stunde später die obersten Häuser von Zermatt. Gegen acht Uhr lag dann das ganze Dorf im blendenden Sonnenlicht.

»Einfach ein Traum«, schwärmte Barbara Braun und gab ihrem Mann einen herzhaften Kuss. Seit mehr als zwei Stunden sassen sie schon, in eine Wolldecke eingewickelt, auf dem Balkon ihres Hotelzimmers und bewunderten den erwachenden Tag. Um halb acht Uhr hatte Benno im Frühstücksraum eine Kanne Kaffee geholt.

»Ja, schon«, erwiderte Benno, »aber auch ein Albtraum, den wir hier erleben müssen.«

Barbara nickte nachdenklich. »Stimmt, wer hätte das je gedacht! Seit sechsundzwanzig Jahren kommen wir nach Zermatt, kennen unterdessen sämtliche Stammgäste, und noch nie ist irgendetwas Ungewöhnliches passiert. Du, sag mal … was glaubst eigentlich du, was steckt dahinter? Doch zwei Suizide? Hilde war doch vollkommen gesund! Oder hat sie sich vor Kummer um Horst selber … ? Nein, das würde ich ihr wirklich nicht zutrauen.«

Benno nahm einen Schluck Kaffee und blickte versonnen zum Matterhorn. »Wenn ich das wüsste! Zur Beantwortung dieser Frage helfen mir weder Pharmazie noch Chemie noch Alchemie weiter. Aber an Unglücksfälle oder zwei Suizide glaube ich eigentlich nicht, eher noch an zwei Tötungsdelikte.«

»Aber von wem und warum denn überhaupt, wir kennen doch Hoffmanns so gut!«

»Da sei dir nicht so sicher! Die menschlichen Abgründe können tief sein, sehr tief sogar. Sobald Geld oder Eifersucht im Spiel ist, kann alles geschehen. Und hier könnte theoretisch sogar beides der Fall sein.«

Barbara nickte nachdenklich. »Vielleicht hast du recht.» Sie beugte sich zu ihrem Hund hinunter. «Komm mit, Blacky, wir gehen vor dem Frühstück noch ein wenig spazieren!«

*

Heinz Hoffmann war schon um sechs Uhr aufgestanden und hatte seine Koffer gepackt. Eigentlich wäre er lieber mit dem Zug nach Hamburg gefahren, aber der Wagen seiner Eltern stand ja immer noch verwaist auf dem Parkplatz in Täsch, und deshalb beschloss er, diesen nach Hause zu überführen. Kurz nach sieben Uhr kam Heinz bereits zum Frühstück herunter. Bald darauf gesellte sich auch Hanna zu ihm.

»Ja, jetzt ist es soweit«, sagte sie, »du reist ab, ich bleibe hier. Und seit vorgestern sind wir … Waisenkinder!« Hanna standen dicke Tränen in den Augen.

»Nur Mut, wir kriegen das schon hin«, versprach Heinz und umarmte seine Schwester schweigend. Er ging seine Sachen holen, während Hanna vor ihrer Kaffeetasse sitzen blieb.

›Was soll ich denn jetzt noch hier?‹ Sie legte ihren Kopf auf den Tisch und weinte still vor sich hin. Eine Weile verstrich, da spürte sie auf einmal, wie jemand ganz sanft ihre Haare streichelte. Wie wohl diese Fürsorge ihrer Seele tat! Langsam hob sie ihren Kopf.

»Ach, du bist es!«

Maria Maier setzte sich neben Hanna und umfasste ihre Hände. »Armes Kind!«, sagte sie leise und küsste sie auf die Stirn.

Hanna seufzte und bettete ihren Kopf an Marias Brust. »Bin ich glücklich, dass du da bist. Bitte verlass mich jetzt nicht!«, wisperte sie.

»Hab keine Angst, wir bleiben zusammen«, sagte Maria beruhigend. »Es ist so schrecklich, seine Eltern zu verlieren, das kann man gar nicht in Worte fassen! Auch für uns ist es unerklärlich, was da passiert ist. Ich hoffe, du bleibst noch ein paar Tage in Zermatt, denn ich möchte dir helfen und dich trösten, wo es nur geht.

Übrigens – Max und ich wollten heute ins Bergführerbüro gehen, um unsere Hochtour zu planen. Und weisst du was? Wir laden dich ein, auf die Tour mitzukommen. Das würde uns sehr freuen!«

»Ja glaubst du, ich würde das schaffen? Ich war noch nie auf einer Hochtour.«

»Da mach dir keine Sorgen«, lachte Maria, »die Frage ist eine andere; nämlich, ob Max es noch schafft. Du hast ja erlebt, wie er auf dem Spaziergang nach Zmutt schon geschwitzt hat.«

Hanna lächelte. »Vielen Dank für das Angebot, Maria! Ja, das wäre bestimmt schön mit euch zusammen.«

»Sehr gut, ich freue mich!«

*

Nach dem Frühstück stiegen Max und Maria Maier die Treppe hoch zu ihrem Zimmer in der dritten Etage. Max schlug vor:

»Komm, Maria, wir setzen uns noch ein wenig auf den Balkon und bewundern das Panorama. Um halb zehn will uns die

Kommissarin befragen, bis dann haben wir noch eine halbe Stunde Zeit.«

Sie liessen sich in den bequemen Korbstühlen nieder. Vor ihnen, auf der Balkonbrüstung, wuchsen und blühten die Geranien-Stöcke um die Wette. Jetzt, kurz vor neun Uhr, stand der gesamte Talkessel von Zermatt im vollen Sonnenlicht. Vom dritten Stock aus schweifte ihr Blick über das lange Dorf mit seinen Dutzenden von Hotels und Hunderten von Wohn- und Ferienhäusern.

Und über allem thronte dieser unglaubliche Berg, dieser Himmelszahn, diese göttliche Pyramide. In hellem Grau und beinahe schneefrei leuchtete die Ostwand des Matterhorns in der Sonne, während seine Nordwand, kalt und eisstarrend, zum grössten Teil im Schatten lag.

»Es ist schon verrückt«, sinnierte Max, »sich das vorzustellen. Mehrere Tausend Menschen sind in diesem Sommer hierher gefahren, alle in der prickelnden Vorfreude, ihren Urlaub in dieser grandiosen Bergwelt vom ersten bis zum letzten Tag auszukosten; zu wandern, zu klettern, zu flanieren, zu sehen und gesehen zu werden, alte Freundschaften zu beleben, neue zu schliessen. Alle wünschen sich, am Ende erholt, zufrieden, erquickt, braungebrannt und voller schöner Erinnerungen wieder nach Hause zu fahren.

Nur hier im Castor kippte der schöne Ferientraum für eine Handvoll Menschen jäh in einen Albtraum um, der die Freude abgewürgt, die Hoffnungen geknickt und innerhalb eines Tages deren Leben vollständig umgekrempelt hat. Und dieser Berg, der sich seit Millionen von Jahren zum Himmel streckt, bleibt hiervon unberührt, vergiesst keine Träne, blickt stumm in die Welt; egal, ob einer an seinen Flanken zu Tode stürzt oder zwei andere im Tal unten ihr Leben aushauchen.«

Maria schaute ihren Mann bewundernd an. »Schön gesagt, Max! Du kannst ja ausnahmsweise richtig poetisch sein! Ich kann es immer noch nicht richtig fassen, was da passiert ist. Zwei der uns lieb gewordenen Menschen werden schlagartig aus der Blüte ihres Lebens herausgerissen, vollkommen unerwartet vom Tod gepackt. Wie ist so etwas überhaupt möglich? Und doch – wir müssen es akzeptieren, müssen damit weiterleben. Wie bin ich froh, dass Hanna ›Ja‹ gesagt hat, dass sie unsere Zuwendung annehmen kann, noch hier bleibt und uns auf die Hochtour begleiten wird. Für sie ist es am schwersten, denn sie muss den Tod beider Elternteile verkraften – und dazu noch einen derart unerklärlichen Tod.«

Max seufzte. »Ja, es ist sehr gut, wenn wir sie unterstützen können. Ihr Bruder Heinz hingegen braucht viel weniger Zuspruch; er wird sich, sofern er es überhaupt nötig hat, in Hamburg von seiner Katharina trösten lassen.

Aber wer mir Sorgen macht, ist unser Martin. Der verhält sich doch irgendwie nicht normal! Ich weiss schon, dass er sich stark an die Hoffmanns angelehnt hat und jetzt bedrückt sein muss, aber wie er sich jetzt völlig verkriecht, kaum mehr ansprechbar ist und beim geringsten Vorfall wütend wird, da muss doch etwas dahinterstecken?«

Maria nickte. »Ich empfinde es ähnlich wie du und kann mir auch keinen Reim darauf machen. Genauso wenig wie zu den Todesfällen. Horst und Hilde waren vollkommen gesund, da ist es doch ausgeschlossen, dass beide innerhalb eines Tages zufällig sterben! Es muss einfach etwas äusserst Dramatisches dahinterstecken!«

Wiederum seufzte Max. »Bestimmt. Aber was? Es muss ja etwas mit den Lebensumständen zu tun haben. Du wirst dich erinnern … schon mehrmals haben wir darüber gesprochen, dass diese Hamburger mit ihren Ansichten, was die eheliche Treue anbelangt, doch himmelweit von uns konservativen Bayern entfernt sind.«

Maria lächelte und gab Max einen zärtlichen Kuss. »Wie bin ich dankbar, mein Männlein, dass wir beide so konservativ sind! Du glaubst also, es handle sich um ein Eifersuchtsdrama?«

»Wäre durchaus möglich! Aber auch Geld könnte dabei eine Rolle spielen. Das ist ja bei Hoffmanns reichlich vorhanden. Und dann die geschäftlichen Probleme, die Horst angesprochen hat. Da blicke ich nicht durch, aber irgendeinen Zusammenhang muss es doch geben.«

Maria erhob sich von ihrem Korbstuhl. »Komm, Max, es ist Zeit!«

Sie stiegen zum Wintergarten hinunter, wo bereits Martin, Monika und Hanna auf sie warteten. Kaum hatten sie sich gesetzt, erschien Direktor Biner, begleitet von einer rassigen, schwarzhaarigen, jüngeren Frau in weissem T-Shirt, rotem Jupe und Sandalen. Max Maier war irritiert. ›Was, das soll wohl die Kriminalkommissarin sein?‹, fragte er sich.

Biner stellte sie vor: »Kommissarin Elena Eyer aus Brig möchte Ihnen einige Fragen stellen. Ich bitte Sie, die unvermeidliche Belästigung zu verzeihen. Und ganz besonders gilt dies für Hanna Hoffmann, die Tochter der Verstorbenen.«

Elena drückte Hanna lange die Hand. »Ich fühle ganz stark mit Ihnen. Die Eltern auf diese Weise zu verlieren, muss das überhaupt Schlimmste sein, was passieren kann. Aber leider bedürfen diese Todesfälle einer weiteren Abklärung.«

Elena wandte sich wieder an alle. »Jetzt möchte ich Sie einzeln befragen, und zwar dort hinten am Ecktisch. Bitte, Frau Hoffmann als erste.«

Hanna erhob sich und folgte der Kommissarin.

Martin schüttelte den Kopf. »Was soll denn das bringen? Wer von uns weiss schon etwas Genaues?«

»Also bitte, jetzt halt zwischendurch mal die Klappe, Martin!«, warf Monika ärgerlich ein, »wir müssen doch alles daran setzen, herauszufinden, warum Horst und Hilde gestorben sind!«

»Richtig«, ergänzte Max, »das kann unmöglich mit rechten Dingen zugegangen sein. Die beiden waren doch völlig gesund. Du, Martin, müsstest darüber eigentlich am besten Bescheid wissen, du warst doch häufig bei Hoffmanns.«

Martin schnaubte verächtlich. »Ach, was wisst ihr schon von meinem Leben!«

Maria fühlte Tränen aufsteigen und nahm Martins Hand. »Mein Sohn, nun sage mir doch – was ist neuerdings nur in dich gefahren?«

Martin zog seine Hand zurück und drehte den Kopf weg. In diesem Augenblick kam Hanna zurück und forderte Martin auf, sich zur Kommissarin zu begeben. Diese begrüsste ihn mit einem festen Händedruck.

»Herr Maier ... wie ich gehört habe, leben Sie seit sechs Jahren in Hamburg und haben öfters Kontakt mit der Familie Hoffmann. Haben Sie dabei irgendetwas Auffälliges bemerkt, das mit diesen ungeklärten Todesfällen zusammenhängen könnte? Hat sich in letzter Zeit etwas Ungewöhnliches ereignet? Hatten die Hoffmanns Feinde, missgünstige Konkurrenten?«

Martin winkte ab. »Leider werde ich Ihnen da kaum helfen können. Das Einzige, was gelegentlich erwähnt wurde, waren gewisse finanzielle Probleme in Hoffmanns Firma. Aber Genaueres weiss ich auch nicht.«

Elena liess jedoch nicht locker. »Und zwischenmenschliche Schwierigkeiten? Haben Sie vielleicht etwas von, zum Beispiel, ausserehelichen Beziehungen mitbekommen?«

Martin wurde sichtlich ärgerlich. »Was fällt Ihnen ein, so etwas anzunehmen?«

»Verzeihung, Herr Maier! Ich nehme es gar nicht an, aber ausschliessen sollte man solche Eventualitäten auch niemals. Jedenfalls danke ich Ihnen für Ihre Aussagen. Bitte schicken Sie jetzt Ihre Schwester Monika zu mir.«

*

Max Maier war schliesslich als letzter von Elena Eyer befragt worden. Als er zurückkam, sass nur noch Maria am Tisch. Martin, Monika und Hanna waren auf ihre Zimmer gegangen. Max seufzte.

»Ach, Maria, ich glaube kaum, dass wir der Polizei wirklich helfen können. Was wissen wir schon darüber, was wirklich alles in Hamburg passiert ist? Es erscheint alles so unerklärlich.«

Maria nickte zustimmend. »Komm, lassen wir die trüben Gedanken lieber beiseite. Unser Leben muss weitergehen. Wir wollten doch heute unsere Hochtour organisieren. Ich hole jetzt Hanna, und dann gehen wir gemeinsam zum Bergführerbüro.«

Hanna bewohnte ein Zimmer in der zweiten Etage. Als Maria klopfte, öffnete sie sofort. »Schön, dass du kommst, ich bin schon bereit.«

Als die drei aus dem Hotel traten, waren die ersten kleinen Quellwolken über den Bergen zu sehen, der Gipfel des Matterhorns steckte bereits im Nebel. Im Dorf Zermatt aber herrschte voller Sonnenschein, es wurde rasch heiss. Sie spazierten über die Brücke, die den mächtig reissenden Dorf-Bach überquerte, am Friedhof vorbei und bogen bei der Kirche nach rechts in die lange Hauptstrasse ein.

Wie fast zu jeder Tageszeit herrschte hier dichter Verkehr; in beiden Fahrtrichtungen machten sich Fussgänger, Elektromobile und vereinzelte Pferdekutschen den knappen Platz streitig. Nach wenigen hundert Metern erreichten sie das Bergführerbüro, sozusagen das alpinistische Zentrum von Zermatt. Sie betraten einen grossen, hohen, achteckigen Raum.

An den Wänden hingen rundum riesige Schwarzweiss-Fotografien von Felsgipfeln, Gletschern und Alpinisten aus allen Epochen, von den Anfängen der Bergfotografie im neunzehnten Jahrhundert bis in die Gegenwart hinein.

Zwischen den Bildern waren allerlei ehemalige und neue Ausrüstungsgegenstände ausgestellt. Alte Hanfseile, rostige Eispickel, Holzskier mit Kabelbindung, wollene Knickerbockerhosen und Bergschuhe mit Nagelbeschlag zeugten von den Anfängen des Alpinismus. Kunststoffseile, innovative Eisschrauben aus Leichtmetall, topmoderne Tourenskier und hochfunktionelle Windjacken demonstrierten die Fortschritte im Bergsport.

Hanna war zum ersten Mal hier und kam aus dem Staunen kaum mehr heraus. Maria erläuterte ihr gerne einige interessante Details zu den ausgestellten Sachen. Unterdessen hatte sich Max Maier zur Informationstheke begeben, hinter der eine blonde, sportliche, junge Frau stand.

»Guten Morgen! Wir, das heisst meine Frau, die junge Dame dort hinten und ich, möchten gerne eine Hochtour buchen. Letzten Sommer waren wir mit dem Führer Alois Andenmatten auf dem Allalinhorn. Dieses Jahr wollen wir einen weiteren Viertausender kennenlernen. Am liebsten nächsten Samstag oder Sonntag.«

»Sehr gerne, ich schaue gleich nach, welche Führer frei sind«, antwortete die junge Frau in einem deutlich amerikanisch gefärbten Hochdeutsch. »Leider sind wir im Moment stark ausgebucht – Sie wissen ja, Hochsaison und schönes Wetter … Doch, hier, das sollte gehen. Thomas ist Samstag und Sonntag noch frei. Sie haben Glück, er ist jetzt gerade hier. Kommen Sie doch gleich mit ins Büro.«

»Maria, Hanna, kommt bitte mal mit«, rief Max nach hinten und folgte der jungen Amerikanerin auf dem Fusse. Thomas Taugwalder stand vor einer grossen Pin-Wand und studierte eine Landkarte. Sofort drehte er sich um und begrüsste die Eintretenden.

Hanna spürte etwas wie Erleichterung in sich aufsteigen. ›Doch, er wirkt sympathisch! Dem könnte ich mich schon anvertrauen auf meiner ersten Hochtour.‹

Thomas Taugwalder war um die Vierzig, nur mittelgross, aber kräftig, besass wache dunkle Augen, stark gekrauste schwarze Haare und trug einen Dreitagebart.

»Also«, sprach er freundlich, »Sie haben in der Vergangenheit schon Hochtouren gemacht?«

Maria antwortete, nicht ohne einen Anflug von Stolz in ihrer Stimme: »Ja, im letzten Sommer waren wir auf dem Allalinhorn, und von früheren Jahren her kennen wir das Wetterhorn, den

Mönch, den Piz Palü und auch die Bernina. Unsere junge Kollegin allerdings kommt zum ersten Mal mit.«

»Das klingt ja schon sehr gut! Am Wochenende dürften sowohl das Wetter als auch die Bedingungen im Hochgebirge hervorragend sein. Deshalb schlage ich Ihnen das Rimpfischhorn vor. Eine sehr schöne Tour, relativ lang, aber technisch nicht schwierig, abwechslungsweise mit Schnee- und Felspassagen. Was meinen Sie dazu?«

Max war skeptisch. »Hm … eine lange Tour, sagen Sie … wissen Sie, mein Tempo am Berg ist nicht mehr so hoch wie in jungen Jahren … «

»Ich sehe da jedoch kein grosses Hindernis«, beruhigte der Bergführer, »eben weil die Bedingungen so gut sind, können wir die Tour problemlos langsam angehen, uns Zeit lassen. Und am Samstag starten wir schon am Vormittag und machen eine kleine Übungstour. So können wir uns besser kennenzulernen und das Gehen in Eis und Fels üben. Einverstanden?«

Taugwalder streckte Max seine Hand hin. »Also, packen wir es?«, hakte er nach. Ein kurzes Zögern noch, und Max schlug ein. Alle klatschten. Taugwalder holte aus einem Ablagefach ein Blatt Papier und geleitete seine Gäste zum Ausgang.

»Da haben Sie noch eine Ausrüstungsliste für Ihre Rucksäcke. Wir treffen uns dann am Samstag um acht Uhr hier im Büro. Ich freue mich darauf!«

*

Elena Eyer hatte sich im Polizeirevier des Dorfes, am zweiten Schreibtisch in Paul Pfammatters Büro, ihren Arbeitsplatz einrichten können. Sie nahm das Dossier Hoffmann zur Hand und las alle Angaben und Notizen noch einmal aufmerksam durch. Da piepste es von ihrem Laptop her.

[E-Mail von 13:23] Liebe Elena, zum Fall Hoffmann, den wir heute Morgen am Telefon besprochen haben, konnte ich schon

Verschiedenes abklären. Hoffmanns bewohnen ein Haus in einem ziemlich noblen Viertel Hamburgs. Der Bruder Horst Hoffmanns wohnt in der Nähe, eine Schwester in Bremen, und eine Schwester von Hilde Hoffmann in Düsseldorf. Sonst habe ich keine weiteren Verwandten ausmachen können.

Von der Firma Horst Hoffmanns, die 18 Angestellte hat, ist offiziell nichts Negatives bekannt. Den Hausdurchsuchungsbefehl sollte ich bis morgen früh haben. Wie du ja gesagt hast, fährt der Sohn, Heinz Hoffmann, heute nach Hamburg zurück. Er soll sich sofort bei mir melden, dann können wir morgen gemeinsam das Haus inspizieren. Bis dahin bleibt es polizeilich versiegelt.
Beste Grüsse aus Hamburg, Stefan Schroeder.

[E-Mail von 13:45] Lieber Stefan, vielen Dank für deine schnellen Abklärungen! Heinz Hoffmann wird sich morgen früh bei dir melden. Bitte informiere dich noch über drei weitere Personen aus Hamburg, die vielleicht mit dem Fall zu tun haben könnten. Zunächst Jens Jespersen, der früher bei Hoffmann gearbeitet hat. Dann Dr. med. Armin Auer und Dr. med. Frauke Fenner, beide in einem Krankenhaus tätig.
Besten Dank, Elena.

*

Dr. Frauke Fenner hatte heute wiederum lange referiert. Aber dieses Mal hatte sie vor dem letzten Block eine längere Pause eingeschaltet, so war das Publikum bis zum Schluss aufmerksam geblieben und hatte sogar noch zahlreiche Fragen gestellt. Die Referentin schaltete den Beamer aus und verkündete:

»Morgen, am Freitag, geht ja unsere Weiterbildung bereits zu Ende. Nun möchte ich Ihnen noch unseren traditionellen Ausflug zum Abschiedswochenende schmackhaft machen. Unser Kollege Balthasar Burckhardt aus Basel hat sich da etwas ganz Spezielles einfallen lassen. Bitte sehr!«

Dr. Balthasar Burckhardt kam nach vorne und wandte sich zum Publikum.

»Liebe Kolleginnen und Kollegen, schon seit meiner Jugendzeit pflege ich ein etwas spezielles Hobby, nämlich die Astronomie. Nun gibt es hier bei Zermatt, auf dem Gornergrat in 3100 Metern Höhe, ein Observatorium, in dem man Führungen machen kann. Wir werden also am Samstagnachmittag gemeinsam auf den Gornergrat fahren und zunächst die phantastische Aussicht auf die Viertausender geniessen. Nach dem Abendessen steigen wir dann ins Observatorium hinauf und können, sofern das Wetter mitmacht, durchs Fernrohr einige interessante Himmelsobjekte beobachten. Wir übernachten im Hotel Gornergrat und fahren am Sonntagvormittag wieder nach Zermatt hinunter. Ich hoffe natürlich, dass alle von euch mitkommen werden!«

Das Publikum applaudierte kräftig und strebte dann zum Ausgang des Seminarraumes. Dr. Armin Auer holte sich am Buffet etwas Käse, dazu Trockenfleisch mit Brot und ging zum Wintergarten. Da bemerkte er Hanna Hoffmann, allein an einem Tischchen sitzend und in einem Buch lesend. Was für eine hübsche Frau, dachte er und fühlte einen kleinen Schmetterling im Bauch. Langsam näherte er sich ihr und blieb dann ruhig stehen. Endlich blickte sie auf.

»Oh, wie nett, Dr. Auer … setzen Sie sich ruhig zu mir!«

»Danke, doch den ›Doktor‹ lassen wir ab sofort weg. Und, wie geht es Ihnen jetzt? Nicht zu viel allein?«

Hanna lächelte ihm zu. »Gerade jetzt nicht mehr … Danke, es geht mir recht gut. Und, stellen Sie sich vor – die Maiers haben mich zum Wochenende auf eine Hochtour eingeladen. Ich habe noch nie bei sowas mitgemacht und freue mich wahnsinnig darauf. Hoffentlich schaffe ich es überhaupt, ich bin ja nicht gerade sehr sportlich.«

Verschämt blickte sie an ihrer etwas molligen Figur hinunter. Armin Auer lachte.

»Ach, Sie meinen wegen der paar Kilos über dem sogenannten Idealgewicht? Doch, das schaffen Sie ganz bestimmt. Übrigens, ich persönlich finde Frauen mit Rundungen viel schöner als die dünnen Knochengestelle, die man jetzt überall sieht.«

»Sie meinen, so ganz im Allgemeinen … ?«

Auer lachte kurz auf. »Klar, so ganz im Allgemeinen … und aber auch ganz speziell in Ihrem konkreten Fall … !«

Etwas verlegen, schwiegen beide eine Zeitlang; er kaute hingebungsvoll an seinem Käse, sie rührte unnötig lange in ihrem Tee.

»Müssen Sie denn heute noch arbeiten?«, nahm Hanna schliesslich den Faden wieder auf.

»Ja, leider! Wir haben noch zwei Stunden Referate und anschliessend eine Diskussionsrunde auf dem Plan. Aber, ehrlich gesagt, würde ich viel lieber mit Ihnen spazieren gehen.«

Hanna spürte ein warmes Gefühl in die Brust aufsteigen. »Hätten Sie dann vielleicht morgen Zeit? Ich kenne Zermatt ziemlich gut und könnte Ihnen einiges zeigen.«

»Das klingt ja wunderbar! Ja, morgen ist die Weiterbildung um zwölf Uhr zu Ende. Dann könnten wir nach dem Lunch starten.«

Ihre Blicke trafen sich und blieben einen Moment ineinander hängen. Er streckte ihr seine Hand entgegen. »Ab sofort bin ich der Armin.«

Hanna nahm seine Hand, zog ihn etwas näher und gab ihm einen ganz kleinen Wangenkuss. »Und ich die Hanna«, hauchte sie, während sich eine kleine Hitzewelle in ihr ausbreitete. Armin verabschiedete sich und ging zurück zum Vortragssaal.

*

»Das war heute sehr interessant, findest du nicht auch?«, fragte Balthasar Burckhardt, als die Ärzte später den Konferenzsaal verliessen. Armin Auer nickte.

»Ja, sehr ergiebig und auch perfekt präsentiert. Frauke Fenner hat da an der Uni Hamburg eine grossartige Forschungsarbeit geleistet. Ich kann mir sie schon bestens als zukünftige Professorin vorstellen. Übrigens, kommst du noch mit auf einen Aperitif in den Wintergarten?«

»Gute Idee!«

Balthasar blickte über seine linke Schulter nach hinten. »Susanne, bist du auch dabei?«

»Sicher, gerne!«, erwiderte Susanne Strobel und schloss zu den beiden Kollegen auf.

Es war kurz nach achtzehn Uhr, die Sonne war soeben hinter der mächtigen Bergflanke, die sich im Westen des Dorfes erhebt, verschwunden. Im Wintergarten, dessen Fensterfronten weit offen standen, war es trotz der späten Stunde angenehm warm.

Von den bequemen Korbstühlen aus konnte man einen atemberaubenden Blick auf das Matterhorn geniessen, dessen Westflanke noch rötlich im schwindenden Sonnenlicht leuchtete. Die Quellwolken des Tages hatten sich aufgelöst, scharf zeichnete sich die Gipfelpyramide vor dem hellen Abendhimmel ab.

Balthasar verkündete gut gelaunt, er spendiere eine Flasche Prosecco und nahm dann das angefangene Gespräch wieder auf. »Was meint ihr, werden sich die neuen Diagnosekriterien auch in der Praxis bewähren?«

»Ich hoffe es ja sehr«, meinte Susanne, »leider treten die Tumore im Verdauungstrakt sehr häufig auf, und jede Verbesserung der Früherkennung könnte insofern viel Leiden verhindern. Allerdings sind in meiner bescheidenen Hausarztpraxis die technischen Möglichkeiten beschränkt, so dass ich die meisten Fälle doch zur Abklärung an einen Spezialisten weiterleiten muss.«

»Trotzdem«, warf Balthasar ein, »der Hausarzt ist die entscheidende Stelle. Er muss als Erster entscheiden, ob ein Fall kritisch sein könnte, ob er ihn überweisen muss oder nicht. Zum Glück sind Fenners Methoden so einfach, dass auch wir simplen, alten Hausärzte sie begreifen können. Nicht wahr, Susanne?«

»Du sagst es!«, lachte diese. »Verglichen mit unserem jungen Kollegen Armin sind wir ja beinahe Dinosaurier.«

Balthasar lachte mit. »Dieser Vergleich ist nicht schlecht, wir gehören wirklich einer aussterbenden Spezies an. Jedenfalls bei uns in der Schweiz. Die jungen Ärzte wollen sich spezialisieren, immer weniger wenden sich der Hausarztmedizin zu. Auf dem Lande finden die abtretenden Hausärzte nicht mal mehr einen Nachfolger, der die Praxis übernimmt.«

»Leider ist es bei uns in Deutschland auch nicht besser«, bemerkte Susanne bedauernd, »dabei könnte eine gute Hausärztin doch die Bezugsperson in allen Fragen der Gesundheit sein! Nehmen wir zum Beispiel die Familie Maier, die hier im Hotel gerade ihren Urlaub verbringt. Seit sechsundzwanzig Jahren darf ich sie betreuen. Mittlerweile weiss ich ganz genau, bei welchen gesundheitlichen Problemen sie meine fachliche Unterstützung benötigen, wann sie sich selber helfen können, und wann ich sie zum Spezialisten überweisen muss.«

»Apropos Maier und Hotel«, wechselte Armin das Thema, »was denkt ihr über diese schrecklichen Todesfälle?«

Balthasar sagte: »Nun, beim ersten Tod, um Mitternacht in der Bar, war ja niemand von uns dabei. Zyankali … das könnte Suizid oder Fremdeinwirkung sein. Hat man denn Indizien gefunden?«

»Es gibt nur vage Gerüchte«, meinte Susanne, »man sagt, der Barkeeper sei es wohl gewesen. Aber was sollte der mit Hoffmanns zu tun gehabt haben?«

»Also alles noch unklar«, überlegte Armin sachlich. »Und am folgenden Nachmittag finde ich Hoffmanns Frau tot im Zimmer auf, und das ohne jede erkennbare Todesursache. Das kann ja kein Zufall sein!«

»Ein spontaner Suizid aus Kummer um den verstorbenen Ehemann?«, fragte Susanne.

»Aber womit?«, entgegnete Armin. »Gift oder Tabletten hätte man bei der Autopsie auf jeden Fall nachgewiesen. Eine Waffe scheidet ebenfalls aus. Was bliebe sonst noch? Zum Beispiel, sich selbst Kalium oder Insulin zu spritzen – das könnte man hinterher niemals nachweisen. Aber wer weiss das schon?«

Balthasar meinte: »Vielleicht war Frau Hoffmann Ärztin oder Krankenschwester? Oder sie wurde eben doch umgebracht! Aber warum?«

Armin seufzte. »Ja, wenn wir das wüssten! Und die arme Tochter Hanna, die nun innerhalb eine Tages Waise geworden ist ...!«

Susanne stupste Armin in den Oberarm. »Apropos Tochter! Ich habe dich vorhin in angeregter Unterhaltung mit dieser Hanna gesehen. Könnte es sein, lieber Junggeselle Armin, dass sich da etwas anbahnt?«

Armin schoss das Blut ins Gesicht. »Ehm, ja ... nein ... wer weiss ...?«

Freitag, 17. August 2012

[E-Mail von 08:16] Liebe Elena, soeben hat mich Heinz Hoffmann angerufen. Wir werden heute um vierzehn Uhr die Hausdurchsuchung durchführen. Auch bei den drei genannten Personen wurde ich fündig.

Jens Jespersen arbeitete von 2006 bis 2010 bei Hoffmann als Techniker. Man munkelt von einer längeren Affäre mit Hilde Hoffmann. Und auch, sie habe ihn schliesslich Knall auf Fall sitzengelassen.

Armin Auer ist Assistenzarzt im Wilhelmsburger Krankenhaus. Bei ihm konnte ich keinen Bezug zur Familie Hoffmann finden.

Frauke Fenner ist Oberärztin im selben Krankenhaus und Privatdozentin an der Universität. Und jetzt wird's wieder spannend: Horst Hoffmann ist wohlbekannt in Fenners Krankenhaus-Abteilung, weil man dort die Praxistests der neuen Geräte von Hoffmanns Firma durchführte. Er sei oft ins Krankenhaus gekommen, und es wird gemunkelt, Fenner sei seine Geliebte gewesen. Offenbar ist diese Fenner ziemlich reich, denn sie besitzt ein Haus an bester Adresse in der Wilmersdorferstrasse.

Gruss, Stefan.

Elena Eyer pfiff durch die Zähne. ›Aha, dort liegt der Hase im Pfeffer! Das ist schon mal ein Anfang. Vor allem weil solche Munkeleien fast immer recht behalten. Sozusagen zwei Liebschaften übers Kreuz: Der Jespersen mit Hilde Hoffmann, die Fenner mit Horst Hoffmann! Moment Mal, Gregor hat doch gestern noch von dieser merkwürdigen Geste des Verstorbenen, kurz vor seinem Tod, erzählt.‹

»Paul«, sagte Elena nachdenklich zu ihrem Kollegen am anderen Schreibtisch, »etwas geht mir nicht aus dem Kopf. Wie drei Zeugen übereinstimmend ausgesagt haben, hat Horst Hoffmann kurz vor seinem Tod noch auf jemanden in der Hotelbar gezeigt und einen Namen ähnlich wie *Rena* ausgesprochen. Ihr habt doch die Personalien sämtlicher Barbesucher aufgenommen. War da nichts Entsprechendes darunter?«

Paul zögerte einen Moment. »Hm … peinlich, peinlich, wir haben das gar nicht geprüft! Hier ist die Liste. Es waren fast 50 Personen.«

Elena überflog das Papier. »Also, wir haben einen Renato Rüegger aus Bern, eine Renata Julen aus Zermatt und eine Renate Ritter aus – dreimal darfst du raten – Hamburg! Sie logiert im Hotel Adler. Na also!«
Paul warf ihr einen bewundernden Blick zu. ›So einfach arbeiten also die Profis!‹

»Paul, lass sie herkommen. Hoffentlich ist sie noch nicht abgereist.«
Paul griff zum Telefon, und zwei Minuten später meldete er: »Da haben wir aber Glück! Renate Ritter habe die letzten drei gebuchten Nächte storniert, soeben ausgecheckt und sei auf dem Weg zum Bahnhof. Der nächste Zug fährt in – mal kurz nachschauen – genau siebzehn Minuten ab. Die Dame erwische ich noch!«

Paul rannte aus dem Gebäude und bestieg das polizeieigene Elektromobil. Elena rief ihm »Viel Glück!« hinterher und wandte sich wieder dem Computer zu.

[E-Mail von 08:49] Lieber Stefan, ich bräuchte nun dringend Informationen über eine Renate Ritter, Bremerstrasse, Hamburg. Bitte sofort zurückschreiben, bis wann es möglich wäre, die Info zu senden.

Herzlichen Dank, Elena.

Bald geriet Elena wieder ins Grübeln. ›Also, wie sieht es eigentlich in punkto Alibis aus? Für den ersten Todesfall, in der Bar, kommen theoretisch über fünfzig Leute in Frage, inklusive dem Hotelpersonal. Das führt so nicht weiter. Auch für den Todeszeitpunkt von Hilde Hoffmann haben nur wenige ein Alibi, weil ja deren Zimmertüre nicht abgeschlossen war. Verflixte Sache!‹

*

Paul Pfammatter fuhr hinunter zum Bahnhof. Auf dem Bahnhofplatz standen wie immer mindestens ein Dutzend Elektromobile. ›Aha, da hinten steht das vom Adler. Aber es ist leer!‹

Paul stieg aus und eilte in den Bahnhof hinein. ›Wo ist bloss dieser Mann vom Adler geblieben?‹ Es waren nur noch vier Minuten bis zur Abfahrt des Zuges.

Paul rannte aufgeregt an den Waggons entlang. Endlich erblickte er ihn! Er hievte gerade zwei grosse Koffer in den Waggon, während eine elegante Dame daneben stand und zuschaute.

Sie wirkte ziemlich gross, war mit einem beigefarbenen Hosenanzug mit weisser Bluse bekleidet, trug ihr blondes Haar mittellang und war recht auffällig geschminkt. Paul trat näher und präsentierte seinen Polizeiausweis.

»Frau Renate Ritter?« Die Frau blickte auf den Ausweis und erstarrte augenblicklich. Langsam hob sie ihren Kopf, sah den Polizisten mit aufgerissenen Augen an und nickte schwach.

»Es tut mir sehr leid, Frau Ritter, Sie können noch nicht abreisen! Wir müssen Ihnen in der Zermatter Polizeiwache noch einige Fragen stellen.«

Einen Moment lang schien es Paul, als würde die Frau gleich auf dem Bahnsteig zu Boden sinken. Dann aber bemerkte er einen Ruck, und Frau Ritter hatte sich gefasst.

»Bitte mein Gepäck wieder raus«, sagte sie zum Portier.

»Es wird wohl nicht allzu lange dauern«, beschwichtigte Pfammatter, »am besten stellen wir Ihr Gepäck vorerst in ein Schliessfach.«

Zehn Minuten später sass Renate Ritter gegenüber von Elena Eyer, während Paul Pfammatter Stift und Protokollblock vor sich liegen hatte.

»Ja, Frau Ritter«, begann Elena, »wir haben Sie nicht gern aus dem Zug geholt, aber wir haben in Zermatt zwei ungeklärte Todesfälle und sind darauf angewiesen, alle verfügbaren Informationsquellen auszuwerten. Sie hielten sich am Montag, 13. August, gegen Mitternacht in der Bar des Hotels Castor auf.«

»Das stimmt. Sie hatten ja damals alle anwesenden Personen notiert.«

»Und weshalb waren Sie dort?«

»Wie bitte? Erlauben Sie sich einen Scherz mit mir? Jedermann kann schliesslich in eine Bar gehen, um sich zu amüsieren!«

»Sicher. Und warum gerade diese Bar, und weshalb in Zermatt?«

»Was soll das Ganze? Ich darf doch wohl in Zermatt Urlaub machen!«

Elena nahm einen Bleistift in die Hand und spielte gekonnt langsam damit. Jetzt würde sie mal, auf gut Glück, einen Versuchsballon starten!

»Natürlich, klar. Aber Sie kannten den dort verstorbenen Horst Hoffmann ganz genau.«

»Wie heisst dieser Mensch? Horst Hoffmann? Der kommt mir bekannt vor, ist ja auch ein Allerweltsname – aber ich wüsste nicht, woher.«

Elena Eyer hatte immer wieder mit einem halben Auge auf ihren Bildschirm geschaut. Wann würde die Antwort von Stefan endlich kommen?

[E-Mail von 09:31] Liebe Elena, Info müsste bis heute 16 Uhr vorliegen.
Stefan.

Elena las die kurze Nachricht und verfügte: »Gut, Frau Ritter, dann machen wir es so: Sie kommen heute um 17 Uhr nochmals hierher zu einem zweiten Gespräch.«

Renate Ritter stand ruckartig auf. »Wie bitte? Was fällt Ihnen nur ein! Ich muss dringend zurück nach Hamburg!«

»Aha«, erwiderte Elena gelassen, »aber Sie hatten doch bis nächsten Montag in Zermatt gebucht. Warum jetzt die vorzeitige Abreise?«

Ritter stieg die Röte ins Gesicht. »Was geht Sie das an?« schrie sie und verliess, weiter schimpfend, den Raum.

Elena lächelte ironisch. »Die wird bald weich, verlass dich drauf! Und, Paul, noch etwas! Bei Hilde Hoffmann wurden doch Spuren von Atropin gefunden. Wie der Gerichtsmediziner schreibt, war die Dosis viel zu klein, um tödlich zu sein, aber doch so gross, um Beschwerden zu verursachen, beispielsweise Kopfschmerzen und Schwindel. Was lernen wir daraus?«

Paul schüttelte ratlos den Kopf. »Ich kann mir keinen Reim dazu machen.«

»Also, niemand nimmt heutzutage freiwillig Atropin zu sich. Es sei denn, er wolle sich mit einer Riesen-Dosis umbringen. Folglich muss jemand der Frau das Atropin verabreicht haben. Die paar Milligramm könnte man sehr leicht in ein Getränk schmuggeln. Aber wozu das? Das ist mir auch noch nicht klar.«

Paul Pfammatter kam sich vor wie ein Schulbub. Dabei war er etwa gleich alt wie Elena! Aber sie strahlte so viel Selbstsicherheit aus, dass er sich meilenweit unterlegen fühlte. Und zu allem Übel hinzu war sie noch so unverschämt attraktiv! Eine richtige, rassige Walliserin eben:

Eher klein, nicht zu schlank sondern robust und zäh, mit ihrem schwarzen, schulterlangen Haar und dem ziemlich dunklen

Teint fast mediterran wirkend, mit gerader Nase und blitzenden dunklen Augen, vollen, rotgeschminkten Lippen … Paul schaute Elena an und fühlte sich plötzlich rettungslos verliebt …

Elena griff zum Telefon. »Guten Tag Frau Biner, hier Elena Eyer. Ich würde gerne Ihren Mitarbeiter Jens Jespersen befragen. Könnte er heute auf dem Polizeiposten vorbeikommen? Ja, vierzehn Uhr passt bestens, danke und auf Wiederhören!«

Danach rief Elena ihren Vorgesetzten Arnold Amsteg in Brig an und bat ihn, einen Hausdurchsuchungsbefehl für Jespersen zu organisieren. Einen Zwischenbericht zum Fall würde sie ihm in zwei Stunden per Email schicken, kündigte sie an.

*

Wie jeden Freitagmorgen hatte Direktor Biner seine Angestellten zum Wochenrapport versammelt. Zwischen zehn und elf Uhr war im Hotel am wenigsten los, so dass jeweils der grösste Teil der Belegschaft am Rapport teilnehmen konnte. Dieser lief immer nach demselben Schema ab:

Rückblick auf die vergangene Woche, Ausblick auf die kommende Woche, Spezielles und Fragenrunde. Der Hotelbetrieb musste zwar routinemässig weiterlaufen können, aber natürlich waren heute die Todesfälle *das* Thema. Bruno Biner ermahnte seine Angestellten nochmals, die Polizei bei den Ermittlungen zu unterstützen.

»Ich weiss, einige von euch haben schon wichtige Aussagen gemacht. Aber denkt alle nochmals ganz scharf nach, und zwar über die Zeitspanne zwischen Montagabend und Dienstagabend. Jede Beobachtung von etwas Ungewöhnlichem oder Unerwartetem im Hotel könnte entscheidend sein. Meldet euch direkt bei der Polizei, kommt nicht zu mir damit. Denkt daran, auch der Ruf unseres Betriebes würde durch ungeklärte Todesfälle erheblich leiden. Ich danke euch!«

Der Rapport war damit beendet. Anna und Belinda gingen schwatzend zurück zur Rezeption, wo unterdessen Brigitte Biner die Stellung gehalten hatte.

»Na, hat euch Bruno eingeheizt, die Polizei besser zu unterstützen?«

»Ja, ja«, antwortete Anna, »und ich bin heftig am Überlegen, was mir noch aufgefallen sein könnte. Aha, jetzt habe ich es! Hoffmann hat sich doch am Abend vor seinem Tod ganz merkwürdig benommen. Erinnerst du dich, Belinda, er hatte sich doch nach diesen Ärzten aus Hamburg erkundigt. Nach dem Abendessen kam er nochmals, fragte, ob die jetzt hier seien, und machte mir einen ganz verwirrten Eindruck. Ich dachte mir noch, da könne etwas nicht stimmen. Und zwei Stunden später war er tot!«

»Das musst du unbedingt melden!«, meinte Brigitte, »geh doch gleich jetzt zum Posten.«

Als Anna gegangen war, setzte sich Brigitte auf deren Stuhl, nahm ihr Gesicht in beide Hände und fing an zu schluchzen.

»Ach, es ist so furchtbar … Liebe Stammgäste sterben im eigenen Hotel … Ich fasse es nicht … Polizei im Haus … Unser Jens wird verdächtigt … «

Belinda streichelte ihrer Mutter sanft den Rücken. »Ja, Mama, eine schreckliche Sache! Immerhin, die Kinder der Hoffmanns stehen es anscheinend recht gut durch. Heinz ist schon in Hamburg, und Familie Maier kümmert sich hier ganz rührend um Hanna. Und die Elena Eyer wird den Fall bestimmt bald aufklären.«

Brigitte hatte den Kopf erhoben und blickte ihre Tochter nun mit nassen Augen an. »Danke für die Aufmunterung, mein gutes Mädchen.«

*

»So, jetzt sind wir wohl gesättigt bis zum Abend«, sagte Barbara Braun und nahm sich den letzten Bissen Butterbrot vom Frühstücksteller.

»Na ja, bis zum Abend ist mir etwas zu lang«, erwiderte Benno schmunzelnd, »ich brauche schon noch eine kleine Zwischenverpflegung. Haben wir eigentlich schon ausgemacht, wohin wir heute gehen?«

»Nicht so richtig, wir haben nur ein paar Ideen gewälzt. Ach, schon bald zehn Uhr! Das heisst, für den schönen Höhbalmenweg ist es viel zu spät. Was meinst du zu folgendem Vorschlag: Von Blauherd via Tuftern zurück nach Zermatt? Die Strecke ist botanisch sehr ergiebig.«

»Sehr gute Idee, machen wir!«

»Also los zur Metro.«

»Metro? Häh? Ach so, das meinst du!« Benno lachte. In der Tat gab es in Zermatt eine Art U-Bahn.

Die Standseilbahn zur Bergstation Sunnegga hinauf verlief nämlich komplett unterirdisch, und zwar in einem langen, extrem steilen Tunnel. Die Geschwindigkeit dieser Seilbahn war atemberaubend, in nur drei Minuten hatte sie die gut 600 Höhenmeter zur Sunnegga überwunden. Blacky allerdings gefiel diese Tunnelfahrt so gar nicht, er winselte die ganze Zeit und drückte sich eng an Barbara.

In Sunnegga musste man auf eine Sesselbahn umsteigen, die bis zur Station Blauherd auf knapp 2600 Metern über Meer führte. Aber auch diese Sesselbahn war nicht nach Blackys Geschmack, die Fahrt in luftiger Höhe machte ihm offensichtlich Angst. Endlich hatte man wieder festen Boden unter den Füssen, und Blacky tollte begeistert herum.

Im Dorf unten hatte die Sonne noch warm geschienen, hier oben befanden sie sich jedoch im Schatten einer ziemlich grossen, über dem Unterrothorn aufragenden Quellwolke. Barbara fröstelte und zog ihre Windjacke über. Nach einem kurzen Abwägen nahm auch Benno die seine hervor. Er schaute sich um.

»Ja, ich glaube, dort oben war es. Komm.«

Barbara blickte ihn verständnislos an, folgte ihm aber. Benno stieg etwa 200 Meter weit einen steinigen Abhang hoch, blieb dann abrupt stehen und schaute sich wieder konzentriert um. Unvermittelt ging er vier Schritte nach rechts und bückte sich. »Ja, wunderschön, hier blüht sie! Barbara, darf ich vorstellen: *Androsace vitaliana* oder, wie das Volk sagt: die Goldprimel.« Barbara war auf die Knie gesunken und bewunderte die kaum fünf Zentimeter hohe Pflanze. Ganz am Boden hatte sie Rosetten von sehr schmalen grünen Blättern, woraus sich goldgelbe, etwa zwei Zentimeter lange Blüten in die Höhe streckten. Ihre Blütenform ähnelte tatsächlich derjenigen der Primeln.

»Ja, jetzt erinnere ich mich endlich!«, sagte Barbara, »das muss etwa fünf Jahre her sein, als wir genau hier die Goldprimel gefunden haben. Wunderschön!«

» … und auch noch sehr selten!«, ergänzte Benno fachkundig.

Blacky interessierte sich keinen Deut für die botanischen Raritäten, sondern lief begeistert auf dem leicht abfallenden Wanderweg in Richtung Tuftern voraus. Immer wieder schaute er zurück.

›Warum machen denn meine Rudelführer hier so langsam? Alle paar Meter bleiben sie stehen und betrachten irgend so eine blöde Pflanze. Wozu soll das gut sein? Jetzt ein Reh oder einen Hasen zu jagen, das wäre doch das Richtige! Aber leider ist nichts Derartiges in Sicht. Immerhin, einige interessante Duftmarken hat es hier entlang des Weges.

Mmh! Hier kam vor kurzem eine reife Hundedame vorbei. Aber da, pfui, riecht es nach männlicher Konkurrenz! Na ja, vorsichtshalber setze ich noch ein paar zusätzliche Duftmarken auf diese Steine. Oh, hier duftet es aber besonders fein! Ich glaube glatt, da war ein junges, knackiges Hundefräulein unterwegs!‹

»Blacky, lauf nicht zu weit voraus!«, rief Barbara jetzt und blieb schon wieder stehen. »Ah, sehr schön, und auch typisch für Zermatt: *Artemisia glacialis*, die Gletscher-Edelraute.«

Benno nickte und ging auf die Knie. Auf einem etwa fünfzehn Zentimeter hohen Stängel, der nur ganz kleine, fingerförmig geschlitzte Blätter trug, erhob sich ein Dutzend gelber, aus zahlreichen winzigen Blüten zusammengesetzter Köpfchen.

»Und was für ein nobler Name für dieses kleine Pflänzchen. Oft sind eben die seltensten Kostbarkeiten ganz unscheinbar.«

Wenige Schritte weiter stoppten die Brauns schon wieder. Tiefblau und dann wieder pelzig-weiss leuchtete es aus dem Grase. Links stand eine ganze Gruppe von Enzianen, rechts daneben ein Büschel Edelweiss. Rundherum standen goldgelbes Fingerkraut, weisser Hahnenfuss und rotes Seifenkraut. Die Zermatter Alpenflora, eine ganze Symphonie von leuchtenden Farben!

Aber auch die schönsten Bergtage dauern nun einmal nicht ewig, schon neigte sich die Sonne dem westlichen Horizont zu. Es wurde Zeit für den Abstieg.

»Und was ist jetzt mit meinem Bier?«, stöhnte Benno gekonnt, als sie beim Restaurant Tuftern ankamen.

Barbara lachte: »Ja, wer zu viel botanisiert, hat das Bier eben gesehen! Nein, im Ernst – wir müssen uns auf den Weg machen. Bis Zermatt hinunter ist es noch mehr als eine Stunde.«

Blacky wedelte heftig und sprang voraus. Damit war er einverstanden!

*

Um dreizehn Uhr hatten sich Hanna und Armin vor dem Hotel getroffen. Dieses befand sich in der hinteren Hälfte des langgezogenen Dorfes, auf Höhe der alten Kirche, aber jenseits des Dorfbaches.

»Zuerst schauen wir uns die örtliche Touristenattraktion der Kategorie makaber an«, sagte Hanna geheimnisvoll. Sie überquerten die Brücke und erreichten nach wenigen Metern den Friedhof, der sich links und rechts der Strasse erstreckte. Hanna wandte sich dem rechten Teil zu und folgte langsam den gewundenen, von zahllosen Grabsteinen gesäumten Wegen, ohne etwas zu sagen. Armin blieb immer wieder stehen und las die Inschriften auf den Grabsteinen.

»Jetzt wird mir klar, was du mit makaber meintest. Das liest sich ja wie eine einzige Chronik von Bergdramen:

Peter McDonnell, abgestürzt am Obergabelhorn, 1921
James Blunt, verunglückt am Matterhorn, 1934
Josef Biner, Bergführer, abgestürzt am Weisshorn, 1945
Franz Becker, Lawinentod am Pollux, 1917
Jens Huber, erfroren in der Matterhornnordwand, 1959 Matteo Renzo, Tod durch Steinschlag am Zinalrothorn, 1908.

Ja, die Geschichte des Alpinismus blickt anscheinend auf unzählige Tragödien zurück.«

Hanna nickte. »Und doch steigen jedes Jahr Abertausende auf die Gipfel, nehmen das Risiko auf sich. Der Reiz der Bergerlebnisse muss eben doch unglaublich stark sein.«

Armin machte plötzlich ein betroffenes Gesicht.

»Ach, Hanna, ich bekomme ja schreckliche Angst um dich. Du machst doch auch bald eine Hochtour. Ich glaube, ich würde auf der Stelle sterben vor Kummer, wenn dir dabei etwas passierte!«

Hanna fühlte eine unmässig starke Hitzewallung in sich aufsteigen. Armin hatte solche Angst um sie, da musste er sie doch lieben! Ihr wurde beinahe schwindlig, ihre Sehnsucht wuchs ins Unerträgliche. Sie trat zu ihm hin, legte ihren Kopf an seine Schulter und flüsterte: »Oh, mein Liebling … !«

Er drückte sie an sich, nahm dann ganz behutsam ihren Kopf zwischen seine Hände und blickte in ihre Augen. Langsam kamen sich ihre Lippen näher und näher, und als sie sich sanft berührten, schien die ganze Welt für einen Moment stillzustehen. Sie umarmten sich wieder und wieder, küssten sich noch mal und noch mal, zitterten vor lauter wonnigem Glücksgefühl.

»Schämst du dich eigentlich nicht«, fragte Hanna unvermittelt, »hier mitten auf dem Friedhof eine Frau abzuknutschen?«

»Hm … habe denn *ich* damit angefangen?«

»Komm, gehen wir weiter«, schlug sie beschwingt vor und nahm seine Hand. Sie kamen an der Kirche vorbei. Plötzlich durchfuhr Hanna wie ein Blitz ein riesiger Schrecken, ihr Herz setzte beinahe aus, sie bekam weiche Knie und ihr Kopf wurde siedend heiss.

›Was wäre, wenn …?‹, fragte sie sich. ›Warum habe ich nicht früher daran gedacht? Augenblicklich muss ich es wissen, gleich jetzt!‹

»Ehm, sag mal, Armin, ehm…, bist du, ehm, etwa schon in festen Händen? Sag es mir bitte jetzt sofort und ganz ehrlich!«

Armin schien einen Moment zu überlegen. »In der Tat, ich bin schon in festen Händen.«

Hanna meinte, vor Schreck ohnmächtig zu werden. Ihr Glück schien davon zu schwimmen, gleich würde sie auf der Strasse liegen; am liebsten wollte sie im Boden versinken. Da packte Armin ihre Hände mit starkem Griff.

»Siehst du, liebste Hanna, hier, in diesen und keinen anderen festen Händen bin ich seit heute gebunden,, und so Gott will, werden viele Jahre daraus.«

Jetzt wurden Hanna die Knie erst recht weich; kraftlos hing sie in Armins Armen, grosse Tränen des Glücks liefen über ihre Wangen. Endlich konnte sie mit frischer Kraft aufstehen. Sie küssten sich nochmals innig, bevor sie ihren Weg wieder aufnahmen und zum Kirchplatz gelangten.

»Das ist ja unglaublich, wie viele Leute hier durchflanieren«, wunderte sich Armin. Der Platz vor der Kirche bildete gleichzeitig das Ende der Dorfstrasse, die sich etwa einen Kilometer lang vom Bahnhof bis hierher erstreckte. Ohne Unterlass strömten Menschen, mehrheitlich Touristen, aus der Dorfstrasse auf den Platz, während andere in umgekehrter Richtung vom Platz in die Dorfstrasse einbogen. Diese war ziemlich eng, und wegen der vielen Leute kam es sogar zu regelrechten Fussgänger-Staus.

Es fuhren zwar keine Autos im Dorf, aber die vielen Elektromobile, die surrend kreuz und quer durch die schmalen Strassen flitzten, konnten auch gefährlich werden, wenn man nicht aufpasste.

Armin blieb stehen. »Oh, was für ein hübscher Brunnen, diese Tiere sehen ja beinahe echt aus! Ob wir solche wohl auch in lebendiger Ausführung noch sehen werden?«

»Ganz bestimmt sogar«, meinte Hanna, »sobald du mal Zeit hast, mit mir eine Wanderung zu unternehmen.«

Der Brunnen am Rand des Kirchplatzes war aus poliertem, grünlichem Stein gefertigt und hatte hinter dem Trog einen grossen Aufsatz aus Metall, der eine stilisierte Gebirgslandschaft darstellte. Darauf war eine ganze Gruppe von metallenen Murmeltieren zu sehen, ganz lebensecht bei verschiedenen Tätigkeiten dargestellt. Zuoberst stand eines aufrecht und hielt Wache, unten rauften zwei Tiere miteinander, ein anderes trank Wasser aus der Brunnenröhre, wieder andere waren am Fressen, und eines hielt nur seinen Kopf aus der Höhle vorgestreckt. Etliche Urlauber standen rings um den Brunnen herum und bewunderten das Kunstwerk.

Armin merkte lächelnd an: »Hier wäre doch genau der richtige Ort für unser erstes gemeinsames Foto.« Er bat einen amerikanischen Touristen, ein Bild aufzunehmen. Hanna und Armin stellten sich hinter die Murmeltiergruppe, gaben sich die Hand und lächelten einander zu.

»That will be a wonderful picture«, meinte der Tourist lachend und gab Armin die Kamera zurück.

Hanna strahlte. »Unser erstes Bild, das werde ich garantiert niemals vergessen!«

Hand in Hand spazierten sie anschliessend die berühmte Zermatter Dorfstrasse hinunter. Eine wahre Unmenge an Geschäften, Restaurants und Hotels säumte die Strasse. In beiden Richtungen floss ein scheinbar nie versiegender Strom von Touristen aus aller Herren Länder.

»Siehst du«, wies Hanna auf ein linkerhand stehendes Haus, »hier ist das berühmte Bergführerbüro, wo man die Touren aufs Matterhorn oder einen anderen Viertausender buchen kann. Da haben wir heute Morgen unsere Tour aufs Rimpfischhorn reserviert.«

Armin winkte ab. »Sag bloss nichts mehr davon! Ich bekomme schon wieder Angst um dich, wenn ich nur daran denke, dass du irgendwo da oben in Fels und Eis herum klettern willst.«

»Mein liebster Armin, jetzt sei nicht so ein Angsthase! Du bist eben ein norddeutscher Flachländer, und ich bin seit meiner Kindheit die Schweizer Berge gewohnt. Warte nur, ich werde dich schon noch die Freude am Kraxeln lehren!«

Armin blickte skeptisch zurück. »Na ja, ich weiss noch nicht so recht … Und übrigens, bist du dir eigentlich im Klaren, was für ein unverschämtes Glück wir haben?«

»Du meinst, dass wir uns gefunden haben?«

»Ja, das auch – aber dazu noch etwas anderes, das bei Urlaubsbekanntschaften leider nur selten vorkommt.«

»Ach so, jetzt habe ich es kapiert: Natürlich, dass wir beide in Hamburg leben!«

»Genau«, bestätigte Armin und drückte seine Hanna fest an sich.

*

Jens Jespersen kam pünktlich um vierzehn Uhr auf den Polizeiposten. Er war eine markante Erscheinung. Mittelgross, aber gut gebaut und muskulös, blonde halblange Haare, kantiges Gesicht, hellblaue Augen.

›Typischer Windsurfer von der Nordsee‹, dachte Elena Eyer bei seinem Anblick. ›Kein Wunder, dass Hilde Hoffmann sich in den verliebt hat. Und wenn ein solch eitler Typ von einer Frau sitzengelassen wird, reagiert er meistens aggressiv. So einen muss man gnadenlos provozieren, dann bringt man ihn vielleicht zum Reden. Das hat schon Georges Simenon gewusst und es seinen Kommissar Maigret mit Erfolg so machen lassen.‹

Elena begann ganz harmlos. »Herr Jespersen, Sie haben die beiden unerwarteten Todesfälle im Castor sozusagen hautnah miterlebt. Wie war Ihnen dabei zumute?«

Jespersen glotzte dämlich. »Was soll denn das heissen? Was hab ich damit zu tun?«

»Immerhin haben Sie die Hoffmanns gekannt.«

»Na ja, sie kamen jeden Sommer zum Urlaub, verkehrten häufig in der Bar… «

»Aha, und von früher?«

»Früher? Was soll der Scheiss?«

Elena rückte ihren Stuhl näher zu ihrem Gegenüber und sah ihm frontal ins Gesicht. »Scheiss oder nicht, jedenfalls haben Sie immerhin vier Jahre lang bei Horst Hoffmann gearbeitet. Nicht nur das, Sie haben auch seine Frau gevögelt, und zwar mehr als nur einmal!«

Jespersen schluckte zuerst leer, warf dann seine blonde Mähne zurück und richtete sich im Stuhl auf. »Und wenn schon, ist das neuerdings polizeilich verboten?«

»Nein, mein Junge! Aber Mord aus Rache ist verboten!«

»Was erzählen Sie da nur für einen Quatsch … «, stammelte Jespersen, »sind Sie verrückt geworden?«

Elena lehnte sich zurück und wartete einige Sekunden. »Verrückt oder nicht – das weiss ich nicht. Aber das folgende Szenario scheint mir durchaus plausibel:

Sehr gut aussehender Mann, erfolgsgewohnt bei Frauen, schnappt sich reiche Unternehmergattin. Wird materiell verwöhnt, verwöhnt seine Gönnerin selbst jedoch immateriell. Macht sich grosse Hoffnungen auf eine goldene Zukunft. Wird, warum auch immer, von einem Tag auf den anderen brutal abserviert, verlassen, verstossen, gedemütigt.

Normalerweise würde ein sehr gut aussehender Mann sich in einer solchen Situation denken: ›Na ja, ich kriege noch genug andere reiche Frauen!‹ Aber nicht so in diesem Fall. Der sehr gut aussehende Mann wird nämlich von Eifersucht zerfressen – auf seinen Nachfolger, auf Hildes Ehemann und auf Hilde selber. Und hier, in Zermatt, bietet sich die Gelegenheit, mit Horst und Hilde ein für alle Mal aufzuräumen.«

Jespersen sprang auf, wutentbrannt und rot im Gesicht, versuchte sich fluchend auf Elena zu werfen. Diese schlug ihm hart ihre Handkante mitten ins Gesicht, und schon stürzte Paul Pfammatter herbei und nahm ihn in den Schwitzkasten. Keuchend gab sich Jespersen geschlagen. Er blieb auf dem Boden kauern.

»Sie können gehen!«, sagte Elena trocken.

*

[E-Mail von 15:44] Liebe Elena, diese Renate Ritter, 43, arbeitete während der Zeit von fünf Jahren als Projektmanagerin in Horst Hoffmanns Firma, ist jetzt bei Lufthansa. Anscheinend war sie Horsts Geliebte, wurde von ihm sitzengelassen und verliess daraufhin die Firma. Es wird aber gemunkelt, sie sei weiterhin heftig hinter ihm her. Ein Fall von Stalking?
Gruss, Stefan.

Renate Ritter kam um zehn Minuten zu spät. Sie hatte sich umgezogen und trug jetzt eine rote Bluse, einen nicht ganz knielangen, beigefarbenen Jupe und spitze, rote Schuhe mit ziemlich hohen Absätzen. Ihre mittellangen, blonden Haare waren sorgfältig in Wellen frisiert, Augen und Lippen etwas zu auffällig geschminkt.

Elena Eyer wusste, dass sie nicht viel in der Hand hatte, nichts als eine vage Hypothese. Umso mehr konnte sie nur mit Angriffstaktik weiterkommen, mit Vollgas sozusagen.

Renate Ritter war aufgebracht. »Eine bodenlose Frechheit ist das! Ich muss mein Gepäck zurückholen, mir ein neues Hotel suchen, meine Termine in Hamburg absagen. Ich werde Ihnen persönlich die Rechnung schicken, Frau Kommissarin!«

Elena liess sich nicht von ihr provozieren. »Bitte, tun Sie das ruhig. Uns interessiert aber etwas ganz anderes. Nämlich, dass Sie in der Firma dieses Horst Hoffmann, den Sie angeblich nicht kennen, fünf Jahre lang gearbeitet haben. Und weiter, dass Sie nichts weniger als seine Geliebte gewesen sind. Dass er Sie eines Tages sitzengelassen hat, warum auch immer. Seither sind Sie jedoch immer noch in ihn verliebt, weshalb Sie ihn weiterhin verfolgen und belästigen. Dass Sie ihm sogar nach Zermatt hinterher reisen, nur um ihm nahe zu sein. Genügt das fürs Erste?«

Renate Ritter war in ihrem Stuhl zusammengesunken, stützte ihr Kinn mit der rechten Hand und starrte auf den Fussboden.

Elena machte weiter: »Und jetzt stelle ich eine kleine Hypothese auf. Nämlich, dass Sie allmählich realisiert haben, dass Ihre Chancen bei ihm gleich Null sind. Dass Ihre Verzweiflung grösser und grösser wurde, sich allmählich in eine rasende Wut verwandelte. Dass Sie es schliesslich nicht mehr aushielten. Dass Sie einsahen, dass nur der Tod des unerreichbaren Geliebten Sie noch aus Ihrer Sehnsucht retten konnte.«

Renate Ritter wimmerte: »Nein, nein! Aufhören, aufhören … !«

Doch Elena blieb hart. »Dass Sie am 13. August die Gelegenheit als gekommen ansahen. Dass Sie sich schon lange vorher das Gift besorgt hatten, für den Fall der Fälle. Dass Sie Horst schliesslich umbringen mussten!«

Renate Ritter stand auf, blickte Elena Eyer hasserfüllt an. »Vergessen Sie es! Ich habe ihn nicht umgebracht, nie im Leben könnte ich so etwas tun!«

Elena blieb ruhig. »Okay, lassen wir das. Sie können jetzt gehen.«

Die Ritter sprang auf und kam der Aufforderung wutschnaubend nach.

Elena seufzte tief, als die Tür sich geschlossen hatte. »Uff, ist das anstrengend, solche Power-Befragungen!«

»Aber du machst das perfekt«, wandte Paul ein, »Kompliment! Kann ich dann Feierabend machen, Elena?«

»Ja, klar, du hast dir dein Wochenende redlich verdient. Ich selbst werde heute Abend ebenfalls noch nach Hause fahren. Am Montag sollten wir weitere Informationen aus Hamburg erhalten und können dann die Befragungen fortsetzen. Ich habe alle

Betroffenen angewiesen, in Zermatt zu bleiben und sich zu unserer Verfügung zu halten. Also, Paul, schönes Weekend!«

»Dir auch, Elena!«

*

Zehn Minuten später kam Belinda Biner zu Elena Eyer ins Büro. Ganz verlegen stand sie da und drückste herum.

»Ja, bitte, Frau Biner?«

»Ich weiss ja nicht, ob es von Belang ist, aber man hat uns gebeten, alle unsere Beobachtungen zu melden.«

Elena erwiderte: »Ja, unbedingt! Alles kann für die Ermittlungen sehr wichtig sein.«

»Also … es ist mir sehr peinlich, weil ich erst jetzt damit komme. Aber irgendwie war es mir im ganzen Trubel entfallen. Am Dienstag, kurz vor vierzehn Uhr, ging ich von der Rezeption zur Hotelbar hinüber, um etwas zu holen. Vom Speisesaal aus sah ich, wie Hilde Hoffmann und Dr. Frauke Fenner zusammen die Treppe hinauf gingen. Etwa eine Viertelstunde später stieg ich in die dritte Etage. Auf der untersten Treppe kam mir Frau Fenner entgegen.

Nach vielleicht zehn Minuten kam ich wieder herunter. Im zweiten Stock bemerkte ich – nur so aus dem Augenwinkel – dass jemand aus einem der Gästezimmer kam und die Türe hinter sich schloss. Plötzlich stutzte ich, weil ich realisierte, dass es Jens Jespersen, unser Barkeeper, gewesen war. Was hatte der in einem Gästezimmer verloren? Ich kehrte sofort um, aber da war er leider schon verschwunden.«

»Und welches Zimmer war das?«

»Leider weiss ich das nicht genau. Aber so von der Distanz her, würde ich sagen, zwischen 206 und 208.«

»Und welches Zimmer bewohnte Hilde Hoffmann?«

»Das war die 207.«

»Und Sie sind sich ganz sicher, dass es wirklich Jespersen gewesen war?«

»Hundertprozentig!«

»Vielen Dank, Frau Biner.«

›Immerhin eine erste konkrete Spur‹, dachte Elena, als Belinda wieder gegangen war. ›Dieser Barkeeper hat sich ja höchst verdächtig gemacht, lagert Zyankali hinter dem Bartresen und schleicht sich in Hilde Hoffmanns Zimmer! Hat er ihren Mann, also seinen Nebenbuhler, eiskalt umgebracht? Wurde er von der Frau abgewiesen und hat sie deswegen ebenfalls getötet?‹

[E-Mail von 18:01] Liebe Elena, zu viert haben wir die Hausdurchsuchung bei Hoffmanns durchgeführt. Eine feudale Villa haben die ja! Der Sohn war sehr nervös, könnte sein, dass er etwas befürchtet. Was wir mitgenommen haben: Zwei Computer, zwei Tagebücher, ziemlich viele private Briefe und so einige Geschäftsunterlagen. Sag ehrlich, Elena, wie zeitkritisch ist der Fall? Können wir allenfalls bis Montag warten, um die Sachen zu sichten?
Danke, Stefan.

[E-Mail von 18:22] Lieber Stefan, kein Problem, geniesse dein Wochenende! Aber gib mir bitte am Montag gleich einen Zwischenbericht. Jens Jespersen und Renate Ritter habe ich ausgequetscht. Ergebnis noch unklar.
Elena.

[E-Mail von 18:38] Danke, Elena! Den Heinz Hoffmann habe ich befragt. Merkwürdiger Typ, zeigt kaum Gefühle über den Verlust seiner Eltern. Habe nichts wirklich Konkretes herausbekommen. Sein mögliches Motiv? Allenfalls Geldgier? Vorläufig komme ich nicht weiter. Schönes Weekend!
Stefan.

Samstag, 18. August 2012

Lange war Renate Ritter allein am Frühstückstisch im Hotel Adler sitzen geblieben, hatte ihre Gedanken schweifen lassen. Bilder aus der Vergangenheit waren vorbeigezogen, hatten geschmerzt und beglückt, weh getan und getröstet. Immer wieder kam ihr der gestrige Disput mit der Kommissarin hoch.

Eine bodenlose Unverschämtheit war das gewesen, so ruppig mit einem Urlaubsgast umzugehen! Renate fühlte sich abgrundtief verletzt, sehr traurig, in ein finsteres Tal der Tränen gestossen. Doch gleichzeitig spürte sie, dass diese Verletzung ihr eine Art von Erleichterung brachte, etwas von dem enormen Druck, der auf ihr gelegen, ihr fast den Atem genommen hatte, wegnahm.

Eigentlich war ja das Schlimmste eingetreten, was für sie überhaupt vorstellbar war: Ihr Ein und Alles im Leben, ihr Leitstern, ihr bis zum Wahnsinn geliebter Horst, war nicht mehr da. Darüber hinaus stand sie sogar im Verdacht, ihn umgebracht zu haben. Sie wusste es tief in ihrem Inneren: Solch eine grausame Zäsur hatte trotzdem zwingend sein müssen, damit sie wieder in ein annehmbares Leben jenseits von Qualen, Eifersucht und Selbstzerfleischung eintreten konnte.

Die Jahre mit Horst zusammen waren das Paradies gewesen, und als er sie daraus verstossen hatte, folgten Jahre des Fegefeuers, des ungestillten Verlangens, des nahezu unerfüllbaren Zwanges, den Geliebten zu sehen, zu hören, ihm nahe zu sein. Ihre Seele hatte in den letzten Jahren ständig zwischen Himmel und Hölle geschwankt, zwischen grösster Hoffnung und tiefster Verzweiflung.

Nichts anderes hatte mehr Platz gehabt in ihrem Leben, es war eine Sucht daraus geworden, die ihr Inneres mehr und mehr auffrass. Jetzt, fühlte sie, war sie im tiefsten Tal der Traurigkeit angelangt. Von hier aus gab es nur zwei Wege, nämlich den einen zur totalen Selbstvernichtung, den anderen zur langsamen, schrittweisen Genesung in ein neues Leben. Letzteren, so ahnte sie, wollte und musste sie wählen! Für sich allein musste sie das angehen!

Renate Ritter ging in ihr Zimmer, packte ihre Zeichen-Utensilien in eine Umhängetasche und zog die leichten Wanderschuhe an. Dann schlenderte sie bis zu den hintersten Häusern von Zermatt, folgte noch eine halbe Stunde dem Wanderweg und setzte sich auf eine Bank, die im lichten Schatten einer mächtigen Lärche stand.

Es war ganz friedlich hier. In der Lärche oben zwitscherten Meisen und Sperlinge um die Wette. Vom Dorf her war kaum etwas zu hören, da der sonst allgegenwärtige Baulärm am Samstag wegfiel. Wanderer kamen nur ganz wenige vorbei, die meisten waren wohl schon längst irgendwo in der Höhe unterwegs. Ab und zu schnüffelte ein Hund, der mit Herrchen Gassi ging, an Renates Schuhen.

Der Ausblick von hier war wunderschön. Gegen Norden zu überblickte sie das gesamte langgestreckte Dorf. Links und rechts davon erhoben sich steile, bewaldete, zum Teil auch felsige Bergflanken, gekrönt von eisbedeckten Gipfeln. Gegen Süden zu stieg das Tal zunächst nur sanft an. Mehrere Alphütten und kleine Sommerweiler waren umgeben von ausgedehnten Wiesen und Weiden, dazwischen eingestreut lagen kleine Waldstücke.

Weiter hinten jedoch wurde das Landschaftsbild sofort schroff und abweisend: Steile Felswände, vom zurückgewichenen Gornergletscher blankgefegt, mit der durch den Fluss tief eingeschnittenen Gornerschlucht, verunmöglichten jegliche Nutzung durch den Menschen. Eine grandiose Naturlandschaft!

Renate legte sich Skizzenbuch und Stifte bereit, und sofort fühlte sie sich deutlich besser. An einem schönen Ort zu sitzen und die Landschaft mit Bleistift oder Farbstift zu skizzieren, das war seit langem ihre Leidenschaft. Dabei konnte sie Zeit, Ort und momentane Sorgen ablegen.

Während der nächsten zwei Stunden war sie absorbiert, weilte bei sich selber; es zählte nur noch, was ihre Augen wahrnahmen und was ihre Hand zu Papier brachte.

Schliesslich, kurz nach Mittag, waren sechs Zeichnungen entstanden. Geistig erschöpft, aber emotional belebt packte Renate Block und Stifte zusammen und wanderte langsam zurück ins Dorf. Und jetzt? Nach Hause fahren konnte sie nicht, sie musste dieser verfluchten Kommissarin noch für mindestens zwei Tage zur Verfügung stehen.

›Na ja‹, sagte sie sich, ›dann schaue ich mir mal das Dorf etwas gründlicher an.‹ Sie kehrte zum Hotel zurück, zog sich um und machte sich auf zum Dorfrundgang.

*

Frauke Fenner hatte nur ein bescheidenes Frühstück eingenommen. Sie fühlte sich müde, aber zufrieden. Der Kurs in Magen-Darm-Diagnostik war wirklich ein Erfolg gewesen, der Abschlussausflug stand bevor. Um sechzehn Uhr würde man zusammen auf den Gornergrat fahren, bis zu diesem Termin hatte sie frei.

Ihre Rücken-, Nacken- und Schulter-Muskulatur fühlte sich verspannt an. Ein Waldlauf würde ihr bestimmt guttun! Sie schlüpfte in ihren Trainingsanzug und verliess das Hotel.

Langsam, jedoch gleichmässig trabend, strebte sie dem Ende des Dorfes zu, bog dann nach links in einen Waldweg ein, der sanft ansteigend den Hang entlang führte. In einer Kurve machte sie Halt, schöpfte Atem und lief dann denselben Weg zurück.

Nach einer knappen Stunde war sie bereits wieder im Hotel, duschte sich, zog einen hellblauen Jupe mit dunkelblauer Bluse an und schminkte sich sorgfältig. Was sollte sie mit der Zeit bis zum Nachmittag noch anfangen?
Ja, genau, endlich einmal gemütlich durch das Dorf flanieren, die Geschäfte in Ruhe betrachten, das eine oder andere einkaufen!
Sie schlüpfte in ihre halbhohen Sandalen und verliess das Hotel.

Sie weilte jetzt schon fast eine Woche in Zermatt, hatte aber von der touristischen Atmosphäre bisher kaum etwas mitbekommen.

Ohne die Todesfälle wäre es für sie eine beinahe normale Arbeitswoche gewesen. Sie hatte jeden Tag mehrere Referate gehalten und realisierte erst jetzt, wie erschöpft sie gewesen war. Nun aber, am Samstagvormittag, fühlte sie sich locker und befreit. Sie lächelte vor sich hin: ›Jetzt bin ich endlich mal eine ganz gewöhnliche deutsche Urlauberin!‹ Genüsslich fügte sie sich in den unaufhörlichen Strom von Touristen ein, der die Dorf-Strasse auf und ab flanierte.

Vor jedem Geschäft blieb sie einen Moment stehen und sah sich die ausgestellten Waren an, seien es nun Kleider, Sportartikel, Souvenirs, Bücher oder Lebensmittel. Zweimal betrat sie ein Modegeschäft, probierte einige Hosen und Blusen, konnte sich jedoch nicht zu einem Kauf entschliessen.

›Etwas muss ich aber doch zur Erinnerung nach Hause mitbringen‹, dachte sie und kaufte in einer Metzgerei ein grosses Stück Trockenfleisch. Als sie auf ihre Uhr sah, erschrak sie.

›Was, schon bald zwei? In einer guten Stunde muss ich ja bereits zurück zum Hotel! Vorher aber will ich noch eine Kleinigkeit essen gehen.‹ Frauke schaute sich um. ›Jawohl, dort hinten, das Café Breithorn sieht sympathisch aus.‹ Sie trat ein und setzte sich in einen der breiten Korbstühle auf der Terrasse.

Die Bedienung kam an den Tisch, und Frauke bestellte eine Omelette mit Schinken und ein Glas Bier. Am Nebentisch sass eine schlanke blonde Frau vor einem grossen Salatteller. Als sich ihre Blicke für einen Moment trafen, lächelte diese und sagte:

»Täusche ich mich, oder klang das eben nach Hamburg?«

»Natürlich, Sie etwa auch?« Beide lachten. »Dann könnten wir uns doch, quasi als Exil-Norddeutsche, auch gleich zusammensetzen?«

Sie gaben sich die Hand. »Fenner.«

»Freut mich, Ritter! Auch alleine im Urlaub?«

Frauke zuckte mit den Achseln. »Ach, Urlaub und Arbeit, wie man's nimmt. Ich habe hier eine medizinische Weiterbildung geleitet, und heute Nachmittag fahren wir gemeinsam zum Abschluss-Event auf den Gornergrat. Aber die Umstände sind nicht gerade erfreulich. Zwei Todesfälle im Hotel, und mich hindert man daran, am Montag heimzufahren.«

Renate machte grosse Augen. »Was, Sie auch? Dann sind wir ja sozusagen Schicksalsgenossinnen.«

Frauke zuckte merklich zusammen. Was sollte das bedeuten? »Wie meinen Sie das? Logieren Sie etwa auch im Hotel Castor?«

Renate lächelte charmant. »Nein, das nicht gerade – aber ich kannte Horst Hoffmann, sogar ziemlich gut. Sie etwa ebenfalls?«

Frauke zögerte, jetzt musste sie vorsichtig sein. »Ja, ehm, verzeihen Sie … aber woher kannten Sie Horst?«

»Ganz einfach! Ich war in seiner Firma als Projektleiterin angestellt. Und dann, ehm…, ergaben sich zusätzlich private Kontakte … «

Frauke war total sprachlos. ›Noch eine ehemalige Geliebte von Horst, und ausgerechnet hier in Zermatt! Ich spinne wohl!‹ Sie beschloss spontan, offen zu sein.

»Also, ich glaube, wir können miteinander Klartext reden. Verstehe ich das jetzt richtig? Sie waren auch mit Horst zusammen?«

Renate begann unbändig zu lachen. »Ich glaube es ja gar nicht, so ein Zufall! Wir sind tatsächlich Schicksalsgenossinnen!« Sie streckte ihre Hand aus. »Ich bin die Renate.«

Ihr Gegenüber schlug sogleich ein und begann ebenfalls zu lachen. »Also so was! Ich heisse Frauke.«

Spontan umarmten sich die beiden Frauen. »Und du wirst ebenso verdächtigt?«, fragte Frauke schliesslich.

»Ja, ich glaube, alle, die Horst gekannt haben, sind potentiell verdächtig.«

»Das ist ja nur das Eine«, meinte Frauke kopfschüttelnd, »aber seine Frau Hilde ist eben auch gestorben.«

»Es ist eine völlig verrückte Geschichte«, erwiderte Renate und rollte mit den Augen.

»Und, hattest du auch schon das zweifelhafte Vergnügen, mit dieser Kommissarin Eyer zu streiten?«

Frauke stutzte. »Vergnügen? Streiten? Nein, mich hat nur Polizeivorsteher Guntern befragt!«

Renate brach in sarkastisches Lachen aus. »Na gut, dann mach dich schon mal auf etwas gefasst! Dieses Weib ist der reinste Teufel; ich glaube, die könnte jedes Schulmädchen zu einem Mordgeständnis bringen.«

»Du hast doch nicht etwa ...?«

»Nein, nein, ich habe nichts gestanden. Ich war's ja auch nicht! Aber sieh dich bloss vor!«

»Vielen Dank für deinen Tipp«, erwiderte Frauke, »aber jetzt muss ich gleich zurück ins Hotel. Wie gesagt, unser Abschlussausflug.« Frauke winkte den Kellner herbei.

*

Bergführer Thomas Taugwalder schüttelte seinen Kunden die Hand, und man ging sogleich zum Du über. Max, Maria und Hanna waren wie vereinbart um acht Uhr zum Bergführerbüro gekommen. Ihre Rucksäcke wogen schwerer als üblich. Taugwalder hatte ihnen eine Liste gegeben was sie alles einpacken mussten:

Warmer Pullover, Windjacke, Handschuhe, Mütze, Regenhose, ein Paar Ersatzsocken, Sonnenschutz, Toilettensachen und Verpflegung für den nächsten Tag.

»Schade, dass wir nicht schon um fünf Uhr gestartet sind«, meinte Thomas Taugwalder schmunzelnd, »sonst hätten wir nämlich zu Fuss zur Hütte hinaufsteigen und unsere Kondition für morgen testen können.«

»Du meinst wohl eher: meine Kondition«, entgegnete Max lachend. »Also, ich bin nicht allzu traurig, meine Kräfte für morgen aufsparen zu können.«

Sie fuhren mit der Metro und der Sesselbahn bis zur Station Blauherd. Von dort war es nur noch eine knappe Stunde bis zum

Berghotel Fluhalp auf 2600 Metern Höhe, wo sie um halb elf ankamen. Das Wetter war phantastisch, der blaue Himmel wölbte sich über die Schneeberge, nur wenige Quellwolken waren zu sehen.

»So«, sagte Bergführer Thomas, »bis zum Abendessen haben wir noch jede Menge Zeit, um für morgen zu üben. Hanna, du bist ja zum ersten Mal auf einer Hochtour dabei. Deshalb üben wir besser zuerst ›im Trockenen‹ das Anseilen, das Gehen mit Steigeisen und die Verhaltensregeln in Fels und Eis. Nach dem Picknick marschieren wir zum Gletscher und kraxeln ein wenig auf dem Eis herum. Und euch alten Hasen«, er blickte augenzwinkernd zu Maria und Max, »wird das Repetieren auch nicht schaden!«

›Oh je‹, dachte Hanna, ›werde ich das so schnell lernen können? Mir wird schon ganz flau im Magen, wenn ich an morgen denke … !‹

»Du hast doch nicht etwa Angst, Hanna?«, fragte Thomas unvermittelt.

»Ehm … nein, nicht direkt, aber … «

Thomas schaute sie an. »Mach dir keine Sorgen, wir schaffen das problemlos. Ich bin ja da, um zu helfen.«

Hanna nickte dankbar und sagte sich: ›Ja, mit dem schaffe ich es!‹

»Also gehen wir ein Stück von der Hütte weg«, sagte der Bergführer und schulterte seinen schweren Rucksack.

*

Die Ärztinnen und Ärzte versammelten sich um sechzehn Uhr vollzählig bei der Talstation der Gornergrat-Bahn. Balthasar Burckhardt, in seiner Eigenschaft als alleiniger Organisator dieses Abschlussausflugs, strahlte. Alle siebzehn Kursteilnehmer hatten sich bei ihm angemeldet, und das Wetter versprach beste Bedingungen.

Schon die halbstündige Fahrt geriet zum grossen Erlebnis. Das Dorf Zermatt liegt in einer relativ engen Talsenke, und der einzige von dort sichtbare Viertausender ist das Matterhorn. Je höher man aber kommt, desto mehr weitet sich der Blick. Immer mehr schneebedeckte Berge erscheinen, bis man schliesslich den 3100 Meter hohen Gornergrat erreicht, der mit seinem einzigartigen Blick auf mehr als dreissig Viertausender und zahlreiche grosse Gletscher begeistert.

Frauke Fenner führte die Gruppe auf die Terrasse des Hotels Gornergrat, wo schon ein Aperitif bereitstand. Die meisten waren zum ersten Mal an diesem wunderschönen Aussichtspunkt und bestaunten sprachlos die im Sonnenschein glitzernde Bergwelt.

Balthasar Burckhardt erläuterte das Panorama. »Hier drüben, linkerhand, dominiert das riesige Massiv des Monte Rosa, mit der Dufourspitze als höchstem Punkt der Schweiz. Unter uns seht ihr den mächtigen Gornergletscher. Aber selbst er ist, wie fast alle Gletscher der Schweiz, in den letzten Jahrzehnten massiv kleiner geworden.

Rechts des Monte Rosa folgen Liskamm, Castor, Pollux und Breithorn, alle weit über viertausend Meter hoch und stark vergletschert. Dann das Matterhorn, das wegen seiner Steilheit im oberen Teil fast eisfrei ist.

Rechts des Matterhorns seht ihr weitere Viertausender, wie Dent Blanche, Obergabelhorn, Zinalrothorn, Weisshorn, Dom, Täschhorn und Alphubel. Ich wage zu behaupten, dass wir hier auf dem schönsten Aussichtspunkt der ganzen Alpen stehen.«

Auch Armin Auer war überwältigt von der herrlichen Schweizer Bergwelt. ›Wenn doch nur Hanna jetzt hier wäre‹, dachte er wehmütig, ›das wäre gerade noch doppelt so schön.‹

Der Aperitif ging zu Ende, es war achtzehn Uhr und wurde langsam kühler auf der Terrasse. Balthasar Burckhardt verkündete das weitere Programm:

»Wir können jetzt unsere Zimmer beziehen und uns ein wenig frisch machen. Um sieben beginnt dann das Abendessen, und um halb zehn treffen wir uns an der Rezeption und steigen in den Beobachtungsturm. Vergesst bitte nicht die warme Kleidung, im Turm erwarte ich eine Temperatur von nur knapp über null Grad.«

*

Um neunzehn Uhr wurde im Speiseraum des Berghotels Fluhalp das Abendessen serviert. Etwa vierzig Personen sassen an den langen Holztischen zusammen.

Das vorherrschende Gesprächsthema betraf, wie üblich, die für morgen geplanten Bergtouren. Rimpfischhorn und Strahlhorn waren die häufigsten Ziele, und einige wollten über den Findelngletscher und den Schwarzberggletscher bis ins Saas-Tal hinüber gelangen. Aber auch vergangene Touren wurden eifrig erwähnt und diskutiert.

Hanna fühlte sich grossartig, fast etwas stolz, hier unter den vielen Bergsteigern sitzen und ihren abenteuerlichen Geschichten lauschen zu dürfen. Ein angenehmes Gefühl von Zusammengehörigkeit herrschte im Raum.

Max wandte sich zum Bergführer. »Sag mal, Thomas, der Name Taugwalder kommt mir so bekannt vor. Waren die nicht als Erste auf dem Matterhorn?«

Thomas nickte. »Ja, Taugwalder ist ein altes Zermatter Bergführer-Geschlecht. Vater und Sohn Taugwalder, die beide Peter mit Vornamen hiessen, waren damals bei der Erstbesteigung des Matterhorns im Jahre 1865 dabei. Der Engländer Edward Whymper war mit drei Landsleuten nach Zermatt gekommen und engagierte drei Bergführer, um diesen Berg endlich zu bezwingen.

Ja, so drückte man das damals wirklich aus! Der Berg wurde vornehmlich als äusserst gefährlicher Gegner betrachtet, den es zu überwinden galt.

Speziell das Matterhorn erwies sich als überaus grausamer Gegner. Vier der sieben Bergsteiger stürzten zu Tode, nur Whymper und die beiden Taugwalders kehrten nach Zermatt zurück. Und in der Tat, dieser junge Peter Taugwalder, damals kaum über zwanzig, ist mein Ururgrossvater. Wäre dieser auch abgestürzt, sässet ihr heute mit einem anderen Führer hier…«

»Wie makaber«, wandte Maria ein.

Thomas lachte. »Ich selber wüsste ja dann nichts davon! Zum Glück werden die Berge heutzutage von den allermeisten Alpinisten nicht mehr als Gegner angesehen, sondern als Freunde, mit denen man wunderschöne Abenteuer erleben kann.

Freilich, es sind keine einfachen Freunde! Oft sind sie abweisend, stürmisch, eiskalt, werfen einem sogar Steine hinterher. Man muss sich ihnen unbedingt anpassen, ihren jeweiligen Charakter kennenlernen, ihre Mienen genau studieren. Aber wenn man es geschafft hat, auf dem Gipfel steht und in die Runde blickt, dann … ja dann… !

Ich kann dieses Gefühl nicht beschreiben, es ist so unmittelbar überwältigend, so elementar berührend; irgendwie geht einem die ganze Welt auf, man bekommt eine Gänsehaut und könnte weinen vor Freude.«

Hanna hatte gebannt zugehört. ›Werde ich morgen auch dieses wunderbare Gefühl erleben dürfen?‹, fragte sie sich.

Thomas erhob sich. »Es ist bald neun Uhr, Zeit für das Kopfkissen! Schliesslich stehen wir morgen früh schon um drei Uhr auf.«

›Oh je, drei Uhr‹, dachte Hanna erschrocken, ›bestimmt fühle ich mich dann völlig zerschlagen! Aber ich muss und will jetzt da durch, schnurgerade hindurch bis zum Gipfelgefühl! Ach, mein Armin, wärst du doch auch hier!‹

*

Das Abendessen im Hotel Gornergrat war opulent gewesen. Eine delikate Pastete, danach eine Kürbissuppe, ein Lachsforellenfilet mit Reis, Rindsbraten mit Kartoffelpüree und Bohnen, zum Nachtisch dann weiche Birnen mit Schokoladencreme.

›Eigentlich wäre ich jetzt müde genug, um gleich schlafen zu gehen‹, dachte Armin Auer insgeheim. ›Aber den Blick durchs Fernrohr darf ich auf keinen Fall verpassen. Ich will doch meiner lieben Hanna davon erzählen können!‹

Punkt halb zehn waren alle bereit. Unter Führung von Balthasar Burckhardt stieg die Gruppe über mehrere Wendeltreppen bis in die Kuppel des Nordturms. Balthasar war schon oft hier gewesen und beherrschte die Bedienung der Geräte. Dicht gedrängt und warm eingepackt standen jetzt die siebzehn Personen im Raum und sahen zu, wie sich die Kuppel motorgetrieben ganz langsam öffnete und die kalte Nachtluft eindrang. Balthasar ergriff das Wort.

»Ich erzähle euch kurz etwas über die Geschichte dieser astronomischen Beobachtungsstationen. Währenddessen können sich eure Augen an die Dunkelheit gewöhnen.

Die beiden Türme an der Westseite des Hotels Gornergrat wurden in den 1960er Jahren mit Kuppeln und Teleskopen versehen, sie dienten fortan der wissenschaftlichen Astronomie. Verschiedene Forschergruppen aus dem In- und Ausland nutzten diese Geräte.

Die Beobachtungsbedingungen hier oben sind recht gut: Eine Höhe von 3100 Metern, viele klare Nächte und wenig Störlicht aus dem Tal. Trotzdem, mit den neu errichteten Forschungsstationen in den Anden kann der Gornergrat längst nicht mehr konkurrieren. Auf diesen Wüstengipfeln ist die Luft eben noch viel trockener und das Störlicht noch weit geringer als hier.

Auf dem Südturm, dort hinten, stand bis 2010 noch ein Radioteleskop im Einsatz, seitdem steht die Kuppel leider leer. Hier, auf dem Nordturm, gab es bis 2006 ein Infrarotteleskop. Seither betreibt eine Privatperson dieses optische Teleskop und bietet Führungen an. Weil ich schon oft hier war und mich auskenne, darf ich heute selber die Führung übernehmen.«

Die Kuppel stand nun ganz offen, unzählige Sterne leuchteten am schwarzen Nachthimmel. Balthasar Burckhardt nahm jetzt das grosse Teleskop – etwa vier Meter lang und fast einen halben

Meter dick – in Betrieb und stellte es auf einen bestimmten Punkt am Himmel ein.

»Nun, unsere heutige Beobachtung beschert uns eine Reise, die uns immer weiter weg von unserer Erde führt, bis tief in die Weiten des Weltalls. Das uns am nächsten liegende Himmelsobjekt, der Mond, ist bereits untergegangen, ebenso die beiden Planeten, die der Sonne näher stehen als die Erde, nämlich Merkur und Venus. Der nächste Planet ausserhalb der Erdumlaufbahn wäre der Mars, aber auch er ist im Moment nicht sichtbar.«

»He, Balthasar«, warf Frauke scherzhaft in die Dunkelheit hinein, »werden wir überhaupt etwas zu sehen bekommen heute Abend?«

Balthasar lachte. »Nur Geduld, Frauke! Die Mühlen des Universums mahlen langsam. Kannst du mir sagen, welcher Planet als nächster folgt?«

Betretenes Schweigen. Endlich wagte es Susanne Strobel: »Dazu gibt es doch so einen Merkspruch: Mein Vater erklärt mir jeden Sonntag unsere neun Planeten. Nicht wahr?«

»Bravo, Susanne! Exakt richtig memoriert. Denn übersetzt heisst das: Merkur, Venus, Erde, Mars, Jupiter, Saturn, Uranus, Neptun, Pluto. Leider stimmt der Merkspruch seit 2006 nicht mehr ganz. Damals hat man dem äussersten Planeten, dem armen kleinen Pluto, an der 26. Generalversammlung der Internationalen Astronomischen Union im tschechischen Prag seinen Status aberkannt und ihn zu der grossen Zahl der Zwergplaneten gestellt.«

»Oh, wie schade«, murmelte es im Publikum.

»Also, die nächsten Planeten ausserhalb des Mars sind Jupiter und Saturn, und beide können wir heute Nacht sogar sehen!«

Ein »Oh« ging durchs Publikum.

»Als erstes stelle ich euch den Jupiter vor. Er ist mit Abstand der grösste Planet unseres Sonnensystems, etwa 300 Mal schwerer als die Erde und auch mit blossem Auge gut zu sehen. Jupiter hat keine feste Oberfläche, sondern ist einfach eine riesige Kugel aus dichtem Gas. Zudem dreht er sich äusserst schnell um sich selbst. Dies führt zu gigantischen Turbulenzen und Wirbelstürmen auf seiner Oberfläche, deren Muster man sehr schön durchs Fernrohr sehen kann. Jupiter besitzt vier grosse Monde und dazu noch einige Dutzend kleinere, die den Planeten umkreisen. Die vier grossen Monde hat schon Galilei im Jahre 1610 mit seinem kleinen Fernrohr entdeckt.

Also, meine Lieben, nun könnt ihr durch das Teleskop einen Blick auf Jupiter und seine Monde werfen. Bitte nicht drängeln und pro Person nicht länger als eine Minute, sonst frieren wir hier noch ein!«

Frauke Fenner durfte als erste ans Fernrohr. »Oh, das ist ja unglaublich, wie viele Details man sieht. Diese farbigen Streifenmuster auf dem Planeten, phantastisch! Und hier, das muss der Schatten eines der Monde sein!«

»Sehr gut beobachtet!«, lobte Balthasar, »und während ihr der Reihe nach alle den Jupiter anschaut, erzähle ich schon etwas über den nächsten Planeten. Saturn, den äussersten noch von blossem Auge sichtbaren Planeten, kennt man seit dem Altertum. Die berühmten Saturn-Ringe wurden ebenfalls 1610 von Galilei entdeckt. Zusätzlich zu den flachen, aus Eis und Gestein bestehenden Ringen wird Saturn von Dutzenden von Monden umkreist. Ein sehr dankbares Objekt für alle Fernrohre.«

Armin Auer war als Letzter ans Teleskop getreten, dafür durfte er als Erster den Saturn anschauen. Er war begeistert, endlich einmal das berühmte Ringsystem direkt betrachten zu können. Viel zu schnell war die Minute um. Er nahm sich spontan vor, nächstes Jahr Hanna zu einer öffentlichen Führung einzuladen.

Balthasar ergriff erneut das Wort. »Die äusseren Planeten, Uranus und Neptun, könnte man im Prinzip auch beobachten, aber das lohnt sich nicht, weil man im Teleskop nur blasse, strukturlose Scheibchen sieht. Deshalb verlassen wir jetzt quasi das Sonnensystem und begeben uns in die Weiten unserer Milchstrasse.

Das prächtigste Objekt für unser Teleskop wäre eigentlich der Orionnebel, aber dieser ist leider nur im Winterhalbjahr gut zu sehen. Fast ebenso eindrücklich ist der sogenannte Krebsnebel im Sternbild Stier, den ich jetzt für euch einstelle.

Als Nebel bezeichnet man in der Astronomie übrigens eine Art Wolke aus heissem und deshalb leuchtendem Gas oder Staub, die man irgendwo im Weltall beobachtet. Oft haben diese Nebelgebilde herrliche Farben und phantastische Umrisse, nach denen sie benannt werden. So gibt es etwa einen Pferdekopfnebel und einen Adlernebel.

Von unserem Krebsnebel hier kennt man sogar die genaue Entstehungsgeschichte. Er ist nämlich der Überrest eines explodierten Sternes. Wenn man die Grösse und die beobachtete Ausdehnungsgeschwindigkeit dieses Nebels zurückrechnet, ergibt sich, dass die Sternexplosion etwa in der Mitte des elften Jahrhunderts von blossem Auge hätte beobachtet werden können.

Und was findet man bei der Recherche? Aus dem Jahre 1054 gibt es rund ein Dutzend Berichte von damaligen Astronomen aus aller Welt über ein aussergewöhnliches Ereignis, nämlich einen neuen Stern, der sogar tagsüber sichtbar gewesen sein soll. Und die alten Angaben über den Standort des neuen Sterns stimmen gut überein mit der Position des Krebsnebels!«

»Unglaublich … «, raunte es im Publikum.

»Und jetzt eine kleine Quizfrage: In welchem Jahr ist dieser Stern explodiert?«

Niemand antwortete. Sich bloss nicht vor den anderen blamieren, das musste ja eine Fangfrage sein!

Schliesslich sagte Frauke Fenner: »Niemand traut sich auf die Äste hinaus. Aus deiner Frage schliesse ich, dass es nicht 1054 war, aber Antwort habe ich trotzdem keine.«

»Ach so«, rief plötzlich Armin Auer, »jetzt habe ich den Trick! Das Licht der Sterne benötigt doch etliche Jahre, bis es bei uns ankommt. Also muss der Stern sicher vor 1054 explodiert sein.«

»Bingo, Armin«, lobte Balthasar, »also müssten wir nur noch wissen, wie weit der Krebsnebel von uns entfernt ist. Es sind rund 6.000 Lichtjahre – das heisst, die Explosion fand bereits etwa 5.000 vor Christus statt!

Zum Abschluss stelle ich euch das am weitesten entfernte Objekt vor, das man gerade noch knapp von blossem Auge sehen kann. Es ist unsere Nachbargalaxie, sozusagen die Schwester unserer Milchstrasse, namentlich die sogenannte Andromeda-Galaxie.

Nun, was ist das, die Milchstrasse? Nichts anderes als die spiralförmige Galaxie, der wir selbst angehören und die wir deshalb als milchähnliches Band quer über den ganzen Himmel betrachten können. Die Andromeda-Galaxie ist ebenfalls spiralförmig und ist zwei Millionen Lichtjahre entfernt, das heisst, so wie wir sie heute im Teleskop sehen, sah sie eigentlich vor zwei Millionen Jahren aus!

Ihr seht also, jede astronomische Beobachtung ist eine Art Zeitreise, eine weite Reise in die Vergangenheit! Ich bitte euch aber jetzt: Vergesst alles, was ich gesagt habe, und geniesst nur den Blick auf die wunderschöne Spirale der Andromeda-Galaxie.«

Balthasar hatte nicht zu viel versprochen, alle waren hellauf begeistert vom Blick durchs Teleskop.

Es war gegen halb zwölf, als siebzehn Gestalten mit mehr oder weniger steifgefrorenen Gliedern vorsichtig die enge Wendeltreppe hinab staksten und die Hotelbar ansteuerten.
Die zweiundzwanzig Grad Wärme in der Bar wirkten wie eine Erlösung. Die Muskeln begannen sich zu entspannen, nach und nach strömte wieder eine wohlige Wärme durch die Glieder. Es war herrlich, sich nach dem langen Stehen in einen der gepolsterten Sessel sinken zu lassen. Hätte Frauke jetzt nicht lautstark dazu aufgerufen, man solle die Getränke bestellen, wären einige wohl gleich sitzend eingeschlafen.

Die meisten bestellten einen Tee Rum oder einen Kaffee Schnaps, und nach einigen Minuten waren alle wieder hellwach und diskutierten eifrig über Planeten und Galaxien. Balthasar wurde natürlich mit Fragen geradezu bombardiert.

Wie gross ist das Weltall? Wie war der Urknall? Haben andere Sterne auch Planeten? Wie finde ich den Polarstern? Warum leuchten die Sterne? Was ist ein schwarzes Loch? Schliesslich wurde es Balthasar zu bunt; er stand auf.

»Liebe Kolleginnen und Kollegen, mit Freude darf ich feststellen, dass euch unser kleiner Einblick in die Tiefen des Universums gefallen hat. Ich verstehe sehr gut, dass es jetzt tausend offene Fragen gibt. Aber eben, Mitternacht ist längst vorbei, und ich sehe mich daher ausserstande, noch all die Fragen zu beantworten.«

» … Womit er nicht etwa meint«, unterbrach ihn Frauke, »er wisse die Antworten gar nicht! Aber im Ernst, Leute – es war total faszinierend, und ich schlage einfach vor, wir beschliessen jetzt den tollen Abend mit einem grossen Applaus für Balthasar.«

Sonntag, 19. August 2012

Hanna hatte schlecht geschlafen. Sie fühlte sich, als hätte sie überhaupt nicht geschlafen. Immer wieder waren ihr im Halbschlaf Bilder von der gestrigen Übung mit Thomas erschienen. Knoten auf, Knoten zu, Karabiner einhängen, wieder aushängen, Steigeisen schnüren, Füsse ganz hoch anheben, Beine etwas seitwärts spreizen, links, rechts, links, rechts …

Das Licht im Schlafraum war angegangen, und acht müde Menschen drehten sich noch mal unter der Decke, gähnten und stöhnten. Drei Uhr! Als erste stand die Frau neben Hanna auf und begann sich gähnend anzukleiden. Das war das Zeichen; auch die anderen gaben sich einen Ruck und erhoben sich langsam. Niemand sprach ein Wort, es sah aus wie ein pantomimisches Theater.

Sich noch die Augen reibend, trat Hanna in den Gang und stiess fast mit Max und Maria zusammen, die in einem anderen Raum geschlafen hatten.

»Guten Morgen, Hanna«, grüsste Max, der schon ziemlich munter war, »ist die Dame vielleicht noch etwas müde?«

Maria legte Hanna eine Hand auf die Schulter. »Mach dir nichts draus! Auch ich bin noch hundemüde.«

Sie gingen hinunter zum Speiseraum, wo das Frühstück schon bereitstand. Thomas Taugwalder begrüsste seine Kunden, fröhlich grinsend:

»Na, alle schön ausgeschlafen? Ihr könnt euch freuen, ein herrlicher Tag erwartet uns. Punkt vier Uhr marschieren wir ab.«

Hanna versuchte, noch nicht an den Abmarsch um vier Uhr zu denken. Sie hatte sich eine Tasse Kaffee geholt und sass jetzt mit halbgeschlossenen Augen am Frühstückstisch. ›Ich bringe doch kein Essen runter um diese Zeit! Aber ich weiss schon, ich muss unbedingt etwas essen, sonst werde ich wahrscheinlich schon am ersten Steilhang umkippen.‹

Schliesslich hatte Hanna doch zwei Stück Brot mit Käse geschafft und spülte alles mit einer zweiten Tasse Kaffee hinunter. Dann ging sie zur Türe und trat ins Freie.

Die kalte Nachtluft machte sie augenblicklich ein Stück munterer. Ein riesiger, glitzernder Sternenhimmel wölbte sich über sie, die schmale Mondsichel stand tief im Westen. Im Süden war, auf einem Berggrat, ganz schwach die Silhouette des Hotels Gornergrat auszumachen.

›Dort drin schläft mein Armin jetzt friedlich, ach wäre er doch hier!‹

Hanna reihte sich in die Warteschlange ein, die sich vor den zwei winzigen Toilettenhäuschen gebildet hatte. Die Rucksäcke hatte man schon am Vorabend gepackt. Wie erwartungsvoll und abenteuerlustig standen sie neben den Betten bereit. Kurz vor vier Uhr holte Hanna den ihren und trat vor das Haus, wo sich schon etwa dreissig marschbereite Leute versammelt hatten.

Noch immer war kein Schimmer des herannahenden Morgens zu sehen. Ende Juni wäre es jetzt schon ein kleines bisschen hell gewesen, aber Mitte August beginnt der Tag eben erst eine Stunde später. Man schaltete die Stirnlampen ein, und Thomas

Taugwalder erläuterte nochmals kurz den Verlauf der Aufstiegsroute.

»Die ersten zwei Stunden steigen wir, noch ohne Seil, auf Wegspuren einen steinigen Abhang empor. Bis dahin sind wir richtig warmgelaufen. Auf etwa 3300 Metern Höhe betreten wir angeseilt den Längfluegletscher. Kurz darauf folgt wieder felsiges Gelände, und danach geht es erneut ein längeres Stück den Gletscher hoch.

Auf einer Höhe von 3800 Metern beginnt der Gipfelaufbau des Rimpfischhorns. Die letzten 400 Höhenmeter kraxeln wir die steilen Felsen hoch, technisch überhaupt nicht schwierig, aber in dieser Höhenlage doch anstrengend. Die Verhältnisse am Berg sind heute, nach der eiskalten Nacht, absolut optimal. Ich rechne damit, dass wir gegen neun Uhr auf dem Gipfel sind.«

Hanna fröstelte, aussen von der kalten Luft, inwendig von der gespannten Erwartung. Würde sie es wirklich schaffen? Im Moment spürte sie mehr Zweifel als Zuversicht. Aber schliesslich waren Max und Maria dabei, fünfunddreissig Jahre älter als sie – da musste sie doch mithalten können! Thomas gab das Zeichen zum Aufbruch.

Gegen halb sechs Uhr war es hell genug geworden, dass sie die Stirnlampen ausschalten und versorgen konnten. Messerscharf hoben sich ringsum die Berggrate schwarz vom heller werdenden Himmel ab, und die schmale Mondsichel näherte sich dem Horizont.

Die Alpinisten vermochten diese traumhafte Stimmung jedoch nur eingeschränkt zu geniessen, da die steinige Wegspur, die sich im Zickzack den steilen Berghang hochzog, volle Konzentration verlangte, um nicht zu stolpern. Zum Glück hatte Thomas die Kondition seiner Gäste richtig eingeschätzt und ein langsames Tempo angeschlagen. Die Zeit spielte bei diesen Wetterverhältnissen keine Rolle; die Tour durfte heute ohne weiteres auch länger dauern als üblich, da weder Schneerutsche noch Steinschlag zu befürchten waren.

Trotz des gemächlichen Tempos war Max schon ziemlich ausser Atem, während Maria und Hanna noch locker mithielten. Um zehn nach sechs leuchteten die ersten Bergspitzen rosarot in der aufgehenden Sonne, und ungefähr dreissig Minuten später hatte der Feuerball die Lücke zwischen Rimpfischhorn und Allalinhorn erreicht, beschien mit seinen Strahlen die aufsteigende Vierergruppe.

Fast gleichzeitig hatten sie alle den Rand des Längfluegletschers erreicht. Gleissend strahlte die weite Eisfläche im Morgenlicht.

»Ja, es stimmt, die Luft wird immer dünner, die Strahlung immer stärker«, keuchte Max, setzte sich auf einen Felsblock und zog die Sonnenbrille an.

»Das sagt schon die Physik«, meinte Thomas, leicht sarkastisch, und bewilligte zehn Minuten Pause. Auch Maria und Hanna setzten sich und gönnten sich je einen Schluck Tee und einen Schokoriegel. Hanna schaute sich lange um und ergriff dann Marias Hand.

»Ach, es ist so schön hier, ich bin überglücklich.«

Maria lächelte nur still zurück.

»Denkt daran«, ermahnte Thomas und erhob sich, »es wird jetzt schnell warm im Aufstieg, packt besser gleich den Pullover in den Rucksack.«

Auch Max stand auf, verstaute die warmen Kleider und ächzte: »Jetzt packen wir's, es sind ja nur noch 800 Höhenmeter bis zum Gipfel … «

Thomas rollte sein Bergseil aus. »Ausnahmsweise können wir heute alle vier am selben Seil gehen. Das Gelände ist ziemlich einfach, die Verhältnisse in Fels und Eis sind sehr gut. Vermutlich werden wir die Steigeisen gar nicht brauchen, doch es ist immer besser, man hat sie dabei.«

Hanna versuchte, sich an die gestrige Übung zu erinnern. Wie ging doch gleich dieser elende Knoten im Seil – zuerst nach links oder nach rechts, und danach aufwärts oder abwärts? Alles schien wie weggeblasen. Wie peinlich! Hilflos stand sie da und schaute Thomas an.

»Alles klar«, amüsierte sich dieser, »das frühmorgendliche Blackout! Ich zeige es dir gerne noch mal.« Fünf Minuten später zog die Seilschaft los über das Firnfeld.

»So, jetzt absolvieren wir unsere erste kleine Kletterpartie.« Thomas Taugwalder stand am Fusse der Felsen und berührte den nächststehenden kurz mit seiner Hand.

»Noch etwas kühl, aber trocken, ideal zum Steigen. Keine Angst, es ist nicht schwierig, sieht nur etwas steil aus.«

Skeptisch blickte Hanna die dunkelgrauen Felsen hoch. ›Da hinauf soll ich?‹ Aber ihr blieb keine Zeit zum Zweifeln, schon hatte Thomas die ersten Meter erklettert, und Hanna musste, als Zweite am Seil, wohl oder übel nachsteigen. Sie nahm all ihren Mut zusammen, setzte zaghaft den rechten Schuh auf einen Tritt im Fels, fasste mit den Händen zwei kleine, eiskalte Griffe, zog sich etwas hoch, setzte den linken Schuh auf einen neuen Tritt, suchte den nächsten für den rechten Schuh, einen Griff für die linke Hand, neue Tritte, wieder Griffe, neue Tritte, wieder Griffe und so weiter …

»Was, ich bin ja schon oben! Das ging jetzt aber schnell!« Hanna blieb stehen und blickte ungläubig zurück zu den Felsen, die sie soeben erstiegen hatte.

Thomas lachte sie an: »Siehst du, das ist eben das Geheimnis des Kletterns. Du bist im Fels … deine ganze Konzentration gilt dem nächsten Tritt, dem nächsten Griff, alles ringsherum verschwindet immer mehr, wird bedeutungslos, es gibt nur noch dich und den Fels, du bist im Hier und Jetzt. Die Wand lockt dich mit winzigen Rissen und Griffen, sie lacht dich an mit einem Sims zum Ausruhen, sie reisst dir die Haut weg mit scharfen Kanten, sie verleitet dich mit einem breiten Riss. Manchmal verhöhnt sie dich mit lockeren Steinen, beschimpft dich mit einem grifflosen Überhang.

Du tauchst ein in ein zeitloses Abenteuer, und nach der letzten Seillänge tauchst du plötzlich wieder auf, vom Stein neu geboren, von der Senkrechten erquickt, von der Gefahr geläutert. Dann fühlst du dich im Himmel.«

»Mann, bist du poetisch«, meinte Hanna anerkennend.

Soeben waren auch Max und Maria angekommen. Es war sieben Uhr, sie hatten eine Höhe von 3500 Metern erreicht. Vor ihnen dehnte sich, nicht sehr steil ansteigend, blendend weiss der oberste Teil des Längfluegletschers aus, und dahinter ragte die Gipfelpyramide des Rimpfischhorns empor. Maria blickte sorgenvoll zu Max, dann in Richtung Gipfel und wieder zu Max.

»Wirst du es schaffen?‹

Max schaute sehnsüchtig zum Gipfel empor. Er war beim Klettern stark ins Schnaufen gekommen, aber jetzt atmete er wieder ruhig und gleichmässig.

»Haben wir wirklich genug Zeit?«, fragte er zweifelnd.

Thomas legte ihm seine freie Hand auf die Schulter.

»Ganz sicher, Max. Wir schalten beim Tempo noch einen Gang zurück, dann wirst du es gut schaffen. Und da es für diese Höhe nicht allzu warm ist heute, werden wir auch beim Abstieg noch gute Schneebedingungen antreffen.«

Dankbar schaute Max seinen Bergführer an.

Mit gleichmässigen, langsamen Schritten ging es allmählich die weite, weisse Fläche empor. Der immer noch hart gefrorene Schnee knirschte unter den Schuhen, gleichzeitig trieben Anstrengung und Sonnenwärme den Schweiss aus allen Poren.

Weiter oben auf dem Gletscher sah Hanna noch drei andere Seilschaften aufsteigen, ab und zu leuchtete zwischen den Felsen der Gipfelpyramide ein farbiger Punkt auf. Das musste eine Jacke oder eine Hose in einer der obersten Gruppen sein.

›Wir sind wohl die Hintersten‹, überlegte sie, ›aber ich bin ja dankbar, dass wir so langsam steigen, da vermag ich wunderbar mitzuhalten. Und ebenso froh bin ich, dass die Steigeisen im Rucksack bleiben. Mit diesen spitzen Dingern an den Schuhen, da müsste man doppelt so gut aufpassen, um keinen Fehltritt zu machen … ‹

»So, der Gipfel ruft uns jetzt endgültig«, meinte Thomas schmunzelnd, als sie den Übergang vom Gletscher zum obersten

Felsmassiv hinter sich gebracht hatten. »Noch die letzten 400 Höhenmeter, in einer guten Stunde sind wir oben.«

Max keuchte schon bedrohlich, aber auch Maria und Hanna hatten ihre Atemfrequenz seit dem Aufbruch fast verdoppeln müssen, um noch genügend Sauerstoff für den Aufstieg ins Blut zu bekommen. Nur der Bergführer atmete nach wie vor langsam und gleichmässig, als wäre er im Tal unterwegs. Schliesslich bestieg er während der Sommersaison alle zwei oder drei Tage einen Viertausender.

Max atmete jetzt wieder ruhiger. Er gab das Zeichen, dass er bereit sei, und Thomas stieg in die Felsen ein. Das Gelände war zwar steil, aber überall hatte es gute Tritte und Griffe im Fels. Niemand sprach ein Wort; ausser den Atemgeräuschen, dem Klacken der Schuhsohlen und dem Schleifen des Seiles war nichts zu hören.

Hanna spürte, wie ihr Selbstvertrauen gewachsen war, wie sie nach und nach wieder eintauchte in den Bann des Kletterns, der stummen Zwiesprache mit dem Fels, der totalen Konzentration auf das Hier und Jetzt. Stets hatte sie nur gerade die nächsten paar Meter im Blick, nie erlag sie der Versuchung, nach links oder rechts in die Tiefe zu blicken. Sie wusste es, ganz bestimmt würde ihr sonst schwindlig werden! Noch verstärkt durch den Sauerstoffmangel, fühlte sie sich wie in Trance, beinahe automatisch folgte Tritt auf Tritt, Griff auf Griff.

Auf einmal drang, zunächst ganz leise, ein Stimmengewirr an ihre Ohren. Mit jedem ihrer Schritte wurde es deutlicher, und erst als sie den Kopf hob, realisierte sie, dass der Gipfel keine dreissig Meter mehr entfernt war. Unwillkürlich blieb sie stehen, ein unbeschreibliches Gefühl der Erleichterung breitete sich in ihr aus.

Sie hatte es geschafft! Hanna fühlte Tränen aufsteigen, Gänsehaut an den Armen, ihre Knie wurden weich und begannen zu zittern. Sie schlug die Hände vor das Gesicht und schluchzte laut auf. Unterdessen waren Max und Maria von hinten herangekommen.

Erschrocken fragte Maria: »Was ist, geht's dir nicht gut?«

Hanna umarmte sie, drückte sie fest an sich und wisperte: »Noch nie im Leben ist es mir so gut gegangen!«

*

Nach dem ausgiebigen Frühstück waren die Kursteilnehmer nochmals auf die Terrasse des Hotels Gornergrat getreten. Die Sonne stand schon ziemlich hoch am Himmel, rundum strahlten die schneebedeckten Berge im vollen Licht. Armin Auer setzte die Sonnenbrille auf und schaute auf die Uhr.

›Wo Hanna wohl jetzt ist? Vielleicht schon auf dem Gipfel? Ach, wenn das nur gut geht!‹

Frauke Fenner trat ein letztes Mal vor die Gruppe hin. »Meine Lieben, ich möchte hier auf dem Gornergrat unseren Kurs offiziell beenden und danke euch herzlich fürs Mitmachen. Das fulminante Finale hier oben, am wahrscheinlich schönsten Ort der Schweiz, haben wir dem Kollegen Burckhardt zu verdanken. Hier eine kleine Anerkennung, Balthasar.«

Unter grossem Applaus erhielt Balthasar einen Dreierkarton Walliser Wein überreicht. Seinerseits bedankte er sich im Namen des ganzen Kurses bei Frauke für die perfekte Organisation und die sehr kompetente Leitung. Unter nochmaligem Applaus tauschten Frauke und Balthasar zum Abschluss drei Wangenküsschen.

Man holte das Gepäck und bestieg um halb elf Uhr den Zug nach Zermatt hinunter. Einige der Kursteilnehmer reisten dann gleich weiter nach Hause, andere wollten noch ein paar Tage im Ferienort bleiben. Armin Auer ging zum Hotel und legte sich in seinem Zimmer für ein Stündchen aufs Ohr. Am Vorabend war es doch sehr spät geworden.

Als er erwachte, war es fast ein Uhr. Wo mochte wohl jetzt Hanna sein? Sicher auf dem Abstieg, vielleicht bald schon in der Hütte? ›Wenn nur nichts passiert ist!‹ Armin lief es kalt den Rücken hinunter. Er sehnte sich schrecklich nach Hanna, ihrem

Lächeln, ihren Augen, ihren Händen ... Armin stand auf, zog seine Wanderschuhe an, nahm seine Windjacke und verliess das Hotel.

*

Eine halbe Stunde verbrachten Hanna, Maria, Max und ihr Führer auf dem Gipfel des Rimpfischhorns. Es war immer noch fast windstill und angenehm warm. Ausser ein paar kleinen weissen Wölkchen war der Himmel tiefblau, die Luft kristallklar, die Rundsicht überwältigend. Linkerhand erstreckte sich die riesige, völlig vergletscherte Bergkette vom Monte Rosa bis zum Breithorn, im Zentrum stand der einsame Monolith des Matterhorns, und auch rechterhand folgte ein Viertausender dem anderen, von der Dent Blanche über das Weisshorn bis zum Täschhorn und Allalinhorn.

Obwohl die Anspannung der letzten Stunden etwas gewichen war, spürte Hanna nach wie vor keinen Hunger. Sie wusste aber, dass sie sich zum Essen zwingen musste, ass ein grosses Stück Salami mit Brot und trank fast einen Liter Tee dazu.

Auch Max und Maria waren überglücklich, dass sie es geschafft hatten, man tauschte mehrmals Gipfelküsse aus.

Max strahlte. »Thomas ... ich bin dir äusserst dankbar, dass du mich bis hierher geschleppt hast. Ohne deine stete Ermunterung und deine Rücksicht auf mein Tempo hätte ich das nie geschafft. Und«, Max wies mit dem Arm nach Norden, zum nahen Allalinhorn, »wir sind ja sogar noch etwas höher gekommen als im letzten Sommer, das ist ein Höhenrekord für mich!«

Thomas erhob sich. »Ihr alle dürft stolz sein auf eure Leistung. Aber auch wenn es hier noch so schön ist, müssen wir uns doch bald auf den Rückweg machen. Und denkt bitte daran, beim Abstieg passieren mehr Unfälle als beim Aufstieg, weil man müde ist und sich schlechter konzentriert. Also passt auf und schaut immer ganz genau, wohin der Fuss als nächstes tritt.«

Schon bei den ersten Schritten des Abstiegs spürte Hanna, wie müde sie eigentlich war, dass ihre Oberschenkel zitterten, ihre Knie sich weich wie Pudding anfühlten, ihre Waden zu schmerzen begannen, ihre Fussmuskeln kaum mehr mithalten konnten.

Thomas bemerkte es sofort. »Ich weiss, ihr seid jetzt alle sehr müde, die Muskeln verweigern sich, bekommen zu wenig Sauerstoff. Macht jetzt ganz langsam, bleibt immer wieder kurz stehen. Da oben ist das schlimmste Stück, unten auf dem Gletscher wird es dann fast schon wieder gemütlich!«

›Du hast gut lachen‹, dachte Hanna und biss auf die Zähne. Aber es wurde tatsächlich immer besser, je weiter der Abstieg fortschritt. Die Muskeln fanden allmählich ihren Rhythmus wieder, der Sauerstoffgehalt der Luft stieg an, das Gelände wurde weniger steil.

Der allerletzte Teil des Rückwegs zur Hütte forderte aber nochmals alles. Nach 1500 Höhenmetern Abstieg liefen Muskeln und Gelenke hart am Limit, und der steinige Pfad verlangte höchste Konzentration. Mehr als einmal geriet Hanna ins Straucheln und konnte sich erst im letzten Moment noch auffangen.

Endlich! Die Hütte war erreicht, man konnte den Rucksack loswerden und sich einfach auf eine Bank fallen lassen. Mehr als zehn Stunden waren sie unterwegs gewesen, und nur auf dem Gipfel hatte es eine längere Pause gegeben.

Bergführer Taugwalder wurde mit kräftigem Händedruck und grossem Dankeschön verabschiedet. Er musste sich gleich auf den Weg machen, da er am folgenden Tag schon die nächste Tour zu leiten hatte.

Maria, Max und Hanna holten sich an der Selbstbedienungstheke ein Stück Aprikosenkuchen mit einer grossen Flasche Wasser und setzten sich draussen vor der Hauswand unter einen Sonnenschirm. Der Kuchen war bald verzehrt, das Wasser getrunken, die Luft warm, und bald spürte Hanna, wie eine Welle grosser Müdigkeit sie umfing. Sie lehnte sich an die Hauswand zurück, die Augen fielen ihr zu, sie dämmerte nach und nach davon.

Traumbildsequenzen glitten über sie hinweg, von gleissender Sonne, riesigen Schneefeldern, senkrechten Felsen, grossen Tritten, kleinen Griffen, Knoten im Seil, Küssen auf dem Gipfel … Aber was geschah denn jetzt? Unvermittelt wurde es dunkler um sie, etwas Weiches drückte auf ihre Augen, auf ihre Stirn …

»Nein!« Hanna war mit einem Aufschrei erwacht. Oder träumte sie immer noch? Das war doch unmöglich! Vor ihr stand Armin und lachte aus vollem Halse.

»Na, Überraschung gelungen oder nicht?«

Hanna war sprachlos. Armin war eigens hier herauf gekommen, um sie abzuholen, und das nach der schönsten Bergtour ihres Lebens! War ein grösseres Glück überhaupt noch denkbar? Doch sofort fiel ein grosser Schatten auf ihr Gemüt. Mama und Papa standen ihr vor Augen, nie mehr würde sie ihre Lieben sehen können …

Hannas Augen verschleierten sich, Tränen kamen hervor, liefen eine nach der anderen an den Nasenflanken hinunter bis zum Mund. Hanna stand auf, umarmte Armin stürmisch und begann hemmungslos zu schluchzen. Armin wiegte sie sanft hin und her.

»Mein starkes und tapferes Mädchen. Hast es geschafft, wie schön.«

*

Der Empfang im Hotel Castor war schlicht phänomenal. Armin hatte rechtzeitig per SMS die ungefähre Ankunftszeit durchgegeben, und als sie kurz vor sechs Uhr eintrafen, war alles bereit. Etwa dreissig Personen standen vor dem Hoteleingang, links und rechts des Weges, Spalier, hoben ihre Arme und hiessen die Gipfelstürmer mit lautem Hurra willkommen.

In der offenen Türe standen Bruno und Brigitte Biner und klatschten in die Hände. Bruno überreichte Maria und Hanna je einen Blumenstrauss, Max erhielt von Brigitte eine Flasche Wein und Belinda machte Fotos. In der Halle umarmten sich Maria und Hanna nochmals, beiden standen Tränen der Rührung in den Augen. Auch Benno und Barbara Braun eilten herbei, gratulierten und luden sie zu einem Aperitif ein.

»Um sieben im Wintergarten.«

Hanna ging in ihr Zimmer, um zu duschen und sich umzuziehen. Noch nie in ihrem Leben hatte sie sich gleichzeitig so müde und so glücklich gefühlt. Als sie danach die Treppe ins Erdgeschoss hinuntersteigen wollte, begannen ihre Knie so stark zu schlottern, dass sie um ein Haar gestürzt wäre. Erschrocken hielt sie inne.

›Wie kann man bloss so schlapp sein?‹

Sich auf den Handlauf stützend, stieg sie langsam und vorsichtig hinunter. ›Wie eine alte Frau, ich in fünfzig Jahren‹, kam ihr in den Sinn, und sie musste schmunzeln.

Im Wintergarten war schon alles vorbereitet. Champagner, Weisswein, ein riesiges silbernes Tablett mit leckeren Häppchen.

»Auf deinen allerersten Viertausender«, lobte Benno und stiess mit Hanna an. »Weisst du, in jungen Jahren haben Barbara und ich auch solche verrückten Sachen gemacht. Im Jahre 1976 waren wir auf der Dent Blanche, 1978 auf dem Matterhorn und 1981 auf der Monte Rosa. Und das soll nur eine kleine Auswahl sein. Unser letzter Viertausender war 1989 der Piz Bernina.«

»Alle Achtung, das habe ich gar nicht gewusst!«, staunte Hanna. »Vorerst jedenfalls habe ich genug davon. Meine Knie schlottern derart, dass ich nicht mal mehr die Treppe sicher hinunter komme.«

Benno grinste nur dazu. Jetzt kam auch Barbara hinzu und lächelte vielsagend. »Ich gratuliere dir nicht nur zu deiner ersten Hochtour – nein, auch zu deinem neuen, charmanten Begleiter!«

Hanna wurde zuerst verlegen. »Oh, ist das schon überall bekannt … ?« Dann aber gab sie sich einen Ruck und dachte: ›Ja, ich stehe zu ihm. Sollen es doch ruhig alle sehen!‹ »Danke, Armin ist wirklich wunderbar.«

Plötzlich kam von hinten Monika angerannt und umarmte Hanna stürmisch. Eng umschlungen blieben die beiden

Freundinnen eine Weile zusammen stehen. Monika flüsterte: »Ich bin so stolz auf dich, liebe Hanna. Das hätte ich dir ehrlich nie zugetraut!«

Als letzte trudelten Martin und Rolf zum Aperitif ein und gratulierten den Gipfelstürmern.

Montag, 20. August 2012

Klara Kalbermatten kam um halb acht Uhr in ihr Büro, schaltete den Computer ein und legte die Zeitungen, die sie aus dem Briefkasten vor dem Haus genommen hatte, auf den Tisch. ›Was wird wohl heute, am Montag, über unsere Todesfälle berichtet?‹, fragte sie sich.

Wie jeden Tag nahm sie zuerst die grosse Boulevard-Zeitung zur Hand. Oh je, schon wieder auf der Titelseite!

WAR ES DOPPELMORD? stand dort in riesigen Lettern, darunter ein längerer Artikel über das deutsche Ehepaar und die polizeilichen Ermittlungen. Der letzte Satz lautete: Ob wohl Kommissarin Eyer aus Brig Erfolg haben wird?

›Ja, ja‹, dachte Klara, ›immer diese reisserischen Titel, das gefällt offenbar den Leuten. Immerhin, die Elena Eyer, die ist wirklich gut, sie wird bestimmt Erfolg haben.‹

Klara schaute noch im Internet nach, was die Deutsche Presse zum Fall berichtete und atmete auf. Nur das Hamburger Abendblatt hatte eine kleine Notiz gebracht, sonst war nichts zu finden.

Da klopfte es, wie fast jeden Morgen um diese Zeit, an die Glasscheibe. Walter Werlen winkte, und Klara ging öffnen. »Morgen, Walter, hast du die heutigen Schlagzeilen schon gesehen?«

»Tag, Klara, das habe ich. Aber das soll uns nicht stören. Ich bin ja froh, dass Elena Eyer den Fall übernommen hat. Unsere Dorfpolizisten wären da hoffnungslos überfordert gewesen. Und, Hut ab, sie haben es sogar selber gemerkt! Dir einen schönen Tag, Klara!«

Sie winkte ihm nach. ›Ja, der Walter, dachte sie, ein feiner Typ! Und wie wir uns gegenseitig leben und arbeiten lassen, einfach grossartig! Zum Glück hat er mir ja nie den Hof gemacht. Am Ende wäre ich sogar noch schwach geworden … Vielleicht hat er auch gemerkt, dass ich nicht so fürs Feste, Endgültige geboren bin, mit Familie, Haus und Hund … dass ich eben lieber meine Freiheit behalte.

Aber ab und zu eine Affäre mit einem hübschen Touristen, warum auch nicht?‹ Klara schmunzelte in sich hinein.

*

Kurz vor halb neun traf Elena, von Brig her kommend, im Büro des Polizeipostens ein. Gregor und Paul sassen, bei offener Türe, im Sitzungszimmer und besprachen die Pendenzen. Elena winkte ihnen zu.

»Na, ihr beiden Hübschen, ein gutes Wochenende gehabt?«

»Ja, schon«, antwortete Gregor als erster, »ausnahmsweise waren wir gestern mal alle fünf zusammen unterwegs. Ich schaffte es, meine vier Damen zu einer langen Familienwanderung bis zur Schönbühlhütte zu überreden. Es war traumhaft schön!«

»So sportlich wie du war ich nicht«, sagte Paul, »ich fuhr bloss mit der Bahn auf die Riffelalp, bin etwas rumspaziert und habe dann im Schatten einer Lärche meinen Krimi fertig gelesen.«

»Und?«, warf Elena ein. »Hat dich der Krimi zur Lösung unseres Zermatter Falles inspiriert?«

Paul sah fragend zu Elena auf. »Im Moment sehe ich da keine Verbindung. Aber wer weiss, was noch auf uns zukommt?«

»Sehr richtig!«, antwortete Elena. »Es kommt schon bald etwas auf uns zu. Nämlich der Jens Jespersen, den ich auf neun Uhr bestellt habe.«

»Bitte, Herr Jespersen, nehmen Sie Platz.« Elena Eyer betrachtete ihr Gegenüber. Wirkte der Mann eine Spur weniger selbstsicher als beim letzten Mal, oder täuschte sie sich?

»Herr Jespersen, es sieht schlecht aus für Sie, ausgesprochen schlecht sogar! Sie erinnern sich an das kleine Szenario, das ich Ihnen am Freitag vorgestellt habe? Mord aus Rache und Eifersucht? Nun, unterdessen haben wir Indizien gefunden, die nicht gerade zu Ihren Gunsten sprechen. Oder können Sie mir erklären, wie ein Fläschchen mit Zyankali in den Abfalleimer hinter der Bartheke gekommen ist?«

Jespersen blieb äusserlich ruhig, aber die ihm ins Gesicht aufsteigende Röte machte seine Erregung sichtbar.

»Was soll dieser Scheiss? Zyankali bei mir? Ich weiss von gar nichts. Das müsste dann irgendjemand dort hineingeworfen haben.«

»So, irgendjemand? Das tönt nicht gerade überzeugend. Und dann, am Tag darauf – was hatten Sie in Hilde Hoffmanns Zimmer zu suchen, unmittelbar vor ihrem Tod?«

Jespersens Augen weiteten sich. »Wer hat das behauptet?« Seine Stimme war hart und laut geworden.

»Sie wurden gesehen, Jespersen. Ohne jeden Zweifel.«

Einige Sekunden lang herrschte absolute Stille im Raum. Schweisstropfen bildeten sich auf Jespersens Stirn, sein Atem hatte sich beschleunigt, sein Blick irrte hin und her. Plötzlich fixierte er die Kommissarin.

»Gut, ich will es Ihnen erklären! Und ich wette mit Ihnen, Sie werden mir bestimmt nicht glauben.

Es stimmt, ich habe Hilde früher mal geliebt, aber das ist längst vorbei. Seit ich aus Hamburg weggezogen bin, habe ich sie nur noch, jeweils im Sommer, hier in Zermatt gesehen. Ich freute mich jedes Mal darauf, mit ihr ein paar Worte zu wechseln. Da ist es ja nur menschlich, dass ich nach dem Tod ihres Mannes mit ihr sprechen wollte.

Am Dienstagvormittag hatte ich auswärts zu tun und kam erst gegen vierzehn Uhr ins Hotel zurück. Da ich Hilde nirgends sah, ging ich zu ihrem Zimmer und klopfte an. Es kam keine Antwort, aber die Türe war unverschlossen. Ich trat ein und sah sie auf dem Bett liegen. Sie war tot!

Zuerst fiel ich fast um vor Schreck, doch dann geriet ich in Panik. Natürlich müsste ich es sofort melden. Aber was dann? Ich im Zimmer meiner Ex-Geliebten und sie tot, da musste doch der Verdacht auf mich fallen! Sie war ja nie krank gewesen, sie konnte nicht einfach so gestorben sein! Wie gesagt, ich war total in Panik und machte mich aus dem Staub.«

Elena blickte zu Paul, der eine skeptische Miene zeigte, dann wieder zurück zu Jespersen.

»Na gut, Sie haben gewonnen. Allerdings nur Ihre Wette. Die Geschichte klingt tatsächlich wie aus einem Märchen.«

Langsam trat Verzweiflung in Jespersens Gesicht. »Ich weiss es. Aber was soll ich machen? Beweisen kann ich gar nichts!«

»Gut. Sie können gehen.«

*

[E-Mail von 11:41] Liebe Elena, wir haben jetzt Hoffmanns Briefe und Tagebücher gesichtet. Ziemlich ergiebig! Du findest Kopien aller wichtigen Stellen im Anhang. Computer sollten bis morgen früh ausgewertet sein.
Gruss, Stefan.

Elena Eyer lehnte sich im Bürostuhl zurück. ›Da bin ich aber mal sehr gespannt!‹ Sie öffnete den ersten Anhang und begann zu lesen. Es waren Eintragungen im elektronischen Tagebuch von Hilde Hoffmann.

»Oh, so war das also!«, rief sie spontan schon beim Lesen der ersten Seite aus. Niemand hörte es, Paul Pfammatter war auswärts im Einsatz. Die kopierten Eintragungen waren schön nach Datum sortiert:

6.8.2011: Hört denn das nie mehr auf mit Jens? Ich antworte einfach nicht, irgendwann muss er es doch begreifen!

15.9.2011: Immer wieder diese lästigen Mails von Jens. Ruhig bleiben!

11.10.2011: Martin macht mir seit einer Woche heftige Avancen. Mag ihn schon, aber doch nicht so!

25.10.2011: Martin wird immer drängender. Wehre ab. Hoffentlich merkt Horst nichts.

10.11.2011: Martin ist so verliebt, tut mir fast leid. Was soll ich nur tun?

26.11.2011: Martin fleht und bettelt. Habe ihn Händchen halten lassen.

30.11.2011: Martin ist lieb. Haben uns lange geküsst.

5.12.2011: Wollte eigentlich nicht, aber habe mich gehenlassen. War mit ihm im Bett. Schön!

14.12.2011: Bereue es. Nicht wegen Horst, der macht ja selber Seitensprünge. Aber Martin will immer mehr. Und ich bin 22 Jahre älter als er! Wohin soll das führen?

23.12.2011: Merke, ich muss Schluss machen, ich muss. Aber kann ich es?

7.1.2012: Bringe es noch nicht übers Herz. Hänge ich wirklich so an ihm?

17.1.2012: Habe ihm erklärt, ich könne und wolle definitiv nicht mehr. Heulen und Betteln.

15.2.2012: Es wäre besser, wenn Martin mich nicht mehr sehen dürfte. Aber er kommt immer, sitzt da und schaut mich flehend an wie ein Hund.

11.3.2012: Es wird nicht besser, es ist eine Qual. Horst kapiert natürlich wieder mal nichts.

29.3.2012: Martin droht, sich etwas anzutun. Aber ich kann doch nicht nur deswegen … ? Was soll ich machen?

14.5.2012: Schon wieder Jens! Er freue sich auf mich in Zermatt. Lächerlich!

Elena seufzte. ›Was für merkwürdige Geschichten doch das Leben schreibt! Was hat Jespersen eben gesagt, seine Liebe zu Hilde sei längst vorbei? Da zumindest lügt er, er hat sie ja immer wieder bedrängt. Aber hat das etwas mit den Todesfällen zu tun? Jedenfalls muss ich diesen Martin Maier auch noch genauer unter die Lupe nehmen.‹

Der folgende Mail-Anhang enthielt ein paar Kopien aus Horst Hoffmanns Tagebuch.

›Erstaunlich‹, dachte Elena, ›es kommt wirklich selten vor, dass Männer ein Tagebuch führen.‹

15.10.2011: Der Zwischenabschluss sieht gar nicht gut aus, die Lage spitzt sich zu.

29.10.2011: Immer wieder diese R., die mir auflauert. Extrem lästig!

26.11.2011: Lagebesprechung mit dem Finanzchef. Düstere Aussichten. Kaum Kredite in Sicht.

7.12.2011: Kann R. einfach nicht fernhalten, trotz mehr als deutlichen Worten.

20.2.2012: Alle Kreditbegehren abgelehnt. Wie weiter?

28.2.2012: Verfolge in Gedanken meine rettende Idee. Kann sie funktionieren?

7.3.2012: Sie muss funktionieren! Es ist ja meine einzige Chance!

19.3.2012: Soll ich R. einklagen? Würde gern, aber was bringt es schlussendlich?

29.3.2012: Brief an F. ist bereit. Traue mich noch nicht, ihn abzuschicken.

4.4.2012: Brief an F. abgeschickt! Ich zittere vor Angst und Erwartung.

27.5.2012: Keine Antwort von F. erhalten. Zweiten Brief abgeschickt!

21.7.2012: Immer noch keine Antwort von F. erhalten. Drohung verschärft im dritten Brief!

Elena musste schmunzeln. ›Die Frau schreibt die Namen aus, der Mann kürzt sie ab. Aber so schwierig macht es das auch nicht. Mit R. dürfte mit grosser Wahrscheinlichkeit Renate Ritter gemeint sein. Das andere tönt ganz nach einer veritablen Erpressung. Aber wer ist F.?‹

Elena schloss ihre Augen und überlegte. ›Könnte damit Frauke Fenner gemeint sein? Gut möglich. Die wird Augen machen, wenn ich sie damit konfrontiere! Muss ich bei ihr eine Hausdurchsuchung beantragen? Ach nein, vorläufig nicht. Fenner hat ja auf jeden Fall ihren Laptop nach Zermatt mitgenommen. Zunächst knacken wir mal den! Zur Durchsuchung des Hotelzimmers brauche ich keine Erlaubnis des Staatsanwalts, das liegt in meiner Kompetenz. Genau so kann ich es bei Martin Maier machen, sofern der sein Gerät hier hat.‹

Elena ging ins Nebenzimmer. »Du, Gregor, wir müssen so rasch wie möglich die Hotelzimmer von Frauke Fenner und Martin Maier durchsuchen. Vor allem ihre Laptops brauche ich. Hier hast du meine unterschriebene Anordnung. Hast du Zeit?«

»Bin schon unterwegs … «

Anschliessend rief Elena dann ihren Vorgesetzten Arnold Amsteg in Brig an.

»Hallo Arnold, hier Elena. Hausdurchsuchungsbefehl für Jespersen unterwegs? Bestens! Wie ich sonst so vorwärtskomme? Nicht schlecht. Es ist sehr komplex, aber langsam dämmern die Erkenntnisse… Als nächstes müsste ich auf die Schnelle zwei oder eventuell drei Laptops, die sich hier in Zermatt befinden, ausgewertet haben. Meinst du, Simon könnte das erledigen – oder müssten wir in Sion nachfragen? Aha, gut, und Simon hat Zeit? Ich kann die Geräte noch heute oder morgen früh bringen lassen? Wunderbar, herzlichen Dank, Arnold!«

[E-Mail von 13:54] Lieber Stefan, vielen Dank für alles! Bin gespannt auf die PC-Auswertung.
Elena.

»Oh, das ging aber echt schnell, Gregor! Hattest du keine Schwierigkeiten?«

Gregor Guntern legte zwei Laptops auf Elenas Schreibtisch. »Gar nicht. Direktor Biner kam ohne Widerrede mit mir, er hat ja auch ein berechtigtes Interesse daran, den Ruf seines Hotels wiederherzustellen. Die Fenner war zum Glück abwesend, die hätte wohl getobt! Der Maier war im Zimmer und liess alles wortlos über sich ergehen.«

»Wer hätte heute noch Zeit, um nach Brig zu fahren und die Geräte bei Simon Schweizer abzugeben?«

»Das kann ich machen!«

»Vielen Dank, Gregor, und lass Simon bitte ausrichten: Alles das, was nach Liebe oder Erpressung tönt, interessiert mich brennend. Schönen Feierabend!«

»Dir auch, Elena!«

*

»Frau Hoffmann, Telefon für Sie! Ihr Bruder!«
Anna Aufdenblatten war in den Wintergarten geeilt, wo sie, wie erwartet, Hanna Hoffmann fand. Diese eilte zur Telefonkabine neben der Rezeption. ›Wieder typisch für Heinz‹, dachte sie, ›dass er nicht mit dem Handy anruft. Immer sparsam!‹

»Tag, Schwesterlein«, meldete er sich wie immer. »Ich habe jetzt alles Notwendige organisiert. Zum Glück hat mir Katharina geholfen, allein wäre ich noch lange nicht fertig.

Übermorgen, am Mittwoch, fährt ein Wagen nach Brig und überführt die sterblichen Überreste unserer Eltern nach Hamburg. Der Fahrer benötigt dazu noch ein Papier der Kantonspolizei Wallis. Ich habe die Zusicherung, es läge bis Mittwoch vor.

Am Montag, 27. August, findet die Abdankungsfeier statt, um 10 Uhr in der Marienkapelle. Die Einladungen wurden heute verschickt, für den Montag ist alles perfekt organisiert. Somit bleibt für dich in Zermatt nichts mehr zu tun. Eigentlich könntest du sofort heimfahren.«

»Oh, vielen Dank, Heinz. Aber ich bleibe lieber noch einige Tage bei meinen Freunden hier. Spätestens am Samstagabend bin ich zuhause.«

»Aha? Na gut, wenn dir das lieber ist! Bis dann also.«

Hanna ging in ihr Zimmer und fühlte sich unendlich einsam. ›Meine Eltern sind tot, mein Bruder scheint mir eiskalt, gefühllos, weit weg zu sein. Ach, ist das traurig – Armin, meine einzige Stütze, bitte, bitte, bleib bei mir, hab mich lieb … ‹

Hanna sank auf ihr Bett und vergoss bittere Tränen.

*

Monika Maier und Rolf Reimer fühlten sich ziemlich erschöpft, als sie sich, Hand in Hand, dem Hotel Castor näherten. Die Tour war lang gewesen! Das Wetter hatte sich am Morgen so schön angelassen, dass Monika beim Frühstück sagte, es sei allerhöchste Zeit, dass Rolf endlich seinen ersten Dreitausender bewältige, und eine Tour zum Unterrothorn vorschlug.

Natürlich war Rolf, der norddeutsche Flachländer, sofort von dem Vorhaben begeistert! Mit der Zermatter ›Metro‹ fuhren sie zur Sunnegga und wanderten dann auf nahezu ebenem Gelände bis zum Bergrestaurant Tuftern, wo der Weg Richtung Ritzengrat anzusteigen begann. Immer steiler und steiniger schraubte sich der Pfad in die Höhe. Schliesslich war der Grat erreicht, welcher sich, schmal und sachte ansteigend, bis zum Gipfel des Unterrothorns auf 3100 Metern über Meer hinzog.

Rolf blieb stehen, schöpfte Atem und sah sich bewegt um. »Wunderschön hier! Ich hätte niemals geglaubt, dass die Bergwelt so faszinierend sein könnte.«

Monika war überglücklich. Natürlich hatte sie immer gehofft, dass auch Rolf mit ihren geliebten Bergen etwas anzufangen wüsste, aber sie war in dieser Hinsicht bis zuletzt unsicher geblieben. Sie umarmte Rolf und gab ihm einen langen, innigen Kuss.

Rolf, obwohl er sich zum ersten Mal auf dieser Höhe befand, zeigte keinerlei Ermüdungserscheinungen, und eine gute Stunde später standen sie auf dem Gipfel. Nach einer kurzen Rast stiegen sie auf einer kürzeren Route ab und erreichten, mit schon ziemlich weichen Knien, wieder die Sunnegga. Bereits um vier Uhr waren sie zurück im Castor.

»Was machen wir jetzt noch mit dem angebrochenen Nachmittag?«, fragte Monika.

»Also wenn du mich fragst«, erwiderte Rolf, »ich würde mich jetzt gerne gemütlich in den sonnigen Wintergarten setzen, eine Tasse Tee trinken und etwas vor mich hin dösen.«

»Machen wir, aber zuerst wird geduscht!«
Kaum hatten es sich Monika und Rolf im Wintergarten so richtig gemütlich gemacht, wurden sie schon wieder gestört.

»Hallo, ihr beiden Verliebten!«, tönte es freundlich von hinten. Benno und Barbara Braun, mit einem wild wedelnden Blacky im Gefolge, näherten sich ihrem Tisch.

»Offenbar seid ihr am Ausruhen! Was habt ihr denn unternommen heute?«, fragte Benno.

Rolf streckte beide Daumen in die Höhe und strahlte die beiden an. »Mein erster Dreitausender!«

»Bravo, Rolf, mein Flachlandjunge!«, meinte Barbara und gab Rolf ein Wangenküsschen. Grosses Gelächter.

»Kommt, setzt euch zu uns«, lud Monika ein. »Und ihr? Wieder seltene Blumen gefunden?« Barbara und Benno setzten sich und bestellten bei Belinda zwei grosse Bier.

»Ja, das war wirklich ein wunderschöner Tag«, begann Benno begeistert. »Wir konnten sozusagen zwei Fliegen mit einer Klappe schlagen. Einerseits die traumhafte Aussicht vom Gornergrat geniessen, andererseits die aussergewöhnliche Flora dieser Region erkunden.«

»Und Blacky, konnte er mithalten?«, fragte Monika.

Barbara lächelte, ihre blauen Augen leuchteten. »So, wie wir die Wanderungen anzugehen pflegen, schon. Das ist ja unser Heimvorteil für uns, ehm, Jungsenioren – wir können jederzeit den alten Blacky vorschützen, wenn wir nicht allzu weit wandern wollen; nicht wahr, Benno?«

Dieser nickte lachend, und Barbara fuhr fort: »Also, wir liessen uns gemütlich mit der Bahn zum Gornergrat hinauf fahren, sassen dort eine Stunde lang auf der Sonnenterrasse und wanderten dann langsam hinunter bis zum Riffelberg. Ich langweile euch jetzt nicht mit Pflanzennamen, aber für uns war die Ausbeute an seltenen Arten spektakulär.«

»Willst du nicht wenigstens *Carex maritima*, die binsenblättrige Segge, erwähnen?« stichelte Benno.

Monika lachte. »Vielen Dank, das reicht mir bereits. Wie lange beschäftigt ihr euch eigentlich schon mit der Alpenflora?«

Benno antwortete: »Oh, das sind schon einige Jährchen! Wisst ihr, ich habe ja in meinen jungen Jahren Pharmazie studiert, da hat man automatisch mit der Botanik und den Heilpflanzen zu tun. Aber schon in der Gymnasialzeit hat mich alles an der Biologie interessiert. Und zum Glück«, zwinkerte er Barbara zu, »konnte ich auch meine Gemahlin für die Pflanzen begeistern.«

»Also hör mal!«, erhob Barbara Einspruch, »das hat mich schon vor deiner Zeit sehr interessiert! Aber klar, Benno war mir immer zwei Schritte voraus, was die Kenntnisse betrifft. Ich konnte und kann immer noch sehr viel von ihm lernen, zumal er ein geduldiger Lehrer ist.«

»Danke für die Blumen, meine Liebe. Später, als ich meine eigene Apotheke führte, war die Freizeit leider ständig knapp, und die Botanik musste quasi auf Sparflamme laufen. Aber seit sieben Jahren können wir privatisieren und unser schönes Hobby wieder richtig ausleben.«

»Und wie ist es dir ergangen seit dem letzten Sommer, Monika?«, fragte Barbara.

Monika gähnte zunächst einmal ausgiebig. »Müde, wie du siehst … nein, im Ernst, es geht mir bestens! Ich war einfach extrem urlaubsreif, nach den strengen Monaten im Spital. Wisst ihr, seit letztem Herbst arbeite ich in der Chirurgie am Niederdorfer Krankenhaus. Ich will zwar nicht Chirurgin werden, aber ein

Jahr Assistenz in der Chirurgie ist auch für uns Allgemeinmediziner nun einmal vorgeschrieben. Die Arbeit ist total spannend und lehrreich, aber der Stress gross.

Vor allem die letzten paar Wochen waren sehr anstrengend. Schichtdienst, Nachtdienst, dazu viel mehr Notfälle als üblich, kaum eine Nacht mit mehr als fünf Stunden Schlaf. Rolf habe ich nur noch sporadisch gesehen.«

Dieser unterbrach: »Aber jetzt sind wir doch zusammen hier und geniessen unseren Urlaub sehr.« Zärtlich fuhr Rolf Monika übers Haar. »Meine arme Ärztin, du warst ja total ausgepowert.«

Monika lächelte und zog ihn sanft am Pferdeschwanz.

Barbara sagte: »Rolf, erzähl doch mal ein wenig von dir!«

Rolf lehnte sich zurück und strich sich eine Haarsträhne aus der Stirn. »Also, ich bin im Münsterland aufgewachsen und habe in München Physik studiert. Nach dem Doktorat erhielt ich von meinem Professor ein Angebot, in einem Forschungsprojekt mitzuarbeiten. Grob beschrieben, geht es darum, noch effizientere Windkraftanlagen zu entwickeln. Ich arbeite vor allem am theoretischen Teil; es sind komplizierte Formeln der Aerodynamik, die es auszuarbeiten gilt.

Aber lassen wir das. Viel lieber erzähle ich euch, wie ich im letzten September Monika kennenlernen durfte. Es war auf einer Antrittsvorlesung von Monikas Chefin, die sich habilitiert hatte. Weil das Thema, Aspekte der Höhenkrankheit, mich interessierte, bin ich hingegangen.

Monika war mit einer Gruppe von Kollegen da, doch der Stuhl unmittelbar neben ihr war noch frei. Vom Vortrag bekam ich dann praktisch nichts mit ... « – Gelächter am Tisch – »weil ich immer wieder meine Nachbarin aus den Augenwinkeln anschauen musste. Von Minute zu Minute gefiel sie mir besser. Was für eine schöne Frau!«

Monika zwickte Rolf in den Arm. »Also, jetzt schalte mal einen Gang runter!«

Rolf liess sich nicht beirren. »Nun, was sollte ich tun? Leider bin ich ziemlich schüchtern, und da ich merkte, dass sie nicht allein gekommen war, wagte ich es nicht, sie anzusprechen. Ich hielt mich jedoch beim anschliessenden Aperitif in ihrer Nähe auf und hoffte auf einen günstigen Zufall.

Und er kam! Monika fragte ihre Kollegen, wo sich denn die nächste Damentoilette befinde. Niemand wusste es – und ich konnte als Retter einspringen.

Ich begleitete sie auf die Toilette – ehm, nein, natürlich nur bis vor die Türe – und wartete, um sie wieder zurückzubringen. Erstaunlicherweise nahm sie mir das überhaupt nicht übel, sie schien es sogar zu schätzen – und ich war schon beinahe im siebenten Himmel … !«

»Wie romantisch«, schwärmte Barbara seufzend und liess ihre blauen Augen leuchten. »Und du, Monika – wie hast du selber das erlebt?«

Monika lachte. »Ja, klar bekam ich mit, dass mich mein Sitznachbar anstarrte, tat aber nichts, um ihn zu ermuntern. Beim Aufstehen sah ich ihn kurz an und wusste dann immerhin, dass er nicht unsympathisch aussah. Natürlich merkte ich beim Aperitif, dass er sich dauernd in meiner Nähe aufhielt, er ist ja auch mit über einem Meter neunzig nicht zu übersehen. Schliesslich kam ich auf den kleinen Trick mit der Toilette … «

»Wie bitte!«, rief Rolf entgeistert, »willst du damit etwa sagen, das sei Absicht gewesen?«

Monika lächelte charmant: »Wer weiss? Vielleicht muss man dem Zufall manchmal etwas nachhelfen … «

Rolf schüttelte den Kopf und zog Monika sanft am Ohr. »Also so was höre ich heute zum ersten Mal. Aber wie dem auch sei, wir verabredeten uns gleich für den nächsten Abend, und danach ging es ziemlich schnell.«

Benno kommentierte: »Eine sehr schöne Liebesgeschichte. Und wenn mich meine Einschätzung nicht täuscht, wird sie noch lange andauern.«

Monika und Rolf sahen einander an, nahmen sich zunächst nur bei den Händen und küssten sich schliesslich.

Dienstag, 21. August 2012

Frauke Fenner ärgerte sich masslos. ›Was fällt denen ein, mein Hotelzimmer ohne meine Anwesenheit zu durchstöbern und meinen Laptop zu beschlagnahmen? Ob so etwas wohl legal ist? Ich muss sofort meinen Anwalt einschalten! Gut, den Horst bin ich los. So eine Frechheit, eine Million zu verlangen!‹

Frauke stieg aus der Dusche und trocknete sich ab.

›Aber eigentlich … was könnten sie schon finden bei mir? Ich habe schliesslich alles sauber entsorgt. Ob sie Horsts Erpresserbriefe gefunden haben? Na egal! Viel schlimmer wäre es, wenn die Uni auf die falschen Ideen käme. Könnte ich dort noch irgendetwas verbessern? Eigentlich kaum.

War ich doch eine dumme Kuh! Wie bin ich nur auf diese blödsinnige Idee gekommen, in so einer schwachen Stunde dem Horst Andeutungen zu machen – und eben leider ziemlich konkrete!

Immerhin habe ich daraus gelernt, und mit seinen Nachfolgern ist mir das nie mehr passiert. Genau dasselbe mit den heissen Fotos. Eine richtige Jugendsünde, könnte man sagen, wenn mir diese Dummheit nicht mit achtunddreissig unterlaufen wäre …‹

Frauke lachte laut heraus. Sie zog ihre Unterwäsche an und betrachtete sich im Spiegel. ›Doch, ich kann zufrieden sein. Die Figur stimmt noch, für mein Alter sogar sehr. Was ziehe ich heute an? Am besten dasselbe wie vor einer Woche, das hat ja mächtig Eindruck gemacht auf den Polizeivorsteher!‹

Rasch zog sich Frauke fertig an und setzte sich vor den Schminkspiegel. Nach zwanzig Minuten war sie mit dem Resultat zufrieden, verliess ihr Zimmer und stöckelte die Treppe hinunter.

›Ach, wie habe ich doch die Nase voll von diesem Zermatt! Ich storniere meine letzte Nacht im Hotel und fahre heute schon los, gleich nach dem Interview mit dieser Kommissarin. Gegen Abend werde ich dann schon in Baden-Württemberg sein. Dort suche ich mir ein hübsches Zimmer zum Schlafen. Vielleicht am Kaiserstuhl?‹

Frauke erreichte das Frühstücksbuffet und nahm sich erst einmal eine Tasse Kaffee.

*

[E-Mail von 08:59] Liebe Elena, die Festplatten-Auswertung dürfte dich zufriedenstellen. Das sieht ja bei Horst Hoffmann nach einer veritablen Erpressungsgeschichte aus!
Gruss, Stefan.

»Komm mal her, Paul!«, rief Elena ihren Kollegen zu sich, »es wird jetzt richtig spannend!«

Paul Pfammatter war nach wie vor vollkommen hingerissen von Elenas Erscheinung. Heute trug sie eine rosa Bluse und dazu enge rote Hosen. Der Kontrast zu ihren samtig schimmernden schwarzen Haaren und ihren dunklen Augen kam ihm überwältigend vor.

›Wie soll ich nur an sie herankommen? Ach, es ist hoffnungslos, ich habe doch keine Chance, bin einfach viel zu scheu.‹

»Ich komme!«, rief er und rollte seinen Bürostuhl zu ihrem Schreibtisch. Elena öffnete die Anhänge der E-Mail.

»Aha, fein«, bemerkte sie, »da haben die Computerspezialisten wieder ganze Arbeit geleistet! Weisst du, Paul, die Leute löschen ihre Dateien am PC und glauben, sie seien dann unwiederbringlich weg. Irrtum! In den meisten Fällen können unsere Spezialisten die Daten rekonstruieren. Und – Simsalabim – die geheimen Daten stehen offen vor unseren Augen.«

Paul lachte laut heraus. »Du gefällst mir wirklich, Elena.« Er erschrak über sich selber. ›Oh je, habe ich zu viel gesagt? Es ist mir so rausgerutscht.‹

Elena lächelte. »Du bist auch in Ordnung, Paul!«

›Was soll ich damit anfangen? Ich möchte nicht in Ordnung sein, Himmel noch mal, ich möchte dich, Elena … ‹

»Na also«, freute sich Elena nach dem ersten Blick auf den Mail-Anhang, »meine Intuition hat doch recht gehabt, F. steht tatsächlich für Frauke! Paul, hier haben wir zunächst die Erpresserbriefe von Horst Hoffmann an Frauke Fenner, seine hübsche und reiche Ex-Geliebte.«

[Brief datiert 29.3.2012] Werte Frauke, unsere schöne gemeinsame Zeit ist zwar seit längerem vorbei, trotzdem muss ich dich noch einmal belästigen. Meine Firma steht vor dem Konkurs, ich erhalte keinen Kredit mehr und benötige Geld. Ich weiss einiges Brisantes aus deiner Vergangenheit. Mit einer Million wäre ich gerettet, und du hättest deine Ruhe. Horst.

[Brief datiert 26.5.2012] Liebe Frauke, leider haben wir uns noch nicht gefunden. Du erinnerst dich sicher, was du mir Hübsches erzählt hast damals. Mal hier einige Ergebnisse frisiert, mal dort ein paar Zahlen erfunden. Wenn ich das bekanntmache, bist du geliefert. Also rücke das Geld heraus, dann schweige ich. Horst.

[Brief datiert 21.7.2012] Werte Frauke, leider haben wir uns immer noch nicht verstanden. Ich brauche dein Geld dringend, deshalb muss ich andere Saiten aufziehen. In genau einem Monat werde ich deiner Uni einen hübschen Brief schreiben, mit detaillierter Beschreibung deiner Plagiate und Datenfälschungen. Zudem habe ich noch einige sehr nette Fotos von dir, so ganz hüllenlos und sexy. Das wäre deiner Karriere auch nicht gerade förderlich. Horst.

Paul war begeistert. So etwas Abgründiges hatte der Dorfpolizist noch nie erlebt. Erpressung auf eine Million!

»Das ist ja der Hammer! Elena, ist das nicht ein perfektes Motiv zum Mord?«

Elena grinste. »Du vergisst das Alibi. Frauke Fenner kann unmöglich das Gift in Horsts Glas geschüttet haben, denn sie hielt sich nachweislich bis nach Mitternacht im Hotel Metropole auf.«

Paul begann mächtig zu schwitzen. ›Verdammt, schon wieder blamiert!‹

Elena prüfte als nächstes die Auswertungen von Hilde Hoffmanns Laptop. »Bei Hilde finde ich gar nichts Auffälliges. Weder Martin Maier noch Jens Jespersen kommen da vor. Aber die sind ja schon im Tagebuch ausführlich erwähnt.«

[E-Mail von 10:22] Lieber Stefan, gratuliere, ausgezeichnete Arbeit deiner PC-Spezialisten! Habe Fenner auf elf Uhr zu mir bestellt.

Gruss, Elena.

*

»Guten Tag, Frau Fenner, nehmen Sie bitte Platz.«

»Doktor Fenner, wenn ich bitten darf!«

›Oh‹, dachte Elena, ›die versucht aber mit dem Holzhammer Eindruck zu schinden! Allerdings, ihr Outfit ist wirklich beeindruckend. Fehlte nur noch, dass ich ihr ein Kompliment machte … und eigentlich ist sie derselbe Typ wie Renate Ritter. Der Geschmack dieses Horsts zeigt sich langsam. Nun, auch die Fenner werde ich nur mit gnadenlosem Provozieren knacken können …
‹

»Ja, Frau Doktor Fenner, leider müssen Sie uns nochmals zur Verfügung stehen. Wegen der ungeklärten Todesfälle im Hotel waren wir gezwungen, in Hamburg einige Recherchen machen zu lassen. Dabei sind doch sehr erstaunliche Ergebnisse zutage gekommen. Sie kannten den Verstorbenen Horst Hoffmann gut, als seine frühere Geliebte sogar sehr gut.

Anscheinend haben Sie dabei ein paar Fehler gemacht. Ich darf Sie doch als reife Frau bezeichnen? Nun frage ich mich: erzählt eine reife Frau ihrem Geliebten von dunklen Stellen in ihrer wissenschaftlichen Laufbahn? Lässt eine reife Frau sich freiwillig in Evas Kostüm ablichten?«

Frauke Fenner biss sich auf die Lippen; sie musste sich mit aller Kraft zusammennehmen, um dieser Kommissarin nicht sofort an die Gurgel zu springen. ›Verdammt, diese Ziege mit ihrer reifen Frau. Jetzt einfach cool bleiben!‹

»Muss sich die reife Frau dann wundern, wenn erheblich später, nämlich bei passender Gelegenheit, hübsch formulierte Erpresserbriefe eintreffen? Zumal sie genügend Geld auf der Seite hat?

Und sitzt die reife Frau dann nicht in der Zwickmühle? Eine Million abgeben – oder die Karriere ist ruiniert! Ist das eine tragbare Wahl für eine reife, intelligente Frau, die auf dem Sprung zur Professur steht?«

›Jetzt hör endlich auf! Hör endlich auf, du Ziege!‹, schrie Frauke in sich hinein.

Elena Eyer lächelte charmant. »Die reife, intelligente Frau macht sich also Gedanken. Gibt es einen Ausweg? Sie weiss, ihr Widersacher und sie werden zur gleichen Zeit im selben Hotel sein. Zufall oder organisiert? Spielt keine Rolle, es ist vielleicht *die* Gelegenheit!

Die reife, intelligente Frau kennt ihren Ex, der wird spätabends in der Hotelbar stehen. Na also? Warum nicht, unauffällig im Trubel der vollbesetzten Bar, ihm ein Wässerchen ins Glas schmuggeln?

Die reife, intelligente Frau zaudert nicht lange, sondern trifft ihre Entscheidung. Was meinen Sie dazu, Frau, ehm, Doktor Fenner?«

Elena Eyer musste tief durchatmen. Uff, war das aber anstrengend gewesen, diese Salve loszulassen!

Frauke Fenner lehnte sich zurück und dachte einen Moment nach. Mit einem spöttischen Lächeln sagte sie:

»Kompliment, Frau Kommissarin, Sie wissen ja bereits alles! Nur das mit dem Wässerchen, das klappt überhaupt nicht, weil ich ja nachweislich gar nicht in dieser Bar war.«

Elena Eyer lächelte zurück. »Gut – die reife, intelligente Frau hat auch das Alibi nicht vergessen. Aber dieses Detail werden wir auch noch knacken. Sie bleiben bis auf weiteres in Zermatt und halten sich zu unserer Verfügung. Danke und auf Wiedersehen, Frau, ehm, Fenner.«

Frauke Fenner erhob sich, blickte wutentbrannt auf die Kommissarin und fauchte: »Sie haben nichts in der Hand, keinerlei Beweise! Warum sollte ich dann hierbleiben?«

Elena Eyer erwiderte ganz ruhig: »Bitte sehr, die nächste Instanz für eine Beschwerde wäre das Kriminalkommissariat in Brig.«

Fenner packte ihre Handtasche und verliess wortlos den Raum.

*

»Grandios, Elena, du hast sie so richtig zur Schnecke gemacht!« Paul strahlte.

»Vielleicht, Paul, aber wir sind noch nicht am Ende. Ihr Alibi ist leider wasserdicht. Um vierzehn Uhr kommt Martin Maier. Dann sehen wir weiter. Also, bis dann.«

Elena Eyer verliess nun die Polizeiwache, kaufte sich im nächsten Laden ein Sandwich und spazierte gemütlich zu ihrem Hotel zurück. In ihrem Zimmer ass sie ihr Brot, legte sich dann aufs Bett und dachte nach.

›Also, die Erpressungsgeschichte ist ziemlich klar. Aber hat sie mit Hoffmanns Tod zu tun? Es sieht so aus, als hätte Hoffmann noch gar keine Antwort von der Fenner erhalten. Oder haben wir sie womöglich übersehen? In seinem letzten Brief vom 21. Juli setzte Horst eine Frist von einem Monat fest, aber bis zu seinem Tod sind seither nur drei Wochen vergangen.

Wenn Frauke noch nicht geantwortet hat, ist ein Suizid eher unwahrscheinlich. Warum sollte er sich umbringen, ohne vorher die Antwort auf seinen Erpressungsversuch abzuwarten?

Und ein Mord? Fenner selbst kann es tatsächlich nicht gewesen sein. Wenn schon, müsste sie jemanden gedungen haben. Möglich?

Dann ist da diese Renate Ritter. Normalerweise bringt ja eine Stalkerin das Objekt ihrer Begierde nicht um. Aber wenn der Druck zu gross wird, die Sucht zu stark, das eigene Leben aus den Fugen gerät, nicht mehr zu ertragen ist – wer weiss? Diese Ritter müssen wir uns vielleicht nochmals vornehmen.

Und was ist mit dem Tod von Hilde Hoffmann? Anscheinend war auch sie Aktionen vom Typ ›Seitensprung‹ nicht ganz abgeneigt.

Immer wieder komme ich auf diesen Martin Maier zurück. Ein undurchsichtiger Typ! Leidenschaftlich verliebt in diese um 22 Jahre ältere Frau, wird er zurückgewiesen und gedemütigt. Kannte er andere Liebhaber von ihr? Was würde es ihm nützen, ihren Ehemann umzubringen? Oder hat er sogar, aus rasender Enttäuschung, Hilde selbst getötet?

Aber auch das ist eigentlich unmöglich, sein Alibi stimmt. Zwischen 13.30 und 17 Uhr war er mit fünf Zeugen auf einer Wanderung. Hilde Hoffmann hat jedoch nachweislich um 13.45 Uhr noch gelebt und war spätestens um 16 Uhr tot. Ausser dieser kleinen Dosis Atropin und einem Schlafmittel haben wir keine Hinweise auf ein langsamer wirkendes Gift entdeckt.

Sehr verdächtig ist immer noch dieser Jespersen. Er hatte Hilde nachweislich bedrängt und war, wie er zugibt, in ihrem Zimmer gewesen, kurz nachdem die Fenner sie verlassen hatte. Auch das notwendige Wissen, wie man jemanden beseitigen kann, ohne dabei verräterische Spuren zu hinterlassen, dürfte Jespersen aus seiner Zeit in der Medizinalfirma durchaus besitzen.

Allerdings hat die Durchsuchung seiner Wohnung Null Ergebnis gebracht, nicht den kleinsten Hinweis auf Hoffmanns. Die letzte Hoffnung ist sein Computer, der morgen in Brig ausgewertet wird.

Was haben wir sonst noch übersehen? Ein anderes Tötungsmotiv als Eifersucht kann ich mir in Hildes Fall nicht vorstellen. Oder könnten doch die Kinder so stark auf ein Erbe gierig sein? Die Hanna sicher nicht, aber bei Heinz wäre ich nicht so ganz überzeugt.

Aber halt, Hoffmanns Firma war ja verschuldet! Andererseits, die grosse Familienvilla hätte sich bestimmt sehr gut verkaufen lassen. Und Heinz Hoffmann hat tatsächlich kein Alibi! Er kam gegen 15 Uhr ins Hotel zurück und blieb dann, wie er selbst sagt, in seinem Zimmer, aber bestätigen kann dies niemand. Wir müssen etwas übersehen haben … aber was?‹

*

Etwas traurig blickte Hanna zu Armin, während sie gemeinsam frühstückten.

»Spätestens in vier Tagen, am Samstag früh, muss ich schon abfahren, damit ich abends in Hamburg bin. Und du, Armin, bleibst du noch länger hier?«

»Natürlich fahre ich mit dir, meine Liebe. Was sollte ich allein in Zermatt?«

Hanna atmete erleichtert auf.

»Und falls es dir recht ist, bin ich gerne an der Abdankung dabei.«

»Oh, Armin, das freut mich sehr!«

»Aber«, fuhr dieser fort, »die Murmeltiere vom Brunnen gehen mir nicht aus dem Kopf. Die müssen wir unbedingt noch in lebendiger Version sehen!«

»Selbstverständlich!«, erwiderte Hanna, »heute ist gutes Wetter, da fahren wir am besten zum Schwarzsee hinauf und wandern zurück ins Tal. An den grasigen Hängen sind die Tiere überall zu sehen.«

»Gerne, wo auch immer dieser Schwarzsee sein mag.«

»Überraschung ... !«, flüsterte Hanna.

Eine Stunde später verliessen sie die Luftseilbahn an der Bergstation auf 2500 Metern Höhe. Armin kam aus dem Staunen gar nicht mehr heraus. Er musste den Kopf in den Nacken legen, um den Berg bis zum Gipfel zu sehen.

»Ich glaube es nicht ... wir sind ja direkt am Fuss des Matterhorns!«

»So ist es, mein Lieber. Genau hier beginnt der Aufstieg auf diesen weltberühmten Berg, jedenfalls auf der sogenannten Normalroute. Zunächst steigt man auf einem schmalen Weg zur Hörnlihütte auf 3300 Metern, übernachtet dort, und anderntags klettert man den sehr steilen Grat empor bis zum Gipfel.

»Jetzt sag nur noch, du wollest auch dort hinaufkraxeln! Ich stürbe ja vor Angst um dich!«

»Keine Sorge, das Rimpfischhorn hat mir bis auf weiteres gereicht.. Mein Muskelkater plagt mich nach wie vor. Und jetzt komm. Dort hinten ist der Schwarzsee.«

Armin atmete auf und folgte Hanna die wenigen Schritte zum See hinunter. Das ziemlich kleine Gewässer mass in etwa hundert Meter im Durchmesser, und an seinem Nordufer stand eine hübsche, alte Kapelle.

»Ob man hier wohl auch heiraten könnte?«, murmelte Armin versonnen.

»Psst«, machte Hanna und legte ihm lächelnd den Finger auf den Mund. Sie setzten sich ans Ufer und freuten sich an der wunderschönen Aussicht.

Armin machte plötzlich ein betrübtes Gesicht. »Du, Hanna, ich denke immer an deine lieben, verstorbenen Eltern. Es ist so traurig, dass ich sie nicht einmal richtig kennenlernen durfte, und auch, dass sie von unserem Glück nicht mehr erfahren konnten.«

Er nahm Hanna liebevoll in den Arm und fuhr fort: »Und dann diese polizeilichen Ermittlungen, die Gerüchteküche im Hotel, die Ungewissheit, wer es getan haben könnte.«

Hanna schmiegte sich näher an ihn. »Ach, ich mag gar nicht mehr daran denken! Weisst du, es macht sie nicht mehr lebendig.«

»Sicher, aber man muss doch die Schuldigen finden! Und hier habe ich ein Problem, bei dem ich dich um Rat fragen muss. Offenbar gehört auch Martin Maier, den du ja von Kindsbeinen an kennst, zum Kreis der Verdächtigen. Warum, weiss ich nicht, aber die Polizei wird sicher ihre Gründe haben. Man spricht auch von einer Erpressung, in die dein Vater, Martin und Frauke Fenner verwickelt sein sollen. Frauke arbeitet ja im selben Krankenhaus wie ich, nur ein Stockwerk höher.

Nun habe ich in Hamburg etwas beobachtet, das Martin belasten könnte. Ich kannte ihn ja bisher nicht, aber jetzt ist mir klargeworden, dass er es war, den ich mehrmals in – oder vor – dem Wartezimmer von Frauke gesehen habe. Warum er mir überhaupt aufgefallen ist, kann ich nicht sagen, aber ich habe ein gutes Gedächtnis für Gesichter.

Martin war anscheinend als Patient angemeldet. Trotzdem scheint mir das ein seltsamer Zufall zu sein. Hatte er Probleme mit Magen oder Darm? Jedenfalls ist sicher, dass er Frauke schon länger kennt.«

Hanna schaute verwundert zu ihm auf.

»Was soll ich jetzt tun, Hanna? Eigentlich müsste ich so etwas der Polizei melden, aber wenn das Martin schaden würde?«

Hanna zögerte keine Sekunde. »Es ist deine Pflicht, Armin, du musst es sofort melden. Die Wahrheit geht vor!«

»Danke, Hanna, ich bin sehr froh, dass du es so siehst. Ich werde es gleich morgen früh der Kommissarin berichten. Übrigens, wo sind eigentlich unsere Murmeltiere?«

»Die kommen nicht, wenn wir hier sitzenbleiben«, erklärte Hanna und zog Armin in die Höhe, »also los!«

Sie waren noch keine zehn Minuten unterwegs, als am Hang links über ihnen schrille Pfiffe ertönten. Sofort packte Hanna ihr Fernglas aus dem Rucksack und begann den Hang abzusuchen.

»Da, da sind sie!« Hanna gab Armin ihr Glas und lotste ihn zum Ziel. »Also, da hinten steht ein riesiger, fast dreieckiger Felsblock. Hast du den gefunden? Gut, dann schräg nach rechts oben bis zum nächsten, etwas kleineren Block, der oben flach ist. Von dort nach links bis zu einem sattgrünen Grasflecken. Genau obendrüber sind sie.«

Armin starrte konzentriert ins Glas. Jetzt hatte er sie! »Wie wunderhübsch! Zuoberst hält eines der Tiere Wache, macht Männchen und pfeift immer wieder. Darunter grasen zwei Alttiere. Rechts davon rennen die Jungen herum, drei sind es … nein, vier, nein, sogar fünf Junge sehe ich! Jetzt fangen zwei davon an, sich herumzubalgen, ein drittes greift ein. Sie kugeln ja beinahe den Hang herunter!«

Hanna wurde ungeduldig. »Gib mir doch mal das Glas her. Danke! Tatsächlich … fünf Junge! Und jetzt guckt noch ein drittes Alttier aus dem Loch, wie hübsch!«

Plötzlich pfiff es in nächster Nähe.

»Dort drüben!«, rief Armin, »keine fünfzig Schritte entfernt, rechts vom rötlichen Felsblock. Von blossem Auge wunderbar zu sehen, wie es sich auf einem Stein räkelt und um sich schaut.«

»Und erst im Fernglas, fast bildfüllend!« Mehrere Minuten lang konnten sie das putzige Tier beobachten, bevor es unvermittelt im Loch verschwand, als eine andere Gruppe von Wanderern näherkam.

Armin umarmte Hanna vor lauter Begeisterung und gab ihr einen langen, zärtlichen Kuss. »Vielen Dank für dieses schöne Erlebnis, mein Liebling.«

»Gern geschehen! Aber so kann das nicht weitergehen. Du musst so schnell wie möglich ein eigenes Fernglas haben. Gleich morgen gehen wir zusammen zum Optiker. Was meinst du, liegt das bei deinem kleinen Ärztegehalt noch drin?«

»Werd' nur nicht frech, Mädchen! So viel verdienen wir gar nicht.«

»Na, im Vergleich zu meinem Doktorandengehalt … aber später zumindest wirst du kolossal verdienen, wenn du mal eine eigene Praxis hast oder Professor bist. Sag mal, was für ein Fachgebiet steuerst du eigentlich an?«

»Da bin ich mir eben noch nicht ganz sicher. Nach dem Staatsexamen muss man ja, egal welche Spezialisierung man anstrebt, zuerst einige Jahre in verschiedenen Disziplinen Erfahrungen sammeln. So habe ich bisher nacheinander in der Inneren Medizin, der Pädiatrie, Chirurgie, Dermatologie, Neurologie und Ophthalmologie gearbeitet. Ursprünglich wollte ich Chirurg werden. Aber jetzt, nach vier Jahren Assistentenzeit, ist mir klar geworden, dass ich entweder Hausarzt werden oder im Krankenhaus in der Inneren Medizin bleiben möchte.«

Hanna lächelte. »Oh ja, Hausarzt auf dem Lande würde mir gefallen. Dann kaufen wir ein altes Haus mit grossem Garten, Wiese und Obstbäumen – und unsere drei Kinder können herumtollen, so viel sie mögen.«

»Aha, interessant. Du denkst aber weit voraus.«

»Du etwa nicht? Was hast du eben erst, da oben bei der Kapelle, vom Heiraten gemurmelt … ?«

Die beiden brachen in helles Gelächter aus, fassten sich an der Hand und schritten weiter. Die Zeit verging wie im Fluge, die Talsohle kam immer näher. Hatten weiter oben, beim Schwarzsee, nur Schafe die karge Grasnarbe abgeweidet, kamen sie jetzt in den Bereich der saftigeren Rinderweiden auf der Stafelalp. Schon war die Waldgrenze erreicht, und bald darauf mündete der schmale Wanderweg in ein breiteres Fahrsträsschen, das durch einen lichten Wald aus Lärchen und Arven in Richtung Zermatt führte.

Da fragte Armin: »Und, Hanna, wie sieht eigentlich dein Alltag an der Uni aus?«

»Nun, vor zwei Jahren habe ich meinen Master in Biologie abgeschlossen, mit einer Arbeit über die Heuschreckenfauna der Nordseeküste. Eigentlich wollte ich Lehrerin werden, hatte mich zum Lehramtskurs angemeldet und hielt schon fleissig nach Stellen Ausschau. Aber dann kam Frau Professor Schenkel auf mich zu und meinte, nach meiner guten Masterprüfung sollte ich doch eine Dissertation anschliessen.

Ich zögerte lange, da ich mich sehr unsicher fühlte, ob ich das überhaupt schaffen würde. Aber schliesslich konnte sie mich doch überzeugen, nicht zuletzt auch durch das faszinierende Thema, das sie mir vorschlug.«

»Und was ist das genau?«

»Es geht um die Schmetterlingsfauna, insbesondere um einen Vergleich zwischen derjenigen verschiedener Nordsee-Inseln und dem Küstengebiet. Welche Arten haben den Sprung auf die Inseln geschafft, und wie haben sie sich dort, in der Isolation, weiterentwickelt?

Wie du weisst, sind die Inseln in der Nordsee noch jung, höchstens einige Tausend Jahre alt. Es geht also um die Evolution auf der sozusagen ultrakurzen Zeitskala.«

»Oh, das klingt spannend. Und wie siehst du den Schmetterlingen ihre Evolution an?«

»Mit dem blossen Auge sind da selten Unterschiede festzumachen. Heute läuft eben alles über die Genetik, die Analyse des DNA-Codes.«

»Hast du das alles gelernt?«

»Nein, ich brauche nicht alles selber zu können. Spezialisten führen die genetischen Analysen durch und erstellen Grafiken, die wie ein Stammbaum aussehen und die ich dann interpretieren kann.«

»Und wie soll es weitergehen?«

»In spätestens zwei Jahren möchte ich meine Doktorarbeit abschliessen. Was danach kommen wird, ist noch völlig offen.«

Armin gab Hanna einen Kuss und freute sich: »Das ist doch wunderbar, dann haben wir also beide eine offene Zukunft vor uns, die wir gemeinsam gestalten können. Übrigens, ehrlich gesagt, ich bin jetzt richtig müde von unserer Wanderung.«

»Es ist nicht mehr weit, mein Schatz. Dort vorne sind schon die ersten Häuser von Zermatt zu sehen.«

Martin Maier kam zehn Minuten zu spät ins Polizeibüro. Nach einem sehr knappen Gruss und ohne Entschuldigung setzte er sich hin, gegenüber von Elena Eyer und links von Gregor Guntern, der Protokoll führte.

Elena wartete ab. Sie wusste: bei solchen Typen muss man einfach eine Weile zuwarten, ohne etwas zu fragen. Sie werden schnell nervös und beginnen irgendwann, auszupacken.

Sie hatte Martin Maier richtig eingeschätzt. Er begann, sich auf seinem Stuhl hin und her zu winden, sein Blick wanderte immer rascher zwischen Elena und Gregor hin und her, er rang seine Hände, so dass die Fingerglieder knackten. Schliesslich hielt er die Stille nicht mehr aus.

»Was ist denn los? Werde ich etwa verdächtigt? Warum bin ich überhaupt hier, wenn Sie keine Fragen haben?«

Elena wartete weitere fünfzehn Sekunden ab und sagte dann langsam: »Eigentlich sind wir mehr an Antworten als an Fragen interessiert.«

»Ich antworte nur auf konkrete Fragen!«

Weitere, für Maier schier endlos lange, fünfzehn Sekunden verstrichen, bevor Elena weitersprach. »Na gut. Dann erzähle ich Ihnen zunächst eine kleine Geschichte:

Ein intelligenter junger Mann verguckt sich in eine sehr attraktive Frau, die aber vom Alter her seine Mutter sein könnte. Sowas kann durchaus passieren! Der intelligente junge Mann macht der sehr attraktiven Frau Avancen, lässt nicht locker. Sein gutes Recht! Die sehr attraktive Frau mag ihn zwar, aber mehr möchte eigentlich nicht. Der intelligente junge Mann bedrängt sie, fleht sie auf den Knien an.«

Martin Maier stieg jäh das Blut in den Kopf, seine Hände wurden nass und eiskalt. ›Aufhören, so hör doch auf, ich halte es nicht mehr aus‹, dachte er verzweifelt.

»Irgendwann gibt die sehr attraktive Frau ihren Widerstand auf, geht schliesslich sogar mit dem intelligenten jungen Mann ins

Bett. Das bleibt ihre Privatsache und ist im Grunde gar kein Problem.

Nun meint der intelligente junge Mann, er sei am Ziel und das gehe jetzt ewig so weiter mit dieser sehr attraktiven Frau. Diese merkt aber bald, dass der Mann, der ihr Sohn sein könnte, nicht das Richtige für sie ist und gibt ihm das klipp und klar zu verstehen.«

Martins Gesicht hatte sich verzerrt, seine Augen blickten starr und voller Hass auf die Kommissarin.

›Nein!‹, rief es in seinem Kopf, ›hör auf, ich muss mir die Ohren zuhalten, es ist nicht zum Aushalten … hör endlich auf, du Hexe!‹

»Und jetzt? Hört der intelligente junge Mann auf seine Vernunft und sagt sich: dann eben nicht, Pech gehabt, ich werde eine andere finden? Oder wird der intelligente junge Mann nun zu einem fanatisch verbohrten jungen Mann?

Einem, welcher der sehr attraktiven Frau wie ein räudiger Köter nachläuft und zu ihren Füssen winselt? Einem, der sein Leben einer unerreichbaren Illusion hinterherwirft? Einem, den die Eifersucht Tag und Nacht nicht mehr loslässt? Einem, der es schliesslich gar nicht mehr aushält und seine ferne Geliebte und deren verhassten Partner hinterhältig umbringt?«

Martin Maier war nun komplett zusammengesunken. Den Oberkörper vornübergebeugt, den Kopf in den Händen haltend, wimmerte er leise vor sich hin.

Elena Eyer stand auf, ging zur Tür und sagte im Hinausgehen: »Das wäre alles für heute.«

*

Zwei Stunden lang irrte Martin Maier ziellos durch die Strassen von Zermatt. Alles in seinem Kopf drehte sich. ›Soll ich mich umbringen? Hilde ist tot, was soll ich noch auf dieser Erde?‹

Eine ohnmächtige Wut begann sich bohrend in seinem Bauch auszubreiten. ›Warum muss gerade ich ein solches Schicksal erleiden? Warum durfte ich Hilde, mein Ein und Alles, nicht lieben? Warum, warum?‹

Unbewusst war Martin vor dem Hotel Castor angekommen. Er ging zur Rezeption und fragte:

»Anna, ist Frau Dr. Strobel schon abgereist?«

»Nein, sie wollte erst morgen reisen. Ich habe sie vor einigen Minuten in den Wintergarten gehen sehen.«

»Danke«, murmelte Martin geistesabwesend und wandte sich um.

›Der sieht aber gar nicht gut aus‹, dachte Anna Aufdenblatten und blickte ihm nachdenklich hinterher. ›Hat er etwas mit der Geschichte zu tun, oder hat er nur die Befragung durch Elena Eyer schlecht ertragen?‹

Martin hatte seine frühere Hausärztin im Wintergarten entdeckt. »Guten Tag Frau Strobel, schön, dass Sie noch hier sind.«

»Hallo Martin! Aber bitte, setzen Sie sich doch zu mir. Wie geht es Ihnen denn so, mitten in dieser schrecklichen Geschichte?«

»Ach, es geht so! Wissen Sie, man verdächtigt mich.«

»Sie verdächtigt man? Das verstehe ich nicht. Hätten Sie denn irgendein Motiv, jemanden umzubringen? Oh, Verzeihung, was frage ich da? Ich sitze ja nicht im Beichtstuhl, Sie würden mir doch nicht antworten.«

Martin liess sich Zeit und sprach betont langsam weiter. »Zu Ihnen habe ich grosses Vertrauen, Sie werden nichts ausplaudern. Sie müssen wissen, ich habe die Hilde Hoffmann unendlich geliebt. Aber sie hat mich abgewiesen und gedemütigt. Ich habe fast durchgedreht. Nichts gab meinem Leben mehr Sinn als Hilde. Auf ihren Mann Horst war ich nicht einmal eifersüchtig. Von mir aus hätte er bleiben können, wenn mich nur Hilde erhört hätte!«

Susanne Strobel war erschüttert. Sie fungierte schon seit sechsundzwanzig Jahren als Hausärztin von Maiers, kannte Martin seit seiner Einschulung, hatte ihn bei diversen Kinderkrankheiten und Sportunfällen begleitet.

Einige Male hatte sie mit seinem Vater über ihn gesprochen. Dieser hatte sich Sorgen gemacht, weil Martin sich anders entwickelte, als er es als Vater gewünscht hätte. Aber dass es zu einer solchen Obsession kommen würde, hätte sie doch nicht erwartet!

Leise sagte sie zu ihm: »Keine Angst, Martin, ich behalte alles für mich. Ihre Sorgen tun mir sehr leid. Aber irgendwann werden Sie darüber hinwegkommen.«

Martin murmelte einen Dank und ging.

«

Schon zum fünften Mal an diesem Abend ging Martin Maier den Korridor im zweiten Stock des Hotels Castor entlang. Er hatte sich noch immer nicht entschliessen können. Der Druck in ihm wurde immer grösser, sein Magen begann zu schmerzen, sein Nacken verspannte sich, sein Kopf glühte. Er musste jetzt einfach!

Am Ende des langen Ganges wendete er und ging langsam zurück bis zum Zimmer 215. Vor der Türe blieb er stehen, schaute nochmals nach links und rechts den Flur entlang und klopfte dann zaghaft. Doch nichts geschah. Er klopfte noch einmal, etwas kräftiger.

»Ja, was ist?« rief eine Frauenstimme.

Martin gab keine Antwort. Langsam ging die Türe auf.

»Bist du vollkommen wahnsinnig geworden, hier aufzukreuzen?«, zischte Frauke Fenner und versuchte, die Türe wieder zu schliessen. Aber Martin hatte schon den Fuss dazwischen gesetzt.

»Ich muss mit dir reden … bitte!«

»Also komm!« Frauke zog ihn rasch ins Zimmer. »Was soll das, spinnst du? Hat dich wirklich niemand gesehen?«

Martin hatte sich aufs Bett gesetzt, starrte den Fussboden an und stöhnte.

»Ach, es war furchtbar, das Verhör. Diese Kommissarin hat mich total zur Schnecke gemacht. Sie verdächtigt mich ernsthaft!

Ich drehe bald durch, kann an nichts anderes mehr denken! Wie soll das nur weitergehen?«

Frauke packte Martin unsanft an den Schultern und sah ihn mit kalten Augen von oben herab an.

»Jetzt hör mal genau zu, mein kleiner, sensibler Bub. Wer A sagt, muss auch bis B durchhalten, notfalls sogar bis C. Von jetzt an hältst du einfach den Mund. Sie können dich zu keiner Aussage zwingen. Ist das klar?«

Martin drückte seinen Kopf gegen Fraukes Schoss. »Ach, wäre doch nur Hilde noch da ... !«

Frauke machte sich unsanft los, ging zur Türe und fauchte: »Jetzt reiss dich gefälligst zusammen und verschwinde!«

Langsam erhob sich Martin und schlich wie ein geprügelter Hund auf den Flur hinaus.

Mittwoch, 22. August 2012

Als Elena Eyer um viertel nach acht ihr Büro betrat, klingelte schon das Telefon.

»Guten Morgen Simon! Das ist aber fein, dass du uns so spontan helfen kannst. Was, beide PCs schon fertig ausgewertet – das ist ja sensationell! Übrigens, ein Kurier bringt dir heute noch einen dritten vorbei, sorry für den Stress!

Bei der Fenner, sagst du, ist rein gar nichts zu finden, was mit Liebe oder Erpressung zusammenhängt! Na, das ist auch gut so. Dafür beim Maier viel Interessantes. Bitte sende mir die relevanten Abschnitte per Mail. Herzlichen Dank und grüsse mir Brig.«

Elena war nicht einmal enttäuscht, dass bei Frauke Fenner nichts zu finden war.

›Diese Erpressungsgeschichte hat sie nicht abgestritten und bezüglich der Todesfälle war kaum etwas zu erwarten gewesen. Aber was kommt wohl bei Martin Maier heraus?‹

Elena wurde nervös; alle paar Augenblicke schaute sie zum Bildschirm, ob noch keine Mail gekommen wäre. Endlich war es soweit, und Elena öffnete den Anhang.

»Komm mal her, Paul, die elektronischen Notizen von Martin Maier sind da.«

Sofort war Paul zur Stelle und setzte sich neben Elena. Sauber chronologisch geordnet, sahen die beiden einen Abschnitt aus Martins Vergangenheit vor sich auftauchen.

[Notiz datiert 20.11.2011] Ich halte es fast nicht mehr aus, Tag und Nacht denke ich nur an H.

[Notiz datiert 5.12.2011] Ich bin überglücklich, endlich mit H. im Bett.

[Notiz datiert 5.1.2012] H. immer mehr zurückhaltend, was stimmt nicht?

[Notiz datiert 17.1.2012] H. weist mich ab. Habe wenigstens noch ihr Halstuch zum Schnuppern. Wie weiter?

[Notiz datiert 4.3.2012] H. weiterhin abweisend. Weiss keinen Ausweg!

[Notiz datiert 2.5.2012] Ach, Hilde, Hilde! Ich sterbe vor Sehnsucht! Wenigstens deine Haare berühren zu dürfen!

»Sehr schön«, sagte Elena zufrieden, »das bestätigt unseren Eindruck von der Beziehung zwischen Martin Maier und Hilde Hoffmann. Symbiose mit einer Mutterfigur würde ich es mal nennen. Ziemlich neurotisch geprägt. Aber lesen wir zunächst weiter.«

[Brief datiert 14.5.2012] Lieber Horst, nicht umsonst beschäftige ich mich mit Kriminalgeschichten. So bin ich dir auf die Spur

gekommen. Kleine Erpressung von Frauke Fenner? Ich weiss, das Geschäft läuft schlecht, ist aber trotzdem nicht nett von dir! Keine Angst, ich werde schweigen. Gegen eine bescheidene Gebühr von nur zehn Prozent, macht genau hunderttausend. Überleg es dir!
Martin.

[Brief datiert 24.7.2012] Lieber Horst, noch nicht erfolgreich gewesen? Nicht aufgeben, der Zaster kommt, und meiner dann auch.
Martin.

»Oh … das hätte ich aber nicht erwartet!«, rief Elena verblüfft, »eine Erpressung des miesen Erpressers, gar nicht schlecht!«
»Ich kann über so viel Skrupellosigkeit echt nur staunen«, murmelte Paul dazu, »und, meinst du, er hat es getan?«
Elena zuckte mit den Achseln. »Ehrlich, Paul, auch ich blicke nicht durch. Was hätte Martin davon, Horst umzubringen? Seine Eifersucht besänftigen, das sicherlich! Aber warum nicht wenigstens solange warten, bis der Zaster kommt, oder bis klar wird, dass er nicht kommt? Das wäre ja nur logisch! Wir haben bisher keinen Hinweis darauf, dass Frauke Fenner sich bezüglich der Erpressung entschieden hatte. Da folgen aber noch zwei Einträge.«

[Brief datiert 30.7.2012] Hallo, hast du dir meinen Plan überlegt? Denke an Patricia!
Martin.

[Brief datiert 8.8.2012] Hallo, bitte gib mir Antwort! Es wäre bald soweit! Denke an den Zug!
Martin.

Elena und Paul blickten sich ratlos an, dachten beide dasselbe.
›Wer könnte diese anonyme Person sein, der Martin einen Plan

vorschlägt? Hat das mit der Erpressung zu tun? Und was soll die Bemerkung mit dieser Patricia und dem Zug? Die Rätsel werden nicht kleiner … ‹

»Du, Elena«, begann Paul übergangslos.

»Ja, Paul – was ist?«

»Ehm, darf ich dich mal, ehm, nach dem Dienst zu einem Glas Wein einladen?«

Elena zögerte. ›Will er mich denn jetzt wirklich anmachen? Hatte immer gedacht, er sei nicht so mein Typ. Andererseits ist er wirklich nett, und allzu schlecht sieht er auch nicht aus … ‹

»Ja doch, gerne!«

Paul strahlte. »Also dann, um fünf im Steinbock?«

Elena nickte nur und wandte sich wieder ihrer Arbeit zu. Kurz darauf klingelte ihr Telefon. »Hier Elena Eyer … Guten Tag, Frau Strobel … Ja, gerne, sagen wir um elf? … Bis dann!«

Das Telefon läutete erneut, Elena nahm ab. »Guten Morgen, Herr Dr. Auer … Ja, bitte, erzählen Sie nur … Aha, interessant … Ja, das ist sehr wichtig für uns! Vielen Dank und auf Wiederhören.«

»Neuigkeiten, Elena?«, fragte Paul neugierig.

»Allerdings! Diese Hamburger Urlauber scheinen ja wirklich alle miteinander verstrickt zu sein! Stell dir vor, der Martin Maier hat diese Frauke Fenner, die von Horst Hoffmann erpresst wird, sehr wohl gekannt. Offiziell war er, wie Armin Auer ausgesagt hat, ihr Patient im Krankenhaus, aber ich könnte mir vorstellen, dass da auch Privates mitbeteiligt ist.«

Das Telefon klingelte schon wieder. »Guten Tag Frau Biner … Ja sicher, alles ist wichtig … Aha, und wann war das genau? … Danke und auf Wiederhören.«

Elena pfiff durch die Zähne. »Lieber Paul, ich habe das Gefühl, die Lage spitzt sich langsam aber sicher zu. Martin hat tatsächlich privat mit Frauke zu tun. Belinda Biner hat ihn gestern in ihr Hotelzimmer gehen sehen.«

»Oh la la«, entfuhr es Paul, »also, ich fasse mal eben zusammen: Horst erpresst Frauke, weil er von ihrer dunklen Vergangenheit weiss. Martin kriegt das irgendwie heraus und erpresst seinerseits Horst. Gleichzeitig verkehrt Martin bei Frauke. Wozu? Haben die was miteinander?«

Elena überlegte einen Moment. »Eher unwahrscheinlich. Zwar scheinen ältere Frauen Martin anzuziehen. Aber wie ich diese Frauke einschätze, würde sie kaum mit einem Typen wie Martin anbändeln. Ausserdem hing dieser so obsessiv an Hilde, dass es kaum Platz für eine zweite Beziehung hätte geben können.

Jedenfalls müssen wir uns jetzt sämtliche Verdächtigen nochmals tüchtig vornehmen. Aber eben, nach wie vor haben wir kaum objektive Indizien, alles beruht auf vagen Vermutungen. Ich denke, die Zeit ist jetzt gekommen, auch technische Hilfsmittel einzusetzen.«

»Du meinst, akustische Überwachung?«

Elena nickte. »Und bestelle Martin Maier auf fünfzehn Uhr hierher.«

Paul fühlte sich in seinem Element. »Mache ich sofort!« ›Wie ist das doch schön‹, dachte er, ›mit Elena zusammenzuarbeiten. Sie nimmt mich ernst, lässt mich machen, gibt mir wichtige Aufträge. Und wie klug und erfahren sie ist!‹

Paul rief sogleich bei der Zentrale in Brig an und bat um die Überwachungsermächtigung sowie die notwendigen technischen Geräte. Elena müsse das schriftlich beantragen, sagte man ihm, aber ein Fax mit Unterschrift würde bereits genügen – und die Geräte könnten heute noch eintreffen.

Als dies erledigt war, ging Paul sich am Automaten einen Kaffee holen. Danach machte er sich mit Feuereifer daran, die vielen handschriftlichen Notizen und Protokolle, die noch auf seinem Pult lagen, im Computer zu erfassen. Paul fühlte sich richtig wohl. Wie würde wohl der Abend mit Elena ausgehen?

*

Frau Strobel stellte sich vor, und Elena Eyer machte sich stichwortartige Notizen:

Dr. med. Susanne Strobel, 58, in München seit 26 Jahren Hausärztin von Maiers, begleitete Martin von Alter 6 bis 26, seither nur noch sporadisch gesehen.

Susanne Strobel erzählte weiter:

»Martin kam gestern ganz niedergeschlagen zu mir und erzählte, er werde von der Polizei verdächtigt. Ob er tatsächlich etwas mit dem Fall zu tun hat, kann ich nicht beurteilen. Aber ich kenne Martins Charakter schon seit langem, und es ist mir wichtig, dass auch Sie ein Bild davon erhalten.«

Elena betrachtete die Ärztin genauer. Mittelgross und schlank, schlicht gekleidet in Hose und Pullover, graue, schulterlange Haare, kaum geschminkt. Durch und durch seriös und bodenständig, lautete Elenas Urteil.

»Wissen Sie, Martin hatte keinen einfachen Weg ins Leben. Er ist sehr intelligent, bekam aber immer und überall Schwierigkeiten, sich mit anderen Menschen richtig auszutauschen, sich in eine Gruppe einzufügen, sich irgendwo durchzusetzen, ein gesundes Selbstvertrauen aufzubauen. Der klassische Aussenseiter, sozusagen.

Dabei hat Martin ein sehr sensibles Gemüt und tut sich schwer damit, Kritik oder Zurückweisung zu verarbeiten. Dadurch wurde er zum Bücherwurm, konnte sich so ein Stück weit in eine Phantasiewelt flüchten. Vor allem seinem Vater gefiel dies gar nicht. Er hätte sich einen kontaktfreudigen, an der Wirtschaftswelt interessierten Sohn gewünscht, nicht zuletzt einen Nachfolger für seine Firma. Ich habe einige Male mit dem Vater gesprochen deswegen. Die Mutter machte sich offenbar weniger Sorgen, ihr war nur wichtig, dass es Martin gut ging.

Natürlich fiel Martin auch der Umgang mit Frauen nicht gerade leicht. Immer wieder hat er sich verliebt. Ab und zu beruhte es auch auf Gegenseitigkeit, aber alle Beziehungen zerbrachen nach kurzer Zeit.

Nun, seit sechs Jahren lebt Martin ja bereits in Hamburg, und was sich in dieser Zeit ereignet hat, weiss ich nicht so genau.

Jedenfalls hat er sich als Schriftsteller versucht. Soweit ich weiss, bisher ohne grösseren Erfolg.«

Elena Eyer dachte kurz nach und fragte dann: »Kannten Sie denn die Familie Hoffmann, mit der Martin in Hamburg verkehrte?«

»Bis vor einer Woche nicht persönlich. Aber Maiers hatten öfter von ihrer Zermatter Urlaubsbekanntschaft erzählt und davon, dass sie diese ab und zu in Hamburg besuchen gingen.«

Elena lehnte sich zurück und verschränkte ihre Arme vor der Brust. »Ich bin sehr dankbar, Frau Strobel, für Ihre Ausführungen zu Martin Maiers Hintergrund und Charakter. Das lässt mich auch ein Stück weit nachvollziehen, warum Martin in einem doch recht ungewöhnlichen Verhältnis zu Hilde Hoffmann, die vom Alter her seine Mutter sein könnte, stand.«

Susanne Strobel zuckte zusammen. »Oh, davon wissen Sie auch bereits … Martin hat es mir erst gestern im Vertrauen erzählt. Er hat sich da leider in eine unglückliche Lage verrannt. Aber Sie werden doch nicht etwa glauben, dass er Horst oder Hilde deswegen umgebracht hat?«

»Wir glauben gar nichts, liebe Frau Strobel; wir versuchen, nüchterne Fakten zu gewinnen. Und dabei dürfen wir nichts von vorneherein ausschliessen.«

*

Elena und Paul standen vor dem Kaffeeautomaten und hielten ihre Becher in der Hand. Elena seufzte.

»Dieser Martin Maier scheint mir wirklich eine tragische Figur zu sein. Und etwas irgendwie Unheimliches hat er auch an sich. Ich frage mich, ob er nicht manchmal Realität und schriftstellerische Fiktion durcheinanderbringt! Ob er wenigstens gute Krimis schreibt?«

»Das nähme mich allerdings wunder«, erwiderte Paul, »ich werde mir mal einen davon kaufen. Wenn wir nur wüssten, wer diese Patricia ist, von der er schreibt! Vielleicht ist es auch nur eine seiner fiktiven Romanfiguren?«

Die Hausglocke klingelte. »Meine Güte, schon drei Uhr!«, sagte Elena, »das müsste er sein.«

Sie ging eilig in den Vorraum und führte Martin Maier ins Büro. Er war bleich und hatte Ringe unter den Augen, als hätte er seit mindestens drei Tagen nicht geschlafen. Alles an ihm wirkte schlaff, nur seine Augen blickten ruhelos hin und her.

»So, Herr Maier«, begann Elena, »Sie haben also ein wenig Detektiv gespielt?«

»Wie meinen Sie das?«

»Na, dabei haben Sie offensichtlich herausgefunden, was Horst Hoffmann Hübsches vorhatte. Und, so wie er, so auch Sie: Neigung zu Erpressungsversuchen.«

Martin war noch bleicher geworden, seine Hände zitterten merklich. »Ich sage gar nichts mehr.«

Elena blieb ganz ruhig. »Ihr gutes Recht. Aber ich sage Ihnen etwas. Zehn Prozent von einer Million, macht hunderttausend… für einen gescheiterten Schriftsteller gar nicht wenig Geld! Aber hat Frauke Fenner die Million überhaupt bezahlen wollen? Oder war es einfacher für sie, den Erpresser aus dem Weg zu räumen?«

Elena kam plötzlich eine neue Idee. Es war zwar sehr gewagt, aber warum nicht gleich voll draufgehen?

»Und, brauchte Frauke dafür vielleicht einen treuen Gehilfen? Und war dieser ihr die hunderttausend wert? Denken Sie darüber nach. Sie können gehen.«

Elena wandte sich ihrem Bildschirm zu, während Martin Maier grusslos aus dem Raum schlich.

›Eine absolute Bombe!‹, sagte sich Paul, ›diese Verhöre von Elena!‹ Am liebsten wäre er ihr gleich um den Hals gefallen.

*

Schon um viertel vor fünf sass Paul Pfammatter, jetzt in Jeans und kariertem Hemd, im kleinen Restaurant Steinbock vor einem Glas Rotwein. Sein Herz klopfte übermässig stark gegen die Brust, seine Handflächen waren feucht und kalt. Würde sie überhaupt kommen?

Paul war den ganzen Nachmittag auswärts beschäftigt gewesen und hatte Elena nicht mehr gesehen, seit sie mit Frau Strobel ins Besprechungszimmer verschwunden war.

›Oh, schon zwei vor fünf, jetzt muss sie jeden Augenblick kommen. Was soll ich denn eingangs nur sagen? Wenn ich nur wüsste, wie anfangen!‹

Paul schloss die Augen und versuchte, sich zu konzentrieren. Er zuckte heftig zusammen, als ihn jemand an der Schulter berührte.

»Noch wach, werter Kollege?«

Wie peinlich! Immer wieder musste er sich dermassen blamieren! Doch Elena tat, als habe sie nichts gemerkt und setzte sich lächelnd ihm gegenüber.

»Na, wurde doch mal Zeit für ein gemeinsames Feierabendbier. Oder eben Rotwein, wie ich sehe. Du nimmst bestimmt auch noch einen?«

Paul hatte sein Glas schon beinahe ausgetrunken. »Ja, sicher!«, antwortete er spontan, machte aber keine Anstalten, die Bedienung zu rufen. Zum Glück kam diese jetzt gerade von selbst und nahm die Bestellung entgegen. Paul stützte die Ellbogen auf den Tisch und nahm den Kopf in seine Hände.

»Weisst du, Elena, wir, also der Gregor und ich, sind sehr froh, dass du gekommen bist und diese Fälle bearbeitest. Das wäre für uns wohl zwei Schuhnummern zu gross gewesen.«

Elena lächelte ihm zu. »Das höre ich aber gerne. In der Regel schätzt es die Dorfpolizei nämlich gar nicht, wenn man von auswärts kommt und sich einmischt. Aber es ist nun mal mein Metier, die komplexeren Fälle zu übernehmen. Sag mal, Paul, wie lange bist du schon bei der Polizei? Und bist du eigentlich in Zermatt aufgewachsen?«

Paul fühlte sich schon entspannter. ›Es geht ja! Ein ganz normales Gespräch könnte ich schaffen mit dieser schönen Frau, ohne Fallstricke und doppelte Böden … ‹

»Nein, ein richtiger Zermatter bin ich leider nicht, aber nach vierzehn Jahren wird man einigermassen akzeptiert im Dorf. Aufgewachsen bin ich in Leuk, also fast an der Sprachgrenze. Trotzdem war das Französische nie mein Lieblingsfach.«

Elena klatschte in die Hände. »Da geht es uns beiden also genau gleich!«

Paul fuhr fort: »Nach einer kaufmännischen Lehre wechselte ich in die Polizeischule, und nach drei Jahren auf dem Posten in Oberwald konnte ich hier in Zermatt anfangen. Die Berge, die vielen Touristen, die Einheimischen und auch mein Chef gefallen mir, darum bin ich hängengeblieben. Und eben, es sind jetzt schon vierzehn Jahre, und nächsten Monat werde ich vierzig.«

Elena lachte. »Dann stammen wir ja aus demselben Jahrgang, nur habe ich meinen runden Geburtstag schon hinter mir!«

»Oh, das würde mir überhaupt nichts ausmachen … !« Paul schoss das Blut ins Gesicht, sein Puls raste. ›Oh Gott, was habe ich da gesagt!‹

Elena stutzte und dachte einen Moment nach. Sie fühlte sich unsicher; wie sollte sie jetzt reagieren? Doch, es gab keinen anderen Weg, sie musste es am besten ganz direkt ansprechen!

»Lieber Paul, ich muss jetzt Klartext reden. Ich merke, du schaust mich sehnsüchtig an, träumst von einer wie auch immer gearteten Beziehung zu mir. Du bist ein sympathischer Kollege und ich kann dir heute keine Antwort geben, weder ja noch nein. Weisst du, ich war sieben Jahre lang mit einem Polizisten aus Brig zusammen. Ich vertraute ihm, war restlos überzeugt, dass wir zusammenbleiben würden. Und dann, im letzten Frühjahr, kam die kalte Dusche, als ich merkte, dass er mich mehrfach betrogen hatte. Das konnte ich unmöglich akzeptieren und trennte mich augenblicklich von ihm. Und seither, verstehst du, habe ich erst mal die Nase voll von Männern, brauche eine Denkpause.

Also: wir bleiben gute Kollegen – und wer weiss, vielleicht irgendwann … ?«

Paul liess den Kopf hängen, versuchte die Tränen zurückzuhalten und flüsterte: »Ach, Elena, du bist so nett zu mir … und ich schäme mich so, bitte verzeih mir!«

Elena ergriff Pauls Kopf mit beiden Händen, kam näher und sagte leise: »Paul, dies ist jetzt der erste und vorläufig auch der letzte … «

Dann drückte sie ihm einen kurzen, aber kräftigen Kuss auf den Mund.

Paul erstarrte und blickte sie ungläubig an. Ihm wurde beinahe schwindlig vor Glück, eine Welle neuer Hoffnung überwältigte ihn.

Doch Elena erhob sich. »Ich denke, es ist besser, ich gehe jetzt. Und vielen Dank für die Einladung!«

Paul blieb noch eine halbe Stunde sitzen, nippte am Rest des Weines und träumte vor sich hin.

Donnerstag, 23. August 2012

Paul schlief unruhig in dieser Nacht. Mehrmals wachte er auf; er wusste, dass er geträumt hatte, vermochte aber die Bilder nicht mehr klar in Erinnerung zu rufen. Der letzte Traum allerdings stand ihm noch deutlich vor Augen, als er um halb sechs Uhr erwachte.

Wie war er nur auf die völlig verrückte Idee verfallen, ausgerechnet das Matterhorn besteigen zu wollen? Er, der überhaupt nicht schwindelfrei war und höchstens ab und zu eine kleine Wanderung wagte?

Jedenfalls stand er angeseilt am Fusse des Hörnligrats. Elena war bereits ein Stück vorausgeklettert und winkte ihm zu, doch endlich nachzukommen.

Er hatte schreckliche Angst vor den steilen Felsen, die sich vor ihm auftürmten, unendlich hoch, fast bis zum Himmel. ›Reiss dich zusammen!‹, sagte er zu sich, ›Elena schaut dir zu, blamier dich bloss nicht!‹ Er nahm seinen Mut zusammen und stieg ein.

›Unglaublich‹, wunderte er sich, ›es geht ja ganz einfach.‹ Tritt um Tritt gewann er Höhe, die Hütte lag schon weit unter ihm. Keuchend blieb er auf einem Felsabsatz stehen.

›Aber wo ist bloss Elena geblieben? Und wo ist das Seil? Alles ist weg!‹ Ganz allein auf dem steilen Grat, begann er zu zittern, die Angst vor dem Absturz drohte ihn zu überwältigen.

›Aber wer steht denn dort hinten, auf dem nächsten Felsabsatz, und lacht aus vollem Halse? Ach ja, es ist Gemeindepräsident Werlen. Was macht denn der hier oben am Matterhorn?‹ Werlen kicherte weiter und rief ihm zu:

»He, Paul, geh nach Hause, das ist nichts für dich hier, hahaha … !«

Paul klammerte sich krampfhaft an den Fels und schrie zurück: »Nein, nein, ich muss dringend auf den Gipfel!«

›Wo nur Elena steckt, und warum ist das Seil plötzlich verschwunden?‹ Dann sah er einen riesigen Vogel heran schweben. ›Ah, ein Adler‹, dachte er, ›der hat's gut, segelt einfach durch die Luft.‹ Der Vogel landete ganz langsam auf dem Felsen neben ihm und begann, nach seinen Armen zu picken.

›Wenn ich doch nur etwas zum Füttern hätte‹, dachte Paul und griff in die Hosentasche. ›Ach, da habe ich ja Erdnüsse! Wo kommen die denn her?‹

Gierig pickte sie ihm der Adler aus der Hand. Aber jetzt, was passierte denn da Verrücktes? Das Gesicht des Vogels begann sich zu verändern. Es wurde immer flacher, der Schnabel schrumpfte, die Federn fielen nach und nach aus, die Ohren wurden grösser, Haare begannen das Gesicht zu umrahmen, rote Lippen erschienen und flüsterten:

»Komm, mein Liebster, folge mir.«

›Aber das ist ja Elena!‹

Ganz langsam erhob sie sich in die Luft und schwebte davon.

Paul schrie verzweifelt: »So warte doch, ich kann doch nicht fliegen!«

Schweissgebadet wachte Paul auf. ›Was für einen Unsinn habe ich doch zusammengeträumt!‹ Langsam beruhigte er sich und streckte sich noch mal wohlig unter der Decke. Der Wecker würde ihn um halb sieben schon aus den Federn holen.

Die Bilder der Nacht begannen sich im Halbschlaf mit den Gedanken des Tages zu vermischen. Elena, die Felsen, der Adler, die Toten im Hotel, Frauke Fenner, die verführerisch vor ihm stand und ihn lächelnd ansah …

Dann diese rätselhaften Notizen in Martins Computer. ›Wer könnte diese Patricia sein? Und was ist das mit dem Zug?‹ Irgendwie liess ihn eine Erinnerung nicht mehr los. Wo hatte er das nur gehört oder gelesen? Ja, wohl eher gelesen … Als Polizist las er natürlich gerne Kriminalromane. Bestimmt hatte er im Laufe der Zeit schon Hunderte davon verschlungen, aber irgendwo mussten diese Patricia und ein Zug vorgekommen sein …

Der Wecker schepperte, und Paul fuhr aus dem Schlaf auf. Noch etwas benommen, rappelte er sich aus dem Bett hoch und ging ins Bad. Ich habe doch vorhin an irgendetwas herum studiert, dachte er und versuchte sich zu erinnern. Was war das bloss gewesen? Ach so, diese Patricia, ein Zug! Natürlich, das könnte es sein!‹

Paul rannte, immer noch im Schlafanzug, ins Wohnzimmer. Die obere Hälfte seines Büchergestells war mit Krimis gefüllt, schön alphabetisch nach Autoren sortiert. Er suchte das ›H‹ und zog einen Band heraus. Nach kurzem Blättern atmete er erleichtert auf. Ja, das würde passen! Beschwingt ging er wieder ins Bad.

*

Als Elena kurz nach acht Uhr ins Büro kam, wurde sie von Paul mit einem scheuen Lächeln begrüsst. Er fühlte sich äusserst unsicher. Wie sollte er sich nach dem gestrigen Kuss verhalten? Es war ihm klar, er musste sich jetzt vorläufig zurückhalten. Aber Elena sah, mit ihrer weissen Bluse und den schwarzen Hosen, heute wieder so umwerfend aus! Paul zog ein Taschenbuch aus seiner Mappe und hielt es Elena hin.

»Kennst du diesen Roman?«

Elena schüttelte den Kopf. »Nein. Sollte ich?«

»Vielleicht. Hast du heute viel zu tun?«

Elena stutzte. »Na hör mal! Willst du etwa schon wieder ein Rendezvous mit mir?«

»Nein, nein, es geht mir nicht darum. Aber vielleicht hättest du Zeit, das Buch zu lesen?«

»Du tust aber geheimnisvoll! Offenbar steht da etwas Wichtiges drin. Willst du es mir nicht gleich verraten?«

»Hm, das könnte ich schon … aber ich bin mir nicht sicher, ob etwas dran ist; deshalb wäre es mir lieber, du würdest es selber lesen.«

Elena überlegte einen Augenblick. »Wenn ich ehrlich bin, habe ich heute eigentlich nicht viel zu tun. Ein kurzer Zwischenbericht für meinen Chef und einige Telefonate. Solange wir noch keine Ergebnisse der technischen Überwachung vorliegen haben, lohnt es sich nicht, weitere Verhöre durchzuführen.

Also, wenn du meinst, ich müsse dieses Buch unbedingt lesen, dann mache ich nachmittags frei und setze mich an einen Waldrand.«

»Sehr gute Idee, Elena! Und ich werde hier die Stellung halten.« Paul fühlte sich grossartig. Und wenn er erst recht hätte mit seiner Vermutung?

*

Auch Martin Maier hatte ausgiebig geträumt letzte Nacht. Endlich, endlich war es ihm einmal passiert, was er sich seit langem gewünscht hatte:

Im Traum in seinen neuen Roman einzusteigen, die fiktiven Personen plastisch zu erleben, mit ihnen zu kommunizieren, ihre Stimmen zu hören, ihre Gesichter zu betrachten, mit ihnen herumzugehen, ihren Charakter hautnah zu erleben.

Nach dem Erwachen fühlte sich Martin voller Energie und stark erregt. Endlich hatte er wieder Mumm, weiterzuschreiben!

Rasch kleidete er sich an, eilte zum Speisesaal hinunter, schenkte sich fahrig eine Tasse Kaffee ein, stieg wieder hoch in sein Zimmer und nahm sein Schreibzeug hervor. Sein Computer war zwar noch beschlagnahmt, er hatte jedoch seine Notizen und den bisherigen Text ausgedruckt und konnte von Hand weiterschreiben.

In fieberhafter Erregung schrieb er, sich immer seinen Traum in Erinnerung rufend. Wohl noch nie zuvor hatte er seine Gedanken in solcher Schnelligkeit zu Papier bringen können. Sein Stift raste förmlich über die Seiten. Wie im Rausch reihte er Satz an Satz, Abschnitt an Abschnitt, Seite an Seite. Hoffentlich würde er später seine eigene Handschrift noch entziffern können!

Drei Stunden später hatte er vierundzwanzig Seiten vollgeschrieben. Dann, ganz unvermittelt, begann er sich ausgelaugt, innerlich leer zu fühlen. Der Energieschub war weg, der Rausch vorüber, der Absturz unausweichlich.

›Wozu das alles‹, dachte er frustriert, ›es ist doch sinnlos geworden! Ich werde verdächtigt, verurteilt und den Löwen vorgeworfen werden. Was hat mein Leben noch für einen Zweck? Ich muss dringend zu Frauke; sie ist die einzige, die mich verstehen und retten kann!‹

Martin erhob sich und lief ruhelos in seinem Zimmer auf und ab. Alle seine Gedanken konzentrierten sich auf Frauke. Was für eine Frau! ›Hilde ist tot, nur Frauke zieht mich noch magisch an!‹

Wie in Trance verliess Martin sein Zimmer, stieg in den zweiten Stock und klopfte heftig an die Türe von Nummer 215. »Frauke, bitte, bitte, mach auf!«

Die Türe öffnete sich und Frauke zog ihn mit eisenhartem Griff ins Zimmer. »Sag mal, spinnst du? Hoffentlich hat dich niemand gesehen! Was soll das Gejammer?«

Martin umklammerte Frauke mit aller Kraft, presste seinen Kopf an ihre Brust und stöhnte: »Bitte hilf mir, Frauke, ich habe doch nur noch dich! Ich wollte doch Hilde gar nicht umbringen! Warum, warum habe ich es getan?«

Frauke fühlte sich hin und her gerissen. Worauf hatte sie sich nur eingelassen? Mit so einem Psychopathen hatte sie echt nicht gerechnet! Aber es galt jetzt, einen kühlen Kopf zu bewahren. Wenn Martin noch mehr durchdrehte, wäre alles verloren! Eine Zeit lang gab sie sich gelassen, wiegte Martin sanft hin und her und streichelte sogar sein Haar.

»Nur ruhig, mein Junge, alles wird gut. Wir haben nichts zu befürchten. Wenn dich die Kommissarin wieder in die Zange nimmt, sagst du einfach gar nichts aus.«

Frauke machte sich los, packte Martin bei den Schultern und sah ihm ins Gesicht.

»Und jetzt hör gut zu. Denk an Patricia und an den Zug! Und das ist jetzt ein Befehl von mir: Wir kennen uns nicht, und wir haben ab sofort keinerlei Kontakt mehr miteinander!«

*

Kurz vor zwölf Uhr ging Elena in ihr Hotel, zog ihre Turnschuhe an und machte sich auf den Weg. Im nächsten Laden kaufte sie ein Sandwich, ging dann zügig bis zum Ende des Dorfes und wählte den Wanderweg auf der östlichen Talseite.

Sie blieb immer wieder kurz stehen, schaute umher und liess die Bergwelt auf sich wirken. Wie wohl die Ruhe doch tat! Jetzt war sie schon eine Woche in Zermatt und hatte noch kaum etwas von der schönen Umgebung mitbekommen. Am Wochenende war sie heimgefahren, und alle übrigen Tage waren mit Arbeit voll gewesen.

Elena erreichte eine wunderschön gelegene Bank, setzte sich, ass ganz langsam ihr Sandwich und trank aus ihrer Wasserflasche. Ach, ein Nickerchen zu machen wäre jetzt schön ... aber nein, sie musste ja dieses Buch lesen! Die Autorin, Patricia Highsmith, kannte sie natürlich vom Namen her, hatte aber noch keines ihrer Werke gelesen.

Der Titel klang nichtssagend: *Zwei Fremde im Zug.*

›Moment mal – da war doch etwas gewesen mit einem Zug? Natürlich, und auch mit einer Patricia ... ja, die Notiz in Martins Computer! Denke an Patricia, und denke an den Zug, hatte er geschrieben. Hat er wirklich auf dieses Buch hier angespielt? Und wie hat das Paul bloss gemerkt?‹

Elenas Neugier war definitiv geweckt, sie begann sofort zu lesen. Nach einer Stunde war sie schon auf Seite vierzig angekommen. Unvermittelt klappte sie das Buch zu und schloss die Augen.

›Das gibt es ja gar nicht, so eine verrückte Geschichte! Genial ausgedacht! Und der gute Paul hat sich bei den Stichworten Patricia und Zug sofort an dieses Buch erinnert. Alle Achtung, Kompliment!

Aber, hat es wirklich mit unserer Realität zu tun, mit den Alibis von Zermatt? Eine gewagte Hypothese, aber wer weiss?‹

Elena öffnete die Augen, nahm das Buch zur Hand und las weiter. Erst gegen fünf Uhr nachmittags riss sie sich vom Text los und ging mit schnellem Schritt zurück ins Dorf. Ob wohl Paul noch im Büro war? Als sie eintrat, wollte er gerade nach Hause gehen.

»Paul, du bist echt genial! Ob deine vage Vermutung nun stimmt oder nicht, deine Assoziation zu diesem Kriminalroman war eine Meisterleistung. Ich muss in Zukunft unbedingt mehr Krimis lesen, das scheint sich für unseren Beruf doch auszuzahlen.«

Paul fühlte sich beinahe im siebenten Himmel.

»Aber jetzt machen wir Feierabend«, sagte Elena, »und ich setzte mich gemütlich in die Hotellobby und lese weiter. Bin ja echt gespannt, wie das Buch noch ausgeht!«

»Dann viel Vergnügen!«, erwiderte Paul und verliess die Polizeiwache.

*

Familie Maier sass beim Abendessen im Speisesaal, aber der Platz von Martin war heute leer geblieben. Max Maier schüttelte den Kopf und schaute betrübt um sich.

»Was ist nur mit unserem Martin passiert? Ich verstehe ihn nicht mehr. Wie soll das noch werden?«

Maria nahm seine Hand und drückte sie lange. »Ich verstehe dich gut. Auch ich mache mir grosse Sorgen. Es ist, als wäre Martin verschwunden, niemand kommt an ihn heran. Nach jeder Befragung mit dieser Kommissarin zieht er sich mehr und mehr zurück. Ich weiss, sie macht nur ihre Arbeit, aber sie scheint ihn schon sehr hart dranzunehmen. Offenbar glaubt sie unterdessen allen Ernstes, dass Horst und Hilde ermordet wurden! Aber warum und von wem bloss?«

Auch Monika zog ein trauriges Gesicht. »Wenn wir nur wüssten, was in Hamburg vorgefallen ist. Martin hat uns ja leider so wenig darüber erzählt. Die ganze schreckliche Geschichte muss doch einfach dort ihren Ursprung gehabt haben!«

Maria nickte. »Ja, schon … aber es ist doch vollkommen absurd, unseren Martin eines Verbrechens zu verdächtigen, so einen friedliebenden Menschen! Schon als kleiner Junge wollte er sich nicht mit seinen Kameraden schlagen, und auch später habe ich ihn nie aggressiv erlebt.«

»Und doch«, wandte Rolf ein, »man sagt, stille Wasser seien tief. Man kann niemals wirklich sicher sein, was für mächtige Gefühle in einem Menschen noch schlummern und dann irgendwann unerwartet zum Ausdruck kommen. Es ist vielleicht kein

Zufall, dass Martin Kriminalromane schreibt, um so seine unver-
arbeiteten Aggressionen abzubauen.«

»Also bitte, Rolf«, fuhr Maria ganz energisch dazwischen, »be-
leidige unseren Sohn nicht!«

»Oh, Verzeihung«, entschuldigte sich Rolf ganz verdattert. Er
schaute Monika an, die jedoch nur ratlos mit den Achseln zuckte.

Freitag, 24. August 2012

Frauke Fenner war heute – für ihre Verhältnisse – schlicht aufge-
macht, als sie um halb zehn das Polizeigebäude betrat. Sie trug
eine rosa Bluse, schwarze Hosen mit flachen Schuhen und war
kaum geschminkt.

Aha, aufpassen!, sagte sich Elena Eyer, sie macht auf unschul-
dig.

»Liebe Frau Fenner, Sie werden sich an unser Gespräch vom
Dienstag erinnern. Horst Hoffmann wollte sich also sein Schweigen mit einer Million abgelten lassen. Er hat Ihnen dreimal geschrieben, aber keine Antwort erhalten.

War sein Tod die finale Antwort? Sie hätten allen Grund gehabt, ihn umzubringen. Der einzige Punkt, der noch für Sie sprechen könnte, ist Ihr einwandfreies Alibi. Aber warum musste
seine Frau dann auch noch sterben?«

Frauke zuckte nur mit den Achseln. Elena holte aus einer
Schublade ein kleines, flaches Gerät und legte es auf den Tisch.

»Gut, dann hören wir uns mal gemeinsam eine interessante
Szene an.«

Fraukes Augen weiteten sich, und unwillkürlich führte sie ihre
rechte Hand vor den Mund. Elena registrierte es und drückte
den Schalter. Eine männliche Stimme war zu hören, zwar leise,
aber gut zu verstehen.

»Bitte hilf mir, Frauke, ich habe doch nur noch dich! Ich wollte doch Hilde gar nicht umbringen! Warum, warum habe ich es getan?«

Elena drückte wieder den Schalter. »Möchten Sie noch mehr hören?«

Frauke Fenners Gesicht war zur steinernen Maske geworden. Stumm schüttelte sie langsam den Kopf.

Elena fuhr fort: »Interessant, nicht, Frau Fenner? Martin Maier sagt, er habe Hilde Hoffmann umgebracht, dabei hat er ein einwandfreies Alibi. Wie kommt das, zwei einwandfreie Alibis? Wir denken weiter darüber nach. Auf Wiedersehen, Frau Fenner!«

Frauke Fenner verschwand, Elena erhob sich und atmete erleichtert auf. Das war ja überraschend unkompliziert gewesen!

»Paul, ich glaube, wir stehen kurz vor dem Ziel. Der Martin Maier dürfte heute endgültig zusammenklappen. Die Wanze im Zimmer zahlt sich aus! Und deine geniale Idee könnte sich sogar als richtig erweisen!

Und, ehm, ich sagte zwar vorgestern, ehm, es sei der letzte, aber nun … !« Schnell fasste sie mit den Händen Pauls Kopf und drückte ihm wieder einen herzhaften Kuss auf die Lippen. Paul war fassungslos, seine Knie wurden so weich, dass er sich setzen musste. Trunken vor Glück blickte er Elena lange in die Augen.

*

Martin Maier hatte heute vergeblich versucht, Frauke zu sprechen. Beim Frühstück hatte sie ihn von weitem drohend angesehen, und nachher war sie verschwunden.

Belinda hatte ihm ausgerichtet, er müsse um elf Uhr zum Polizeiposten kommen. Martin fühlte sich miserabel, ganz allein auf der Welt; alles war zerbrochen. Ruhelos ging er im Zimmer auf und ab, vermochte keinen klaren Gedanken zu fassen.

Endlich wurde es Zeit zum Gehen. Mit sehr langsamen Schritten, wie in Zeitlupe, den Kopf fast bis auf die Brust gesenkt, näherte er sich dem Polizeiposten. Ihm war, als ginge er zum Schafott.

Elena Eyer empfing ihn mit einem festen Händedruck und bat ihn, sich zu setzen. Das flache Gerät lag bereits auf dem Tisch. Martin Maiers Gesicht war starr, nur seine Augen wanderten ruhelos im Raum hin und her. Ohne ein Wort zu sagen, drückte Elena auf den Startknopf, und Martins Stimme ertönte:

» … Ich wollte doch Hilde gar nicht umbringen! Warum, warum habe ich es getan?« Dann antwortete eine weibliche Stimme: »Wir haben nichts zu befürchten. Wenn dich die Kommissarin wieder in die Zange nimmt, sagst du einfach gar nichts aus … Denk an Patricia und an den Zug!«

Elena stellte das Gerät ab und wartete. Eine Minute verstrich. Absolute Stille im Raum. Wie unendlich lang doch eine Minute sein konnte! Dann geschah etwas, mit dem auch Elena nie gerechnet hätte. Unvermittelt stand Martin auf und ging zum Wandhaken neben der Türe, an dem seine Jacke hing. Er fasste in die Jackentasche, zog ein Buch heraus und legte es, ohne ein Wort zu sagen, vor die Kommissarin auf den Tisch.

Elena stutzte zunächst, überlegte einen Moment, griff dann in ihre Schreibtischschublade und legte Pauls Buchexemplar daneben. Die Spannung in der Luft war auf ein fast unerträgliches Mass angewachsen.

Ohne dass ein einziges Wort gefallen wäre, wussten die drei Menschen im Raum, jeder auf seine Weise, Bescheid. Allen war klar: diesen Augenblick ihres Lebens würden sie nie mehr vergessen.

Wiederum verstrich eine Minute in Stille. Dann drückte Elena auf die Gegensprechanlage, und nach einigen Sekunden erschien Gregor Guntern in der Türe. Er sah die zwei identischen Bücher auf dem Tisch liegen, blickte reihum den drei Personen ins Gesicht und blieb, vollkommen ratlos wirkend, stehen. Erst auf ein Zeichen Elenas hin ging er zu Martin Maier, ergriff ihn sanft am Oberarm und führte ihn hinaus.

Zwei Stunden später stand Gregor wieder bei Elena und Paul im Büro.

»Elena, du bist einfach genial! Wie hast du das nur geschafft? Aber ehrlich gesagt, verstehe ich nach wie vor nur Bahnhof bei der ganzen Sache.«

»Vielen Dank für die Blumen, Gregor! Aber bevor ich dir alles erkläre, erzählst du uns, wie es bei dir gelaufen ist.«

»Alles bestens. Die Kollegen Schmid und Furrer aus Brig trafen schon nach einer Stunde mit dem Wagen in Zermatt ein. Martin Maier und Frauke Fenner liessen sich ohne Widerstand in ihren jeweiligen Hotelzimmern verhaften.

Es wäre nicht einmal nötig gewesen, sie durch Direktor Biner überwachen zu lassen. Die Kollegen sind mit Maier und Fenner bereits auf dem Weg ins Untersuchungsgefängnis Brig. Die Angehörigen von Martin Maier habe ich informiert. Sie waren natürlich total schockiert.«

Elena lehnte sich in ihrem Stuhl zurück und verschränkte die Arme vor der Brust.

»Ich danke dir, Gregor. Leider durchschaue ich selber auch noch nicht ganz, wie diese makabre Geschichte im Einzelnen abgelaufen ist. Ich werde die beiden Häftlinge morgen nochmals befragen und dann hoffentlich klarer sehen. Sicher ist jedoch, dass die entscheidende Idee nicht von mir kam, sondern von deinem geschätzten, intelligenten, scharf kombinierenden Kollegen Pfammatter.«

Paul wurde feuerrot und blickte verlegen zu Elena.

»Er kam auf die Idee mit dem Buch da.«

Gregor nahm das Buch zur Hand. »Aha, Patricia Highsmith, Zwei Fremde im Zug. Da wird ja wohl nicht der Zug nach Zermatt gemeint sein?«

»Natürlich nicht! Es geht darum, dass sich zwei Fremde irgendwo zufällig im Zug begegnen. Beide haben ein Motiv, jemanden umzubringen, trauen sich bislang aber nicht. Da kommen sie auf die Idee, einfach zu tauschen. Jeder bringt das Opfer des anderen um. So ergibt sich im Prinzip ein doppelter, perfekter Mord: Der ausführende Täter hat keinerlei Beziehung zum Opfer und deshalb kein Motiv, während sich derjenige mit dem Motiv ein perfektes Alibi beschaffen kann. Das würde im Prinzip funktionieren, aber nur dann, wenn nicht einer der beiden durchdreht und sich nach und nach verrät. So war es bei der Highsmith, und so war es auch hier in Zermatt.«

Gregor stand das pure Erstaunen ins Gesicht geschrieben. »Das klingt ja unglaublich! Aber ich blicke immer noch nicht durch.«

Elena schaute Paul an. »Erzähle ihm doch mal deine Version, Paul.«

Paul erschrak zuerst, wie ein Schulbub vor der Lehrerin, die ihn unerwartet aufruft. Aber er hatte sich schnell wieder gefasst.

»Ich stelle es mir so vor: Einerseits wollte Frauke Fenner den Horst Hoffmann wegen der leidigen Erpressungsgeschichte beseitigen. Andererseits konnte Martin Maier die stete Zurückweisung durch Hilde Hoffmann nicht mehr ertragen und kam zum Schluss: entweder müsse er sich selbst töten oder Hilde umbringen.

Frauke und Martin kannten sich offensichtlich, woher auch immer, und Martin wusste von der Erpressung. Damit hatte er Frauke richtiggehend in der Hand. Irgendwann muss einer der beiden die Idee der Highsmith zum Thema gemacht haben.«

Gregor dachte einen Augenblick nach. »Gut, also Martin hat in der Bar dem Horst das Zyankali ins Glas gekippt. Das dürfte nicht schwierig gewesen sein, aber doch riskant. Moment mal, jetzt begreife ich auch, was der Streit mit dem Barkeeper sollte! Martin hat ihn provoziert und ein Handgemenge inszeniert, um ein zweites Fläschchen Gift im Abfalleimer hinter dem Tresen zu deponieren und so den Verdacht auf Jespersen lenken zu können. Gut geplant! Und Frauke muss die Hilde umgebracht haben, als sie allein mit ihr im Zimmer war.

Aber wie? Nun, als Ärztin wird sie die richtige Methode gekannt haben. Und als kurz darauf Jespersen zu Hilde ins Zimmer ging, war sie tatsächlich schon tot. Er hat also die Wahrheit gesagt!«

»Aber«, warf Paul ein, »damit Frauke überhaupt mit Hilde ins Zimmer gehen konnte, musste sie erreichen, dass es Hilde übel wurde; deshalb also Schlafmittel und Atropin, wahrscheinlich hat sie es beim Lunch in ein Getränk gekippt.«

Elena griff ein: »Nein, das kann nicht sein. Frauke war an jenem Tag nachweislich ab elf Uhr im Seminarraum und kam erst zum Lunch hinunter, als Hilde schon fertig damit war.«

»In diesem Fall«, ergänzte Paul, »muss es wohl Martin an ihrer Stelle gemacht haben. Eine sehr raffinierte Zusammenarbeit hatten die beiden da ausgeheckt!«

Elena erhob sich. »Also, liebe Kollegen, mein Job hier in Zermatt ist erledigt. Ich gehe jetzt packen und fahre nach Brig zurück.«

Pauls Miene wurde schlagartig düster.

»Ich muss zugeben«, fuhr Elena fort, »auf die morgigen Verhöre freue ich mich gar nicht. Die ganze Sache beginnt langsam an meinen Nerven zu zerren. Aber wisst ihr was? Ich lade euch für morgen Abend in Brig zum Essen ein. Ich hoffe, bis dahin alle offenen Rätsel gelöst zu haben.«

Pauls Miene war schon wieder etwas heller geworden.

*

»Du warst unsere Retterin!« Klara Kalbermatten drückte Elena kräftig die Hand. Walter Werlen machte es ihr nach und überreichte der Kommissarin eine Flasche Wein und eine Packung Trockenfleisch. Der Gemeindepräsident und die Tourismus-Direktorin waren eigens zum Bahnhof gekommen, um Elena zu verabschieden.

Elena lachte gerührt. »Na ja, Retterin ist stark übertrieben. Aber ich bin schon froh, dass wir den Fall abschliessen können. Und übrigens, die entscheidende Idee hatte euer Polizist Paul Pfammatter. Vielleicht denkt ihr bei der nächsten Lohnrunde mal an ihn?«

Werlen kratzte sich am Kopf. »Ich werde es mir merken. Aber das mit der Retterin war schon so gemeint. So einen verzwickten Kriminalfall hat es noch nie gegeben in Zermatt, und dank dir konnten wir ihn ohne jeden Schaden für den Tourismus bewältigen. Also nochmals herzlichen Dank!«

Elena stieg in den Zug und winkte noch zum Fenster hinaus. Dann liess sie sich auf den Sitz fallen, streckte die Beine aus und schloss die Augen. Sie fühlte sich erschöpft. Aber sie vermochte dennoch nicht abzuschalten. Immer wieder kamen ihr die beiden Verhafteten vor Augen, Zweifel schlichen sich allmählich in ihre Gedanken.

›Bin ich überhaupt auf dem richtigen Weg, habe ich wirklich die Schuldigen erwischt? Alles spricht ja dafür, aber immer noch fehlen mir konkrete Geständnisse! Der morgige Tag müsste die Entscheidung bringen, da muss ich subtil vorgehen. Die Fenner könnte noch ein harter Brocken werden, wahrscheinlich wird sie alles auf den Maier abschieben … ‹

Elenas Kopf war vornüber gesunken, ihr Bewusstsein weggedämmert.

*

Im selben Zug wie Elena, zwei Waggons weiter hinten, sassen Max, Maria, Monika und Rolf. Schweigend, jeder in seine Gedanken versunken, fuhren sie das lange Mattertal hinunter. Fassungslos hatten sie erst vor zwei Stunden die Nachricht von Martins Verhaftung entgegengenommen.

Maria war beinahe ausgerastet, hatte einen Weinkrampf bekommen und Max konnte sie nur mit Mühe daran hindern, dem Polizisten alle Schande ins Gesicht zu schreien. Schliesslich hatte sie ihren Kopf in Max' Schulter vergraben und still weitergeweint. Auch Monikas Blick war von Tränen verschleiert gewesen, als sie Rolf umarmt hatte.

Nach einer guten Stunde Fahrt hielt der Zug in Brig, und die vier stiegen aus. Max erkundigte sich am Informationsschalter nach dem Weg zum Untersuchungsgefängnis. Da der Himmel bewölkt war und ein kühlender Westwind wehte, beschloss man, die rund eineinhalb Kilometer zu Fuss zurückzulegen.

›Man könnte meinen, wir seien bei einer Beerdigung, auf dem Weg zum Friedhof‹, dachte Rolf: ›Langsamer, gleichmässiger Schritt, die Köpfe gesenkt, der Blick starr zum Boden gerichtet, kein Wort durchbricht das Schweigen.‹

Nach zwanzig Minuten betraten sie das Haus mit der Aufschrift *Gefängnis Brig* und fragten am Schalter nach Martin Maier. Nach Prüfung ihrer Personalausweise führte sie ein Wärter zum Besuchsraum.

Max atmete ein wenig auf, als er das Zimmer sah. Er hatte schon befürchtet, einen Raum wie in den Kriminalfilmen vorzufinden, wo Besucher und Gefangene durch massive Gitterstäbe oder durch eine Glasscheibe getrennt waren. Da wäre Maria wohl endgültig zusammengeklappt! Nein, es war ein ganz normaler Raum mit einem Tisch und sechs Stühlen. Störend war einzig, dass der Wärter anwesend bleiben musste.

Die gegenüberliegende Türe wurde geöffnet und Martin hereingeführt. Er war bleich, sah übernächtigt aus und hielt seinen Kopf gesenkt. Steif blieb er im Raum stehen, ohne jemanden anzusehen.

»Mein Martin«, hauchte Maria mit belegter Stimme, ging auf ihn zu und nahm ihn in die Arme. Martin begann sich zu entspannen, erwiderte die Umarmung, barg den Kopf seiner Mutter an seiner Schulter und wiegte sie langsam hin und her. Jetzt traten auch Vater und Schwester zu ihm, Max von links, Monika von rechts, und legten eine Hand auf seine Schulter. Rolf schaute dem stummen, sich sanft wiegenden Quartett reglos zu, und auch ihm standen die Tränen zuvorderst.

Schliesslich setzten sich alle an den Tisch, aber niemand traute sich, das Wort zu ergreifen; eine unheimliche Stille stand im Raum. Maria hielt es als erste nicht mehr aus und sprach, beinahe flüsternd:

»Martin, sag, bist du denn schuldig, hast du wirklich … ?«

Martin legte einen Finger quer über seine Lippen, und seine Mutter verstummte. Alle fühlten es, jetzt war nicht die richtige Zeit zum Reden. Sie mussten Martin vorläufig seinem Schicksal überlassen; vielleicht würden sie ihm später irgendwie helfen können. Max stand als erster auf und sah seinem Sohn traurig ins Gesicht.

»Martin, wenn du irgendetwas brauchst, lass es uns wissen. Du kannst darauf zählen, wir sind immer für dich da.«
Martin nickte stumm, drückte allen die Hand und verliess rasch den Raum.

Samstag, 25. August 2012

Hanna hatte ihren Koffer gepackt, fuhr mit dem Lift hinunter und ging zur Rezeption, um den Koffer während des Frühstücks dort zu deponieren. Auf dem Weg zum Speisesaal sah sie Armin aus dem Lift treten, einen Rollkoffer nach sich ziehend, und schickte ihm einen theatralischen Handkuss durch die Luft.

Es war acht Uhr, Hanna blieb noch eine ganze Stunde Zeit für ein ausgiebiges Frühstück. Die Familien Maier und Braun sassen bereits kauend an ihren Tischen, als Hanna zum Frühstücksbuffet kam, und winkten ihr zu. Hanna nahm sich Kaffee und Saft und ging zu ihrem Platz.

Kurz darauf kam auch Armin dazu. Nach dem Begrüssungskuss fragte er:

»Du isst ja gar nichts, hast du keinen Hunger, Hanna?«

»Nein, ich mag nicht. Weisst du, es ist alles so traurig. Heute muss ich meine lieben Zermatter Freunde verlassen. Und übermorgen ist doch diese schreckliche Beerdigung, und danach beginnt mein weiteres Leben, und zwar ohne meine lieben Eltern. Ich kann es mir überhaupt noch nicht vorstellen!«

Dicke Tränen rannen über Hannas Wangen, dann begann sie zu schluchzen. Armin nahm sie in den Arm, streichelte ihre Haare und drückte ihre Hand.

»Aber ich bleibe bei dir, das verspreche ich.«
Allmählich beruhigte sich Hanna und versuchte sogar zu lächeln. Armin zog sie behutsam am Arm hoch. »Komm, jetzt holen wir uns etwas Leckeres vom Buffet.«

Hanna ass, Armin zuliebe, eine Portion Rührei und zwei Brötchen mit Butter und Käse. Nach der dritten Tasse Kaffee sagte sie:

»So, es ist bald neun Uhr … höchste Zeit, um mich von meinen Freunden zu verabschieden.«

Sie blickte sich suchend im Saal um. »Aber das gibt es doch wohl gar nicht! Maiers und Brauns sind einfach inzwischen verschwunden, ohne mir Adieu zu sagen!«

Armin versuchte sie zu beruhigen. »Bestimmt kommen sie gleich wieder – oder sie warten vorne beim Ausgang auf dich.«

»Ja, hoffentlich!«

Hanna stand stirnrunzelnd auf und ging zur Rezeption, wo Belinda Biner Dienst hatte. »Belinda, haben Sie jemanden von Maiers oder Brauns gesehen?«

»Die sind allesamt schon unterwegs, wohl auf irgendeiner Wanderung.«

Hanna blickte ungläubig zu Belinda, Tränen begannen ihren Blick zu verschleiern. ›Warum, warum nur hauen die einfach ab?‹

Armin war unterdessen herangekommen. Er legte seinen Zeigefinger quer über seine Lippen und flüsterte einfühlsam: »Nur Geduld, Hanna. Keine Sorge, alles wird gut.«

›Was soll das nun wieder bedeuten?‹, dachte Hanna verunsichert, nahm ihren Koffer und drückte Belinda zum Abschied die Hand. Der Portier stand mit seinem Elektromobil bereit und lud das Gepäck auf.

Armin und Hanna stiegen ein und legten, zum letzten Mal in diesem Jahr, den Weg zum Bahnhof zurück, wo sie zehn

Minuten vor Abfahrt des Zuges ankamen. Sie zogen ihre Koffer den Bahnsteig entlang und suchten die Waggons nach freien Plätzen ab.

Da wurden, etwas weiter vorne am Zug, zwei Fenster herunter geschoben; sechs Köpfe erschienen, sechs Arme begannen zu winken und sechs Kehlen begannen lauthals »Hanna« zu rufen. Hanna blieb augenblicklich stehen.

»Was! Hier wartet ihr auf mich!« Sie packte ihren Koffer, kletterte flink in den Wagen und umarmte der Reihe nach Monika, Maria, Barbara, Rolf, Max und Benno.

»Oh wie schön! Ich glaubte schon, ihr hättet mich alle versetzt!«

Armin musste seine Lippen zusammenpressen, um nicht heraus zu lachen. Natürlich hatte er alles gewusst! Hanna sah besorgt auf ihre Uhr. »Oh, jetzt müsst ihr aber ganz schnell aussteigen, der Zug fährt in einer Minute ab!«

»Ach so. Und warum sollten wir denn aussteigen?«, fragte Benno ganz harmlos.

Hanna blickte ihn verdattert an: »Soll das jetzt etwa heissen … ?«

Benno fuhr fort: »Nun, wir dachten: was schadet uns ein kleiner Ausflug nach Hamburg? Könnte doch sein, dass Hanna sich freut, wenn wir sie begleiten? Siehst du, hier: Alle Sitzplätze reserviert.«

Jetzt konnte Hanna überhaupt nicht mehr an sich halten. Sie warf sich Armin an die Brust und begann hemmungslos zu schluchzen. »Ach, wie seid ihr doch alle so lieb zu mir!«

*

Elena holte ihre beiden Kollegen um halb sieben Uhr am Bahnhof Brig ab und begrüsste beide mit Wangenküsschen.

»Ich habe auf der Terrasse des Ristorante Puglia reserviert; ich hoffe, das passt euch?«

»Wunderbar!«, kam es fast unisono zurück. Auf der Terrasse des Puglia bekamen sie einen ruhigen Tisch ganz aussen zugewiesen.

»Es muss ja nicht unbedingt ganz Brig zuhören«, meinte Elena schelmisch und bestellte gleich eine Flasche Walliser Weisswein. »Zum Wohl!« Sie liessen die Gläser aneinander klingen.

Elena grinste. »Ich weiss, ihr sitzt wie auf Eiern vor lauter angespannter Erwartung. Aber zuerst bestellen wir das Essen, und danach erzähle ich euch alles.«

Murrend nahmen Gregor und Paul die Speisekarte zur Hand, sie beruhigten sich aber sofort wieder ob der verlockenden Angebote. Gregor wählte das Kaninchen mit Polenta, Paul den Rindsbraten mit Risotto. Elena bestellte die Lachstranche mit Kartoffeln und gleich noch für alle einen gemischten Salat, sowie eine Flasche Walliser Roten. Dann räusperte sie sich und begann:

»Wie geplant, habe ich heute die Inhaftierten nochmals einzeln vernommen. Frauke Fenner hatte sich immer noch erstaunlich gut im Griff. Sie wirkte zwar erschöpft, schien sich aber mit ihrem Schicksal abzufinden und gab präzise Auskunft. Dabei kann man sich ja kaum vorstellen, wie viel da mit einem Schlag kaputtgegangen ist.

Statt einer Professur, viel Geld und einem spannenden Leben winken jetzt lange Jahre im Gefängnis und danach eine kümmerliche Existenz irgendwo am äussersten Rand der akademischen Gesellschaft.

Martin Maier ist immer noch am Boden zerstört und akut suizidgefährdet. Auf Anweisung des Psychiaters wird er überwacht. Auch Martin bemühte sich, mir Auskunft zu geben, aber seine Aussagen waren ziemlich wirr und teilweise widersprüchlich. Vor Gericht wird sein Verteidiger wohl versuchen, ihn als blossen Mitläufer von Frauke Fenner darzustellen oder sogar auf teilweise Schuldunfähigkeit plädieren. Trotzdem habe ich gar kein gutes Gefühl, was seine Zukunft anbelangt.«

Das Essen wurde serviert, und Elena machte eine kleine Pause beim Erzählen. Die Gerichte schmeckten so köstlich, dass die

Gedanken an Schuld und Sühne für kurze Zeit in den Hintergrund rückten. Als Elena schliesslich aufgegessen hatte, lehnte sie sich zurück, trank noch einen Schluck Wein und fuhr fort.

»Als Fazit der Gespräche hat sich also die Sache folgendermassen zugetragen: Frauke Fenner wollte auf den Erpressungsversuch durch Horst Hoffmann zunächst überhaupt nicht eingehen und gab ihm keine Antwort. Nach dem dritten Brief packte sie dann aber doch die Angst. Eigentlich hätte sie die Million zahlen können, aber was dann?

Sie besaß keinerlei Garantie, dass sie danach Ruhe hätte, gibt es doch Erpresser, die nie wieder aufhören und mit immer neuen Forderungen kommen. Sollte sie ihn doch umbringen?

Anscheinend schwankte sie hin und her, bis dann plötzlich Martin Meier bei ihr auftauchte. Martin war durch Hildes anhaltende Zurückweisung so deprimiert, dass er, wie Paul gestern richtig vermutet hat, nur noch zwei Wege vor sich sah – entweder den eigenen Tod oder den von Hilde.

Ich würde sagen, hochpathologisch! Wie er die Erpressungsgeschichte von Horst entdeckt hat, konnte er mir nicht plausibel mitteilen, aber das ist auch nicht wichtig. Jedenfalls sah er die Chance, sich ein Stück vom Kuchen abzuschneiden, um seine permanenten Geldnöte zu lindern, und versuchte daher, Horst zu erpressen.

Dann setzte er sich in den Kopf, diese Frauke kennenzulernen – wieder eine höchst neurotische Reaktion – und schleuste sich als Patient in ihre Sprechstunde ein. Schon beim ersten Mal überrumpelte er sie damit, dass er von Horsts Erpressung wusste und hatte sie damit weitgehend in seiner Hand. Er baute rasch eine neurotische, ein wenig verliebte Bindung zu ihr auf und wollte ihr in einem gewissen Sinne helfen, aus der Erpressungsgeschichte herauszukommen.

Immer wieder tauchte er bei ihr auf, und sie traute sich nicht, ihn wegzuschicken. Mit der Geschichte von Patricia Highsmith im Hinterkopf, machte er ihr schliesslich den Alibi-Tausch schmackhaft.

In erster Linie ging es Martin also darum, Frauke aus der Erpressung herauszulösen, ihr zu helfen, indem er an ihrer Stelle den Horst umbrachte – während sie ein perfektes Alibi bekam.«

Gregor und Paul zeigten sich sehr betroffen und schwiegen längere Zeit.

Elena nahm ein Schluck von ihrem Wein, da griff Paul ein: »Aber eigentlich hätten die beiden Verschwörer die Geschichte doch damit abschliessen können! Frauke wäre erlöst gewesen, Martin zufriedengestellt und wohl niemand wäre ihnen jemals auf die Spur gekommen. Also warum dann noch ein zweiter Mord?«

Elena seufzte. »Ja, rein von der Logik her hast du recht. Aber die Menschen ticken anders, die Abgründe der Gefühle folgen anderen Regeln als denen der Logik. Martin war, in seiner neurotischen Situation, vollkommen fasziniert von diesem Buch mit den zwei Fremden im Zug. Er hatte sich total in die Vorstellung verbohrt, diesen *Plot* quasi nachzuspielen. Er hatte sich so extrem in die Geschichte hineingesteigert, dass einfach noch jemand sterben musste.

Gleichzeitig sah er Tag und Nacht das Bild seiner geliebten Hilde vor sich. Er schaffte es einfach nicht, sich von ihr loszureissen. Seine einzige Hoffnung war, sie vergessen zu können, wenn sie erst nicht mehr existent wäre. Deshalb musste er Frauke unbedingt dazu bringen, sich ihrerseits mit einem Mord zu ›revanchieren‹ und auf diese Weise Highsmith's Plot zu vollenden.

Ich nehme es Frauke ab, dass sie sich lange dagegen gewehrt hat. Aber mit der Erpressungsgeschichte hatte Martin ihr Schicksal dermassen in die Hand bekommen, dass sie schliesslich nachgab.

Was fehlt jetzt noch in der Geschichte? Ja, die Todesursache von Hilde!

Nun, für eine versierte Ärztin war das kein unlösbares Problem. Sie hat aus ihrem Spital eine grosse Portion Insulin mitlaufen lassen und diese Hilde in den Gesässmuskel gespritzt. Ein friedlicher Tod im Schlaf, sozusagen human und risikolos. Und auch das Zyankali, das Atropin und das Schlafmittel konnte Frauke problemlos beschaffen.«

Eine Weile herrschte Stille am Tisch. Alle brauchten einige Zeit, um die schroffen Abgründe solch einer wahnwitzigen Geschichte in sich aufzunehmen.

Paul sinnierte schliesslich fasziniert: »Man könnte beinahe ein Buch schreiben aus diesem Fall, einen richtigen Kriminalroman. Aber wer von uns hätte schon Zeit für so etwas? Vielleicht nach meiner Pensionierung!«

»Du Träumer«, lachte ihn Elena an.

Gregor schaute auf seine Uhr. »Oh, schon so spät! Schade, aber wir müssen in wenigen Minuten aufbrechen. Um halb elf fährt der letzte Zug nach Zermatt.«

»Ja, echt sehr schade«, stimmte Elena zu und verlangte die Rechnung.

Schon eine Viertelstunde später standen sie alle gemeinsam auf dem Bahnsteig neben dem wartenden Zug der Matterhorn-Gotthard-Bahn.

»Tja«, sagte Elena, »ich möchte euch nochmals herzlich danken für die gute Zusammenarbeit in diesem doch recht ungewöhnlichen und dramatischen Kriminalfall. In Erinnerung wird mir eine schöne Zeit in Zermatt bleiben, sowohl fachlich wie auch insbesondere«, dabei lächelte sie Paul zu, »zwischenmenschlich. Und nun, Gregor, kannst du Paul gute Nacht sagen!«

»Wieso? Wie meinst du das?«

»So wie ich es sage! Paul bleibt noch etwas länger hier, meine Wohnung ist gross genug für zwei.«